告白の余白

下村敦史
SHIMOMURA ATSUSHI

幻冬舎

告白の余白

装幀　高柳雅人

写真　Stone/gettyimages

プロローグ

高知県

　毎日見慣れている顔が四年ぶりに帰ってきた。十一月下旬の寒い日のことだった。

戸を叩き閉めるわけにもいかず、北嶋英二は兄を見返した。兄はオフホワイトのケーブルニットの上にキャラメル色のチェスターコートを着込み、紺のスキニーパンツを穿《は》いている。ブーツもお洒落だ。床屋に何ヵ月も置かれているファッション誌で眺めた格好とそっくりだった。

　鏡を前に何度も想像した理想の自分が抜け出てきたかのようだ。

　いやでも自分の服装と比べてしまう。畑仕事に出掛ける直前だったから、ゴムで留めた麦藁帽子を背中側に垂らし、焦げ茶色のマフラーを首に結び、カーキ色の作業着を着、黒の長靴を履いている。

兄は週末の温泉旅行から帰宅したような気軽さで「よう」と笑った。「元気にしてたか」

上げられた兄の手のひらは綺麗で柔らかそうだった。英二は鍬《くわ》を握り続けた自分のマメだらけの手を握り締めた。

言葉を返すのに深呼吸しなければならない。

「兄貴……今さら何《なん》ぜよ」

「家族の顔を見に帰ってきた――って言ったら信じるか？」

兄は標準語を使っていた。故郷でも土佐弁は使うに値しないと言われている気がして、それが腹立たしい。被害妄想だろうか。

「そんなもん信じるかえ」

「だろうな」兄は苦笑いすると、玄関に踏み入り、ブーツを脱ぎはじめた。「親父とお袋はいるか？」

「……ああ」

「そうか。奥だな」

兄は四年の空白などなかったかのようにためらいもなく上がり、廊下を進んでいく。英二は舌打ちをこらえ、後についていった。

兄がふすまを滑らせると、室内から父の声が言った。

「英二、その恰好は何ぜよ。準備はどうしちゅうが？」

英二は兄の横を通り抜けた。父は野良着姿で肩に手拭いを掛けている。

「とうさん、ちがうき。俺はこっちやき。兄貴が帰って来ちゅうがよ」

父は一瞬だけ目を剝くと、赤銅色の顔からすぐに驚きの表情を消し、眉間に皺を刻んだ。拳を固めながら立ち上がる。

「英一――」父の声には押し殺した怒りが滲んでいた。「今さら何しに帰ってきたが？」

兄は再び苦笑を漏らした。

「英二も同じ言葉で歓迎してくれたよ」

「……お前の顔は見とうないき」

「英二も悲しむ台詞、言うなよ、親父」

冗談めかした口調だったが、場の誰もが笑わなかった。

「――ちょっと、どうしゆうが？」

のんきな声が台所からやって来た。エプロン姿の母だ。細身で、濡れた手をタオルで拭いている。

「ただいま！」

兄は底抜けに明るい声を発した。母が手のひらで口を覆い、硬直した。目は見開かれたままだ。視線が息子二人を行き来する。

「……か、帰ってきたがかえ？」

母が漏らすと、父が吐き捨てるように答えた。

「単なる気まぐれやろうき、またすぐ出て行くわえ」

「いや……」兄は室内に進み入ると、畳にどかっと尻を落とした。「もう永遠にこっちにいるつもりだ」

「田畑は英二が継いじゅう。おんしにできることは何もないき」

何も――か。

「まあまあ」母が父子のあいだに割って入った。「今はそんな話はせんでもええがね。四人で食事できるがは何年ぶりぜよ。お茶でもいれて来るき」

母が踵《きびす》を返そうとしたとき、兄が「待ってくれ」と制止した。「大事な話がある。三人共、聞いてくれ」婚姻の報告に帰省したかのように真剣な表情だった。

父はしばらく兄を睨みつけていたが、やがてあぐらをかき、腕組みした。顰《しか》めっ面のまま顎を持ち上げる。父の昔からの癖だ。叱る前に言い分を聞いてやる、というポーズだ。

母はおろおろした後、覚悟を決めたように座布団に正座した。

兄の目は、英二に『お前も座れ』と言っていた。

「俺ととうさんは畑仕事があるき。話ならこのままでええかえ、兄貴」

兄は肩をすくめてみせた。

「……まあ、いい。じゃ、手短に用件を話すよ」兄は大きく息を吐き、両親を見据えた。

「土地を生前贈与してほしい」

英二は「は?」と声を漏らした。婚姻の報告ならこれほど驚くことはなかっただろう。

「……どういうことぜよ」渋面の父が言った。「生前贈与だと?」

「俺の法定相続分があるだろ。農地を分割してほしい。市街地農地だし、農業委員会に届出をするだけでいいはずだ」

「この四年、誰がうちを手伝ってきたと思うちゅう」

「英二だろ。分かってる」

「おんし、米の育て方も知らんろう。家を飛び出してぶらぶらしちょったくせに――！」

「農業をしたいわけじゃないんだ。実は売却も考えてる」

「馬鹿ぬかしたらいかんぜよ！」父は座卓に手のひらを叩きつけた。

「……将来、親父が死んだ後、俺が遺産分割に応じず、相続税の申告期限がすぎるまでごね続けたらどうなる？　農地は分割できないし、英二は納税猶予を受けられないぞ。それでもいいのか？」

「脅す気かえ」

父は顔を引き攣《つ》らせた。兄が駆け引きに使っている専門用語が理解できず、英二は父の顔を窺った。

「……相続人が農地を継いで農業を続けるがなら、やめんかぎり相続税の納税が猶予されるがよ。相続税が払えずに農業を続けられんなったら国の損失になるき、そういう特例があるがよ」

「それを――俺に？」

「そのつもりやったき。三年以上、作業しちゅうきその資格はあるぜ」

英二は曖昧にうなずいた。

相続――か。

もし相続したら、自分は一生田畑を耕して暮らしていかなければならなくなる。本当にそれでいいのだろうか。二十六歳といえば、世間的には立派な大人で、誰もが将来設計をしっかり立てながら毎日働いているだろう。それは分かっている。しかし、今からでも別の人生を考えてしまう。

父が地元の学校に入学したとき、入学式で校長が『ここには何もありません。働き口が必要な人は他県へ出てください』と挨拶したという。父は高知を自虐的に語りつつも、甲子園では地元の高校を応援し、地酒を愛し、若者には馴染みがない古い土佐弁をときおり面白おかしく語る。

「ほら英二も何か言いや。将来の自分の土地の話ぜよ」

父に促され、英二は兄を睨みつけた。

大学卒業後、実家を飛び出した双子の兄。四年間、長男なのに農業を手伝わず、好き勝手に日本各地を歩き回っていた。そのくせご丁寧に絵葉書がしばしば届くので、胸の内側がざわざわした。

自分は気ままな兄を羨む一方、憎んできた。

自由こそ長年渇望していたものだ。兄にはそれがある。

——俺の農地を奪うな。

農業を継ぐ決意をしていたら、迷いなく怒鳴っただろう。躊躇しているのは、そう叫んだ瞬間、自分の一生が決まってしまいそうだからだ。まだ自分には何か別の道があるのではないか——そんな思いが付き纏《まと》う。

「どうしちゅうが？」父が怪訝そうに言った。「農地が減ったら、おんしは農業を続けられなくなるかもしれんぞね」

父の言葉が自分の中で逆効果になっていることに気づいた。

農業でやっていけないとしたら、自分は自由になれる。両親には申しわけなく思うものの、都会への憧憬《しょうけい》は昔から強かった。兄が実家を捨てなければ、農業を手伝ってはいなかっただろう。

夏になれば、田んぼではパンツ一枚の男児が網でおたまじゃくしを掬おうと四苦八苦していたり、虫網《むしあみ》片手に裸足で駆け回っていたり——テレビで観る都会の子供たちとはちがいすぎた。

「……兄貴にも相続の権利あるき、仕方ないろう?」

父は、正気か、と言いたげに渋面を作った。

英二は兄を見やった。きっとこの発言で強気になり、『ほら、英二もこう言っているんだからいいだろ』と説得するだろう。そう思っていたら、兄は突然居住まいを正し、深呼吸してから額を畳に擦りつけた。

「親父、お袋。頼む!　生前贈与を認めてくれ!」

兄のそんな態度は予想外で、誰も言葉を発せなかった。兄は土下座したまま顔を上げない。

「一生の頼みだ!」

兄が畳に叩きつけるように言い放つと、父が嘆息した。

「……一生のお願いなんか、おんしの子供のころに数えられんほど使ったがやろう。ファミコンのソフトを買《こ》うちゃったときも、第一志望の変更を認めちゃったときも――」

兄は上半身を起こした。追想するように目を細めた顔は、なぜか泣き笑いにも見えた。

「運動会で親父に来てほしがったときも――だったな」

思い出したのか、父の表情が少し和らいだ。

「よう覚えちょったねえ。英二が寂しがっちょったき、おんしが必死に頼み込んだがやったねえ」

「……ほら、俺、弟想いだったから」

兄は茶化すような台詞を大真面目な顔で言った。

思い返せば、子供のころはいつも兄の後ろに付き従っていた。花火大会の日、立ち入り禁止の柵を抜ける兄から離れず、見晴らしがいい丘から一緒に眺めたこともある。中学のとき、夜のプールに忍び込み、見回りの警備員から逃げたのも、今となってはいい思い出だ。一方が他愛もない悪戯をして見つかったときは、二人揃って否定し、見分けがつかない先生を困らせたこともあった。犯人が特定できなければ怒られないはず、と兄が悪知恵を働かせた。結局兄弟纏めて怒られただけだったが。

規則に縛られる自分に対し、自由気ままな兄は憧れだった。ぐっと胸に込み上げてくるものがあった。

「親父」兄が再び土下座した。「本当に一生の頼みだ。次はない。これが最後の最後だから頼む」

結局、父は生前贈与を認めた。正式な手続きが完了するまでには日数が必要だったが、父の許可が出た時点で兄は「弁護士に相談する」と言い、二、三日に一度、実家を出て行った。都市部まで行くのだろう。帰りは遅く、昼前に出発して夜に帰ってくる。

手続きが終わったころには年が明けていた。クリスマスや大晦日、正月を家族四人ですごせるとは思わなかった。

新年の挨拶を済ませた翌日の夜、英二は酒を口に運んだ。こたつの対面に座る兄もおせち料理に箸をつけている。

「やっぱり――家は落ち着くな」

心にもなさそうな感想を本心のように言うものだから、英二は思わず笑いそうになった。

「農業がいやで逃げ出したくせによう言《ゆ》うきねえ」

「……一生田畑を耕して終わりたくなかったんだ」兄は声を潜めた。「親父の前じゃ大きな声で言えないからな。また昔みたいに怒られちまう」

「『おんしが食べゆう米も鶏も天から降ってきちゅうわけやないぞね！』」

英二は小声で父の声音を真似た。

「よせよ」兄は笑った。「俺だって農業を非難しているわけでも差別しているわけでもないんだ。ただ――坂本龍馬みたいに広い世界に目を向けたくてな」

高知の歴史や伝統にあまり興味を持たない兄が唯一大好きなのが坂本龍馬だった。

「『人の道は一つということはない。道は百も千も万もある』」兄は坂本龍馬の言葉を引用した。「土地に縛られるのはごめんだ。土地なんてものは、人が住むための場所だろ、所詮」

『俺も脱藩するよ』が兄の置手紙の最後の一文だった。当時は家族揃って啞然としたものだ。

話し込んでいると、父が台所からやって来て兄の隣に座った。

「なあ、英一。本当に農業は継がんがかえ？　兄弟で力を合わせてくれたら、とうさんも安心できるがよ」

兄はまぶたを伏せると、口を閉ざした。改めて疑問が浮かんでくる。

兄はなぜ急に帰省し、土地を欲しがったのか。放浪生活を続ける金がなくなったのだろうか。四年前の兄は着の身着のまま、実家を飛び出した。おそらく、学生時代のバイトで貯めた金を使いながら、必要なときに必要なだけ現地で働いていたのだろう。旅費か生活費の無心はありうる。

「そうできたらよかったんだけどな」

兄のつぶやくような一言に父が答えた。

「何言いゆう。全てはおんしの意思次第ぜよ。農業を継ぐなら、なんぼでもやり方を教えちゃうき。おんしらはやっぱり二人じゃないといかんき。細胞を分けた兄弟やき」

「DNAレベルで同じだから一緒にはいられないんだよ。分けっこしてお揃いになんのは、農地だけで充分——いや、何でもない、忘れてくれ」

兄は何を言いかけたのだろう。意味の通らない言葉だった。

父は胡麻塩頭をぼりぼりと搔《か》き毟《むし》り、日本酒を呷《あお》った。

「ま、慌てて答えを出さんでも、じっくり考えたらええきねえ」

「……そうだな」

兄は皿にマヨネーズを絞り出し、おせち料理に付けながら食べていた。英二は呆れながら言った。

「それじゃ、せっかくの名店の味も台なしやき」

「全国を巡るうち、マヨネーズの美味さを知ってマヨラーになった。英二もどうだ？」

兄はマヨネーズで黄色くなったアワビを箸で挟み、突き出した。英二は「うぷっ」と大袈裟に口を押さえてみせた。

「何だよ、美味いのに」

兄は残念そうに肩をすくめ、自分で食した。一人で海老や豚の角煮、アワビばかり摘んでいく。

「一人で取りすぎやき、兄貴」

英二は海老を箸で挟んだ。

「固いこと言うなよ、英二」

瞬間、兄の手が伸び、箸先から海老をかすめ取った。抗議する間もなく頭の殻を外し、マヨネーズをつけて口に放り込む。

「お、おいっ――」

「悪いな、食ったもん勝ちだ」

「何しちゅう、独り占めかえ。兄貴はこれでも食うちょき」英二は自分が嫌いなイカの塩辛を押しつけた。「まだまだあるき」

「……塩辛いし好みじゃないな。海老くれよ、海老」

「上等なもんばかり食いすぎやき」

「いいだろ。四年ぶりの四人の正月だ」

「十年ぶりでも、二十年ぶりでも、食事は公平ぜよ！」

「ちぇっ」

兄は不貞腐れた顔を作り、そっぽを向いた。英二がため息を漏らすと、兄はその隙を突き、最後の海老を強奪してしまった。

もう文句を言う気も失せた。

時計の短針が『12』を指し示したころ、赤ら顔の父はこたつに突っ伏し、豪快ないびきをかいていた。寝言で「英一、英一」と繰り返している。

母は父の背を揺さぶり、「こんなところで寝たら風邪引くきねえ」と声をかけている。

兄は天井を見上げて息を吐くと、腰を上げた。肩を上下させて背骨を鳴らし、障子を開ける。部屋を出るとき、英二をちらっと見た。誘われているのに気づき、兄の後を追った。

板張りの廊下に出ると、仄かな月光がこぼれ落ちていた。薄闇の中に軋みが静かに響く。

兄は背を向け、夜空を仰いでいた。

英二は隣に立った。兄には目を向けず、縁側まで伸びてきている松の木の影を眺めた。

少しのあいだ、互いに喋らなかった。

「……なあ、英二」

「ん？」

横目で見やると、兄は眼差しを夜空に据えたままだった。だから英二も庭に目を戻した。

「年末年始にゴタゴタしてしまって悪かったな」

「いや。親父も喜んじょってよかったき」

「お前の土地を奪う形になってしまった」

「権利はあるき。要求は当然やろ」

「本心か？」

視線を感じたので横を向くと、兄と目が合った。

「……本心ぜよ。いきなり帰ってきて要求だけしたときは、さすがにカチンときたけんど。兄貴はいつも突然やき」

「どうしても必要でな。迷惑を承知で帰ってきた」

「何でそんなに土地が必要なが? 生前贈与なんて」

「今は言えない」

「いつなら教えてくれるが？」

「……遠くないうちに分かる」

分かる——？

「教える、とちがうが？」

兄はくるっと踵を返した。

「単なる言葉のあやだ。今夜は楽しかったき。お前も今日は早く寝ろ」

兄が去っていくと、英二は父を寝室に運んでから自分の部屋に戻った。就寝の準備をして布団にもぐり込み、目を閉じる。

酔いも手伝ってまぶたはあっという間に落ちた。

翌朝目覚めると、洗顔し、居間に入った。母がこたつに朝食を並べていた。父は新聞片手に座っている。

「英一を見んかったが？」

父に訊かれ、英二はかぶりを振った。

「そうかね、部屋が空っぽやったき」

「散歩かねえ？」

「……まっこと困った奴やき。仕方ないき、先に食べるかよ」

母が兄の食事にラップをかけると、三人で朝食を摂った。それから作業着に着替え、畑仕事の準備を整えた。長靴を履いて外に出る。茶褐色の山々に三方を囲まれ、枯れ木が点在する中、緑がほとんど見当たらない田畑に畦道が縦横に延びていた。彼方まで視界を遮るものはなく、景色は雄大だが、なぜか狭苦しさを感じさせる。それが自分の〝全世界〟だからかもしれない。

英二は一息ついてから、実家に併設された納屋に向かった。戸の南京錠が外れていた。父が鍵をかけ忘れたのだろう、と思いながら戸を滑らせた。

呼吸も心臓も止まった。

梁《はり》から麻縄が下がっていて、静かに揺れる自分の死に顔と対面した。その瞬間、英二はこの世とあの世の狭間に立っている錯覚に囚われた。

1

英二は呆然としたまま、父の呼ぶ声で我に返るまで呼吸も忘れていた。返事をしようにも、鉛玉を飲み込んだように喉が詰まり、かすれた息が漏れるだけだった。

何で——何で兄貴が——。

靴音が納屋に入ってきた。首を回すと、父の姿があった。

父は英二の顔から首吊り死体に視線を移すなり、わめきながら駆け寄り、素手で麻縄を解《ほど》こうとした。英二は納屋を見回し、枝切りバサミを目に留めると、摑み上げ、麻縄の切断を手伝った。

「まっこと何しゆうが——」

兄は呼吸もせず、脈もなく、心臓も止まっていた。父が必死の形相で心肺蘇生を試みる中、英二は納屋を飛び出した。自宅に駆け込むと、部屋の携帯電話を鷲摑みにし、一一九番した。廊下で母と顔を合わせた。事態をまくし立て、動揺する母と一緒に納屋へ駆け戻る。

母は絶叫して兄に取り縋《すが》り、髪を振り乱しながら現実を否定した。到着した救急隊員に引き剝がされるまで——。

死が宣告されると、誰もが相手を気遣う余裕もなく、ただただ突っ立っていた。野次馬たちの囁き交わす声も耳に入ってこない。半身を失ったような喪失感だった。

何もかもが滅茶苦茶だった。思考は停止しているのに時間だけは飛び去っていく。

警察は『事件性なし』として解剖もせず自殺だと判断したが、両親は「もっと調べてくれんかえ」と訴えた。

納得できないのはよく分かる。農地を生前贈与されたばかりの兄が自殺するはずがない。命を絶つならなぜ土地を欲しがる？ 譲り受けた意味がないではないか。

だが、他殺を疑う根拠は何もなかった。そもそも誰にどんな動機がある？

自殺だとしたら生前贈与が原因なのか？ 自殺を決意したうえで生前贈与を望むとは思えないから、何かあったのかもしれない。

英二は血の味がするほど下唇を噛み締めた。

兄の自殺を食い止められなかった自分をひたすら責めた。


「おとうさん、英二！」

母が血相を変えて家に駆け込んできたのは、通夜の前日だった。引き攣った顔で握り締めた封筒を差し出した。手が震えている。

「こ、これ――」

差出人を見ると、兄の名前が書かれていた。

「い、今、弁護士さんが――」

母が振り返ると、初老の男性がぺこりと頭を下げながら現れた。

「お見せしたところ、ひったくられてしまいまして。お気持ちは分かりますが……」

英二は弁護士に訊いた。

「もしかして、兄の——遺書ですか?」

「そうなりますね」

父が立ち上がり、がなり立てた。「自殺を知っちょったがかえ! 何で止めてくれんかったが!」

「落ち着いてください。私にとっても青天の霹靂《へきれき》で……配達指定で今日事務所に送られてきたものです」

「何度も相談を受けちょったがやろう」

「いえ。私が相談を受けたのは一度だけです。遺言について、初回の無料相談だけでした」

そんなはずはない。兄は『弁護士に相談する』と言って二、三日に一度、半日以上出かけていた。他の弁護士に会っていたのか? それとも弁護士に会うという話は嘘だったのか? 嘘だったとしたら実際はどこで何をしていたのだろう。

父はまだ何か反論したそうだったが、我慢したらしく、軽く頭を下げた。「つい感情的になってしもうたき」

「いえ。お気になさらず」

「……中身を見てもええかえ」

弁護士は首肯した。父は大きな喉仏を上下させると、丁寧に開封した。四つ折りにされた遺書を取り出し、広げる。英二は母と一緒に覗き込んだ。


親父、お袋、英二へ。

実家を飛び出して四年間、好き勝手して申しわけなく思っている。家族孝行できないことをどうか赦してほしい。

今回の俺の決断には誰にも責任がない。何かできたんじゃないか、とか、なぜ気づいてやれなかったんだ、とか、思い悩まないでくれ。

俺は筆不精だし、死を前に長々語るのもつらいから、俺の最後の頼みを言うよ。一生のお願いはもうしないって言ったけど、手紙が届く時期を考えたら、もう〝一生の〟お願いじゃないからいいよな。

生前贈与を認めてくれて嬉しかった。三人共怒るだろうけど、実はその土地を譲りたい相手がいる。

京都祇園の京福堂の清水京子さんだ。彼女が現れたら、俺が譲り受けた農地を譲渡してほしい。おそらく、彼女は市街地農地として売却するだろうが、恨まないでやってくれ。俺が売るか彼女が売るかのちがいでしかないのだから。

彼女がもし今年の二月末日までに現れなかった場合は、英二、お前に譲渡する。好きに使ってくれ。

これが俺の遺言だ。よろしく頼む。


直筆の遺書の最後には、作成日――今年の一月一日――と兄の名前が書かれ、印も押されていた。

英二は両親と顔を見合わせた。二人の眼差しは、このことを知っていたのか、と問うていた。

「まさか！」

父は再び遺書に目を通し、爪を立てるように柱を握り締めた。

「赤の他人に農地を譲り渡すゆうて——何考えちゅうがやろう」

「京都の祇園か。兄貴は全国を旅しちょったみたいやき、そのときに出会ったがと思うき」

「『京福堂』の清水京子——聞いたことあるかえ？」

「全然。兄貴は何も話してくれんかったき」

母親が「彼女……とかやろか？」とつぶやいた。誰も答えは持ち合わせていなかった。

そういえば、生前贈与を望んだ理由を兄に尋ねたとき、『遠くないうちに分かる』と言われた。遺書のことだったのだ。

兄は彼女に譲渡するために農地を望んだのか。唐突な帰省もそれが理由だろう。

——本当に一生の頼みだ。次はない。これが最後の最後だから頼む。

——そうできたらよかったんだけどな。

生前の兄の表情と共に、どこか思い詰めた声が脳裏に蘇る。今になって思い返してみれば、死を覚悟した人間の台詞に聞こえないだろうか。

父は弁護士を睨みつけた。彼に何か非があるわけではないが、兄がと﹅ち﹅狂﹅っ﹅た責任を誰かに求めずにはいられないようだった。

「この遺書は——有効かえ」

弁護士は遺書を受け取り、一読した。

「はい。法的には有効です」

「じゃあ、この女に土地を盗られるがかえ！」

「それが息子さんのご遺志なら……」

父は頭皮を掻き毟った。

英二は父に訊いた。

「彼女は兄貴の自殺を知っちょったがやろか」

「分からん」

「連絡せないかんかねえ？」

「……必要ないぜよ。何も知らんとは思えんき」

「そうは言うたち、もし知らんかったら……」

「わざわざ教えんでもええ。この女が現れたら土地を盗られるぜよ」

英二ははっとした。遺書には条件が明記されていた。

——彼女が現れたら、俺が譲り受けた農地を譲渡してほしい。

現れたら、か。

現れない可能性もあるわけか。兄は『彼女がもし今年の二月末日までに現れなかった場合は、英二、お前に譲渡する』と追記している。

どういうことだろう。

『京福堂』の清水京子と兄はどんな関係なのか。土地の譲渡の条件が『現れた場合』なのはなぜなのか。二月末日まで、と〝期限〟が設けられている理由は何なのか。そもそも、彼女に金をあげたいなら、生前贈与で受け取った土地を売って現金を直接手渡せばいいはずだ。なぜそうしなかったのか。兄はこの清水京子に騙されていたのだろうか。土地を受け取った後、遺書を残して死を選ぶ意味は？

何度見ても不可解すぎる遺書だった。


「このたびはご愁傷様でございます」

一月五日。英二は弔問客が受付で記帳するたびに名前を確認した。『清水京子』の名前が書かれることはなかった。開式し、僧侶の読経が行われているあいだも周囲が気になった。ときおり目を這わせたものの、不審な女性の姿はない。通夜振る舞いの席でも同じだった。

棺守りの役目を母から引き継ぐと、英二は祭壇の灯火が仄かに辺りを照らす中、線香の微香が漂う室内で兄と二人きりになった。

——なあ、兄貴。清水京子って一体誰なんだ？　なぜ彼女に土地を譲るなんて遺書を残して死ななきゃいけなかったんだ？

同じ顔をしていても兄の考えは何も分からなかった。

——兄貴、京都で一体何があったんだ？

心の中で兄に問いかけ続けているうち、純白のカーテンが朝日を孕《はら》んで透き通り、室内が明るんだ。

結局、告別式後に出棺を終え、兄が火葬場で灰になっても清水京子を名乗る女性は姿を見せなかった。

父のどこか安堵した表情は、息子の葬儀を無事に終えたからか、土地を奪う女性が現れなかったからか。

葬儀に追われながらも、田畑を放置するわけにはいかず、手入れは欠かさなかった。この二十ヘクタールの農地は、『京福堂』の清水京子が現れたら半分になる。

自分たちの生活は一体どうなるのだろう。

生前贈与の話が出たときは、自由気ままだった兄への反発心から最初こそ同意できなかったものの、結局は賛成した。兄が半分を相続することで農業を続けていくことが難しくなれば、自分自身、自由を手に入れられるかもしれないと思ったからだ。しかし、赤の他人に農地を奪われ、売却され、両親の生活が立ち行かなくなるなら——自分は年齢的にもまだまだやり直せるだろうが、両親は困難だ——、法的に有効だからといって黙認してもいいのだろうか。兄の遺志に背いたとしても、許してはいけないのではないか。彼女に籠絡《ろうらく》され、土地の譲渡と死が正しいと思い込まされた可能性は？

清水京子はやって来るのか来ないのか。ただ待っているだけでいいのか。母は一日が終わるたび、「今日も誰も訪ねてこんかったねえ」と独り言のようにつぶやく。

一日、二日、三日、四日——日にちが経過するにつれ、焦燥感と不安が綯《な》い交ぜになった感情に揺さぶられた。『京福堂』の清水京子が現れたとたん、自分たちの生活は一変する。

一生懸命農業を営んでいても、ある日突然、奪われる。

兄が遺書に記した二月末日までの二ヵ月間、こんな心配事と共に生活せねばならないのか。

現れるなら現れるで早くしてほしい。しかし、実際に現れたら納得できないことも多いだろう。

英二は兄の部屋に入り、遺品を整理した。携帯電話の類いはない。四年前に実家を飛び出す際に解約したまま、新たに購入しなかったのだろう。

死の手がかりが何かないか、半日探し回ったときだった。本棚に立てられていた新品のノートの隙間から二通の手紙が滑り落ちた。一通は紅葉のイラストが縁を飾る一筆箋だった。もう一通は三つ折りにされた和紙だ。

一筆箋を拾い上げた。

京福堂の秘密を知っています。それを聞けば考えも変わると思います。

一度、お話しさせてください。

美夏

『京福堂』か。またこの名前だ。兄の遺書に記されていた『京福堂』の清水京子。彼女が死の原因なのは間違いない。秘密とは一体何だろう。

そして——一筆箋の送り主の美夏とは誰なのか。

英二は三つ折りの和紙を開いた。達筆で文章がしたためられている。

清水さんにお願いしてみましょう。希望はあります。だからどうか、まだ死なんといてください。

差出人の名前はなかった。筆跡を見るかぎり、美夏という女性とは別人だ。

清水京子に何らかの願い事が聞き入れられたら死なずにすむ、と読み取れる。逆に言えば、聞き入れられなかったら死を選ぶしかない、ということだ。送り主は兄の自殺の覚悟を知っていたことになる。

兄は何を抱えていたのか。

大学卒業後、坂本龍馬気取りで実家を飛び出した兄は、常に自由奔放だった。置き去りにされた形の自分とちがい、農業を継ぐかどうかの葛藤も早々に捨て去っている。あれほど悩みとは無縁に見えた兄がなぜ自ら命を絶たねばならなかったのか。兄を追い詰めたのは祇園の清水京子なのか？　縛られることを嫌った兄が色恋沙汰に溺れて自殺するとはとても思えない。

英二はへたり込むと、畳に拳を叩きつけた。兄の想いを何も知らなかった自分が――今でも理解できない自分が赦せなかった。

深呼吸で気持ちを鎮めると、清水京子の名前が頭の中をぐるぐると回りはじめた。

兄の死の真相は、きっと京都にある。

手紙をしまうと、英二は考え抜いたすえ、両親に切り出した。

「京都を訪ねてみようと思うちゅう」

両親は顔に戸惑いの色を浮かべていた。

「……急に何ぜよ。京都で何をするが？」

　父が訊くと、英二は答えた。

「清水京子って女性に会ってみようと思うちゅう」

「何のために？　おんしが会うことで彼女がやって来たらどうするが」

「インターフォンが鳴るたびにかあさんがびくっとして、恐る恐る玄関の戸を開けるような毎日がいいとは思えんき。今日かも、今日かも、ってぴりぴりしながら待つ生活なんかたくさんぜよ」

　二人とも言葉を詰まらせた。図星だったのだろう。赤の他人に自分たちの生殺与奪の権利を握られている気になっているのだ。自分自身そうだから気持ちは痛いほどよく分かる。

　落ち着かない日々を送るうち、引導を渡すなら早くしてくれ、とさえ思うようになった。

「第一、いきなりその人が現れて、権利だけ主張されて、はいどうぞ、って言えるかえ？」

「いんや」

「だろ。彼女と兄貴の関係は？　何で土地を譲ることになったが？　お金を渡したけりゃ、兄貴が土地を売って現金を手渡せばいいがよ。何でそうしなかったが？　分からないことだらけやき。第一、彼女が土地を欲しがっているなら、俺が訪ねようと訪ねまいとやって来るぜよ」

「……それはそうかもしれん」

「彼女が兄貴の土地を望んでいないがなら、理解を示してくれるやろうし——ほら、私も受け取る気はありません、とか。土地を望んでいるんだとしても、俺らが納得できていないことを訴えたら、翻意の可能性だってあるやろ。今以上に悪くなることなんてないきねえ」

何日も考えていた想いをぶつけると、両親はうなった。承服できないというより、内容を嚙み締めている顔つきだった。

兄の死の理由は、この家に留まっていたら決して分からない。じっと座していることに耐えられなかった。

「頼むき。京都に行かせてほしい」

英二は頭を下げた。

2

京都・祇園

薄靄《うすもや》がかかった灰色の空の下、東山区は江戸時代の町並みを思わせた。白川に架かる小さな巽橋の袂には、雪が積もった朱塗りの灯籠と玉垣があり、雪化粧が施された枝垂れ柳が静かに揺れている。

巽橋を渡り終えて進むと、京町屋が整然と並んでいた。軒下には、枯れ木色に変色した膝丈の竹を組み合わせた犬矢来——犬の糞尿や泥棒避けの柵——が備えつけられており、それが京の町の風情になっていた。黒色の瓦屋根や石畳の坂道や街灯の頭に数センチの積雪が覆いかぶさっており、茶褐色の板塀と相まって神秘的な雰囲気を醸し出している。

英二は雪道に靴跡を刻みながら歩いた。紅葉色の蛇の目傘を差した白塗りの舞妓が歩いてきた。小股で足を踏み出すたび、着物の裾から覗くおこぼが雪の下の石畳をこぽこぽと打つ。雪景色の中を進む。まさに〝白い京都〟だった。おそらく兄が最後に生きた町――。

生まれて初めての京都は右も左も分からず、ガイドブックの地図と睨めっこしながら歩いた。ときおり、膝に朱色の毛布を掛けた観光客を乗せる人力車が走っていく。

高知の外に憧れていたから、絵葉書が届くたび、兄が訪れた都道府県の名所を雑誌で眺め、紹介文を読みながら空想の中で旅したことを思い出す。それが数少ない娯楽の一つだった。そういえば京都からは一度も絵葉書が届かなかった。出すのを忘れるほどのめり込んだのだろうか。

細い木が縦横に組み合わされた紅殻《べんがら》格子の伝統的な京町屋。二階の土壁には漆喰を塗り回された虫籠《むしこ》窓《まど》――。ビルの類いはなく、曇り空は灰色の道路のように一直線に延びていた。

現在、京都には五つの花街があるという。祇園甲部、祇園東、上七軒《かみしちけん》、先斗町《ぽんとちょう》、宮川町《みやがわちょう》だ。それらを合わせて『五花街』と呼ぶ。『京福堂』があるのは、その名のとおり東に広がる花街、祇園東だった。目的地が近づいてくると、英二は立ち止まった。ホームページの情報によれば、創業六百年の老舗和菓子屋だ。突然訪問するのはためらわれる。何より、本人に会って何を話せばいいのか。

迷っているとき、数軒先に甘味処と思しき店を見つけた。軽く情報収集してから訪ねたほうがいいかもしれない。

英二は、甘味処の割に入りにくそうな店の暖簾をくぐった。

「おいでやす」

店員の中年女性が振り返った。地味な色合いの和装で、エプロンを掛け、黒髪を後ろでまとめていた。

黒塗りのテーブルの前には、緋毛氈《ひもうせん》が敷かれた長椅子が並んでいる。客は数人だ。

「お一人様ですか。お席にご案内します」

「あっ、いえ、ちがうんです。あの……『京福堂』のことを伺いたくて。実は高知から出てきたばかりで何も分からないもので」

「お客さんとちごうたんどすか」

「すみません。『京福堂』の清水京子さんってどんな人なのかな、と」

「よそさんは好奇心旺盛どすなあ」

「……以前、兄がお世話になったものですから」

「なら訪ねてあげはったほうが喜ばれるんちがいます？」

「……は、はい。そうですね」

無理に質問しても迷惑になると思い、英二は甘味処を出た。辺りを見回すと、町屋から出てきた女性に目を留め、近づいた。

「すみません。『京福堂』のことなんですけど……」

女性は「ああ」とうなずき、通りの南を指差した。「それやったらこのまま下がって行かはったらええわ」

「ありがとうございます。清水京子さんって女性がいると聞いたんですけど、『京福堂』の娘さんなんですか」

「……なんや探偵さんみたいやなあ」

先ほどと同じ理由を説明しても、なら訪ねたら、と言われるのがオチだ。どうしよう。悩んでいると、彼女が軽く辞儀をした。

「ほな、これで」

引き止める間もなく、彼女は足早に立ち去ってしまった。

もしかすると、探偵扱いは皮肉だったのだろうか。女性のプライバシーを嗅ぎ回る不審者だと誤解されたのだ。

情報収集は難しいかもしれない。二人に声をかけただけだったが、保守的で閉鎖的な空気を嗅ぎ取った。欧米やアジア諸国からの観光客も多く、開かれている印象があったが、どこか高塀に囲まれた箱庭のようでもある。

やはり覚悟を決めて直接訪ねるしかない――か。

深呼吸し、『京福堂』に向かおうとしたときだった。背後から「あれ？」と声がした。振り向くと、長めの黒髪を寒風になびかせた女の子が立っていた。フェイクファー付きの紺色のダウンジャケットを着込み、ジーンズを穿いている。幼く可愛い顔立ちなので、自由行動中の修学旅行生のような雰囲気だが、町には馴染んで見えた。

「英一さん……」

唐突に兄の名前を呼ばれ、返事ができなかった。誰だろう。まさか清水京子本人か。

覗きの現場を本人に見つかったような焦りに襲われた。頭の中が真っ白になり、駆け足になった自分の心音だけの世界に囚われた。緊張を呑み下し、喉を鳴らす。

「どうしてたん、英一さん？」

「い、いや、俺は——」

北嶋英一じゃなく、双子の弟の北嶋英二——。

続けようとした言葉は咽喉に引っかかった。

「いややわあ。そんなびくびくして。取って食べたりせえへんし」

英二は「あはは」と笑ってみせるのが精々だった。

「京子さん、気にしてたで」

京子さん？　彼女は清水京子ではなかったのか。ほっとするあまり、膝から力が抜けそうになった。

「……実家に帰省してて」

正体を告白する代わりに口をついて出たのは、自分でも思いもよらない台詞だった。

「そうなん。どうりで顔見いひんと思った。年末年始やから——ってわけやないんやろ。そうやったら京子さんがあんなに思い悩んだ顔してるわけないし。連絡もしてへんかったんちゃう？」

「ま、まあ、その……」

告白のタイミングを逃したうえ、後先考えず兄を演じてしまい、引くに引けなくなった。

弟だとバレても命の危険があるわけでもなし……。

一呼吸置き、思案する。兄はどうだったのだろう。土地の譲渡の件を清水京子に電話などで伝えていたのだろうか。

「あたしとの約束だって忘れてはるもんね、英一さん。鳩に目入れてくれるんちごうたん？」

鳩？　目？　入れる？　何のことだろう。理解できない話は否応なく不安を煽り立てる。兄は目の前の彼女と一体どんな約束をしていたのか。

「もう十五日終わってしもうたやん」

「……ごめん」

とりあえず謝っておいた。

「英一さんもわけありかもしれへんけど……」女の子は拗《す》ねたように唇を尖らせた。「京子さんにはもう会ったん？」

英二は曖昧にうなずいた。彼女は兄と清水京子を知っている。自分を兄だと誤解しているなら、それを利用して少し関係性を探れないだろうか。

恋愛で死ぬほど思い詰めるなど、あの兄からは考えられない。兄は昔から一途な性格ではあったものの、男女関係では意外とドライで、相手に嫌われたなら深追いしなかった。

愛ゆえに命を絶つ――。それは兄から最も遠い自殺理由だった。帰省して生前贈与で土地を貰い、恋人への譲渡を遺書に記して死ぬなんて、明らかにおかしい。

清水京子は言葉巧みに兄を死に導いたのか？　彼女は一体どんな性悪女なのだろう。ほとんど着の身着のままで旅していた兄の実家に結構な農地があると知り、奪い取ろうと画策したのだろうか。

握り締めた拳から怒りが全身に伝染していく。

「ええと、京子――さんが俺のことを気にしていたって言ったけど、どんな様子だった？」

英二は都会に憧れてテレビで覚えた標準語で喋った。帰省したときの兄の話しぶりを考えると、たぶん旅先でも土佐弁を使っていなかったと思う。果たしてどうか。一種の賭けだった。

心臓が脈打つ音を聞きながら待った。

「あたしに訊くん？」彼女は不審がることなく答えた。「ま、ええけど。三週間くらい前かな。うち、捨てられたんやろか、って」

予想外の答えが返ってきた。まるで兄の帰省を知らなかったような言い方ではないか。いや、彼女が兄の自殺に関与していたなら、疑念を抱かれないよう、友人には被害者ぶるだろう。伝聞の台詞で判断すべきではない。

「いや、捨てたつもりはなかったんだけど」

「何言うてんの。長いことほったらかしにしておいて。愛してるんちごうたん？」

「あっ、いや、それはもちろん」

英二は適当に話を合わせた。分からないことが多すぎる。

「最近は何か言ってた？　俺のこと」

「……うーん、最近？　あまり話題に出んようになったかな。ほら、早《はよ》う顔見せな、あかんようになるで」

農地が目当てだとしたら彼女はなぜ実家に現れない？　兄が遺書に記した譲渡の条件を知らないのか？　まさか兄の自殺そのものを知らないのか？

「長く音沙汰なしだったし、ちょっと顔を出しにくいなあ……」

英二はごく自然な感情を口にして反応を窺った。女の子は呆れ顔でため息を漏らした。

「音沙汰なしって——他人事みたいに。自分で言うの？」

「あっ、いや……」

「意気地なしやなあ。あたしが付き合ったげるわ」

彼女に腕を取られ、引っ張られた。

「ちょ、ちょっと——」英二はつんのめりながらも、引かれるままに後を追った。「まだ心の準備が——」

「京子さんに会うために帰ってきたんやろ？　善は急げ言うやん。このままやったら京子さんも待ちくたびれてお地蔵さんになるわ」

『京福堂』にはあっという間に着いた。色褪せながらも艶っぽい光沢を放つ店構えは立派だ。格子の出窓から店内の明かりが漏れている。庇の上には『京福堂』の京看板——。さらに見上げると、波形の瓦屋根に槍の穂先のような忍び返しが取り付けられていた。江戸時代を思わせる京都の町に似合っている。

格子戸の上半分を覆う暖簾の中央には、輪切りにされたウリの切り口を連想させる家紋が記されていた。右側には『京菓子』、左側には『創業応永二十一年　京福堂』の文字。書道の達人が毛筆でしたためたような書体だ。細身で洗練され、上品な印象がある。

女の子は躊躇せず格子戸を滑らせ、「こんにちはー」と声をかけた。彼女が店内に進み入ると、英二は覚悟を決めて『京福堂』の敷居を跨《また》いだ。

木目が鮮やかな茶褐色のショーケースがL字形に置かれ、中に和菓子が陳列されていた。

どことなく甘い香りが立ち込めている。

「おいでやす」

店の高級和菓子と同じく、気品がある柔らかな声に出迎えられた。

店番をしていたのは、淡い黄色の地に赤い南天の柄をあしらった着物姿の女性だった。結い上げた黒髪には、べっこうのかんざしを飾っている。目鼻立ちはくっきりしており、唇は桃色だ。

二十代後半だろうか。滲み出る大人の色香を、ぴっちりと着こなしている控えめな柄の着物がほどよく抑え込んでいた。大和撫子という表現が適切で、一月の寒い季節にもかかわらず、桜が咲いたような華やかさがあった。

英二は見惚れたまま立ち尽くしていた。

目が合うなり、彼女は驚きの表情を浮かべた。

「……あっ」

まさか――まさか彼女が清水京子なのか？　信じられない。兄を死に導いた性悪女のイメージからはほど遠く、出会った者の心を一瞬で奪う美しさがまぶしかった。

「英一さん見つけたから連れてきてん」女の子が言った。

「おおきに、雅美ちゃん」

「戻ってきたよ」

京子は英二を見た。

心の奥底を覗き込むような瞳に見据えられ、英二はついつい目を逸らした。清水京子の罪を暴き立てるつもりでやって来た自分のほうがなぜ不安に陥らねばならないのか。動揺するのは彼女であるべきではないか。

理不尽さを怒りに転化し、ぐっと彼女を見返した。

「……なんや怖い顔したはるなあ。どうしたん、英一さん」

「い、いや」

一卵性双生児といえども、じっくり観察すればちがいが分かる。恋人なら兄ではないとすぐ気づくと思っていた。もしかすると、双子の弟の存在は聞かされていないのではないか。それなら、外見で見破れなくても無理はない。

「……英一さん、元気そうやなあ。また京都に来てくれはるなんて驚いたわあ。高知に行かな会えへん思うてたし」

気負いも戸惑いもない口ぶりだった。まさか本当に兄の自殺を知らないのか？　知っていたら弟を兄とは間違わないだろう。

どういうことだ？　兄が自殺するよう誘導しておきながら、その結果をまだ知らないだけなのか。しかし、そうだとしたら〝北嶋英一〟を前にして表情も口調も自然すぎる。

農地の件を問い詰めたら、彼女は正直に告白するだろうか。金と権利が絡んでいるから、譲り受けの邪魔になりそうな弟には真実を話してくれないのではないか。

何より――。

清水さんにお願いしてみましょう。希望はあります。だからどうか、まだ死なんといてく

ださい。

差出人不明の手紙の文章が脳裏に蘇る。生きていてもいいか京子に懇願しなければいけなかった事情を考えると、彼女は兄の自殺に絶対に何か関わっている。

兄の死をまだ知らないのなら、自殺を思いとどまって帰ってきた〝北嶋英一〟をこのまま演じよう。

京子は二歩距離を詰めた。

「もう二度と会えへんと思うてたけど」

恋人なら愛の台詞を返すべきか？　兄は彼女の前でどんな言動を取っていた？　早々《はやばや》とボロが出なければいいが……。

「京子さんに会いたくて」

答えて反応を窺う。

「……そうなんや。英一さんは初志貫徹やもんなあ」

初志貫徹？　多少大仰な表現ではあるが、京子に会うために兄は戻ってくると約束していたのだろうか。

「ま、まあね」

「うち、英一さんの愛の大きさと真剣さ、知ってるし嬉しいわあ」

英二は照れ笑いを作ってみせた。

案内してくれた雅美は、「あたしは上七軒《かみしちけん》に用あるし、ほなこれで！　もう逃げたらあかんよ」と一方的に忠告して店を出ようとした。入れ違いにぶつかりそうになった女性客が「渡辺さん、危ないえ」と注意する。雅美は「すみません！」と頭を下げてから立ち去った。

女性客が和菓子を吟味し、購入して出ていくと、英二は京子に話しかけた。

「正直なとこ、ここを訪ねるの、躊躇していたんだけど……」

「度胸あるなあ」京子は、ふふ、と微笑をこぼした。「冗談え」

一瞬、彼女の台詞に皮肉の棘が忍び込んだ気がした。やはり兄との関係は複雑なのだ。何かがある。

会話が途絶えると、英二は微妙な空気をごまかすため、『京福堂』の和菓子を眺めて回った。三つ葉が飾られた雪色の大福、月を思わせる栗を閉じ込めた夜空色で透明の羊羹、雪の結晶に似た形の落雁――。今は冬限定の品が多いのだろう。

何か感想を述べるべきだろうか。いや、兄が何度も『京福堂』を訪ねていたなら、改めて感動するのは不自然だ。質問も控えよう。兄がすでに彼女から聞かされていた知識を訊いてしまったら、おかしいと感じさせてしまう。

兄を演じると決意したものの、いざ成りすましてみると、かなり困難だった。そもそも、相手は恋人なのだ。それなりに深い付き合いをしていただろう。安易な一言は口にできない。

記憶喪失設定なら都合よくごまかせただろうが、信じさせるのは至難の業《わざ》だ。

沈黙が続き、ただでさえ静かな店内の空気が重くのしかかる。京子はあまりお喋りではないのだろう、無言の間にも平然としていた。その雅な静けさは京都の女性らしいと思った。

無難に着物を褒めるか？　しかし、彼女が日常的に着ているなら、今さら感が強くなる。第一、兄は恋人にそんな褒め言葉を口にするタイプだったのか？

だが、こうなってしまったら、もう後には引けない。久しぶりに帰ってきた兄になりきってみよう。離れていた恋人に会ったなら、まずどう言うだろう。

「……京子さんと出会ってから、もうどれくらいになるかなあ」追想する目を軽く天井に向ける。「短いようで長い気がするな」

京子は「ひい、ふう、みい……」と細く白い指を折りながら数えた。「もう六ヵ月やなあ」

「付き合いはじめてからはたしか――」

「四ヵ月」

交際四ヵ月か。少し情報を得られた。

「まあ、誰かさんはそのあいだに勝手にどっか行かはったけど」

そのとき、外から砂袋が落ちるような音がした。京子は着物の裾を開かずに小股で歩き、格子戸を滑らせた。白い色がついているかのような真冬の寒風が吹き込んでくる。

『京福堂』の前に雪の塊が盛り上がっていた。

「雪が屋根から落ちはったみたいやね。何事かと思うたわ」

落ちはった――か。雪を擬人化して気遣ってさえいるようなその京都独特の言い回しに、彼女の柔らかい人柄を感じた。

夕日が影を伸ばす中、二人の舞妓が歩いていく。物珍しさもあって一瞬だけ目を奪われた。

「英一さん、見とれてはるん?」

京子の声で我に返った。しまった。恋人の目の前で他の女性に目移りしていたら変だ。とっさに『珍しくて……』と言いわけしそうになり、慌てて言葉を喉の奥に閉じ込める。京の町に六ヵ月も暮らしていた兄なら舞妓は見慣れているはずだ。

「京子さんのほうがよっぽど舞妓みたいだ。なったらナンバーワンの売れっ子間違いなしだな」

とっさのフォローだった。

「まあ、おおきに。冗談とちごて?」

「いや、本心だ」

「うち、そんなに男の人にモテへんよ」

「そんなことはないだろ。美人だし」

彼女が気恥ずかしそうにうなずくと、英二はほっと胸を撫で下ろした。

そろそろ少し踏み込んでみようか。

「京子さんは何で——」小さく唾を飲む。「うちに来てくれなかったんだ?」

「……英一さん、もしかして、うちを試さはったん?」

京子が高知の実家まで追ってくるかどうか——。兄は土地を餌に彼女の本気度を試したのだろうか。試さなければならないほど二人の関係は微妙だったのか。しかし、そうだとしたら、自殺の謎が解けない。

土地を餌にしてまで誘ったのに彼女が来てくれなかったなら、兄ももちろん悲しむだろう。

しかし、そんな理由であの兄が自殺するか？　ありえない。それなのに兄は二月末日までの期限付きで土地の譲渡を遺書に記し、首を吊った。なぜ？　期限を設定したなら、死んでしまっては意味がない。一月中や二月中に彼女が訪ねてくる可能性もあったのだ。

考えれば考えるほど筋が通らず、頭が混乱してくる。

沈黙を先に破ったのは、京子だった。

「うち、英一さんのこと、信じてたんえ」

咎めるというより、いじけてみせる口調だった。

「……ごめん」

「いややわあ。責めてるわけちゃうよ。気にせんといてな」心を優しく包み込むような笑みが深まった。「英一さんはこれからどうしはるん？」

「しばらく滞在するつもりだけど……」

「そうなんや。部屋、引き払わへんかったらよかったのに」

兄は自殺を決意していたからこそ、全てを整理したのだろうか。だが、京都を捨てて帰省した後の行動は不可解極まりなかった。

兄は本当に土地を餌に京子の気持ちを試したのか？　実は何か別の意図が隠されていたのではないか。生前贈与前から自殺を決めていたのか、生前贈与後に自殺の理由が生まれてしまったのか。後者のほうが筋の通る理由が見つかりそうだ。

出入り口の格子戸が開き、中年女性が入ってきた。鼠色の着物の上から紫紺のショールを羽織っている。

「京子ちゃん、ご贔屓さんのお土産に――」

英二と目が合うと、中年女性は大袈裟な驚きを見せた。

「まあ、北嶋さん。帰ってきはったんやねえ」

兄を知っているらしい。

「あっ、はい」

「よかったわねえ、京子ちゃん。ご立派な家柄の跡継ぎさんで、『京福堂』さんも安泰やわあ」

「いえ」英二は反射的に首を横に振った。「うちは普通の農家で、立派なんて全然――」

「謙遜までしはって。人柄もご立派やわあ」

兄は誰にどこまで自分の話をしたのだろう。まさか、見栄を張って大地主を装っていたのか？　考えてみれば、相手は創業六百年を超える老舗中の老舗だ。並の家系では釣り合わない。兄が京子を騙していた可能性は？

正直に説明したら墓穴を掘るかもしれない。それとも、その見栄が原因で死を選ぶはめになったのだろうか。

「大事な一人娘やし、房恵《ふさえ》さんも気にしてはったもんねえ」

「おおきに」京子は進み出ると、ショーケースを眺め回した。「今の時期やと……『雪花《せっか》』はどうでしょうか」

「新作です」店の奥から青年が顔を見せた。白い和帽子を被り、襟がある長袖の白衣コートを着、和風の青い前掛けをしている。三十代前半だろうか。「枯露柿《ころがき》を刻んで小豆餡に混ぜ込んでありますっ。雪のような口当たりの優しい和菓子です」

「木村さんのお薦めなら間違いあらへんわ。じゃあ、それをいただこかしら」

中年女性は『雪花』を購入すると、京子に包装してもらい、店を出て行った。木村と呼ばれた青年は、英二を一睨みしてから奥へ姿を消した。

「おばさんの言葉、気にしたらあかんよ」京子が言った。「うちを心配してはるだけなんやし」

気にする？　心配？　何の話だろう。頭を巡らせたとき、はっと思い当たった。あの中年女性の台詞は嫌味だったのかもしれない。片田舎の農家の息子が『京福堂』の娘と結婚するなど不釣り合いだ、と。

顔が熱くなった。

馬鹿正直に謙遜してみせた自分は何と滑稽だったことか。あの中年女性の目にはどう映っていただろう。

英二は屈辱を噛み締めると、何とか表情を取り繕った。

「ま、釣り合わないのは承知の上だからな」

京子は小首を傾げた。

「なんやネガティブやなあ……」

しまった。当たり障りがない台詞のつもりだったが——裏目に出たか。

「いや、ごめん。ちょっと疲れてて」

「……そう。しばらくいるなら町屋に泊まったらええよ。ホテルは目玉が飛び出るし」

「ああ、そうするよ」

「うちから頼んであげるわ。安う泊まれるし」

「ありがとう」

「待っててな。お惣菜、用意するわ」

彼女は店の奥に引っ込んだ。

3

碁盤の目状に整えられた通りには石畳が一直線に延び、両側に京町屋が身を寄せ合っていた。二階には竹や葦の簾が掛けられている。瓦屋根の棟部分の煙出しからは、夕飯《ゆうはん》の仕度の白煙がうっすらと立ち昇っていた。

『京福堂』からは五百メートルも離れていない。

英二は路地のような周辺を観察した。

赤い消火器収納ボックスの横には、同色のポリバケツが置かれていた。狭い通りで火事になったら一大事だから、消火の準備が万端なのだろう。軒下には自転車が二台。

「こちらです。どうぞ」

管理人の男性が鍵を開け、格子戸を滑らせた。彼について踏み入ると、イグサの香りがぷんと漂ってきた。

町屋の説明を受けながら玄関に上がり、障子を開けて座敷へ入る。

漆喰塗りの白壁が綺麗だった。高窓から夕日が射し込み、畳の上に格子の影を落としていた。ガラス戸の向こう側は、黄色い竹塀に囲まれた坪庭になっており、飛石の周りに砂利が敷かれ、四角形の灯籠を中心に緑が鮮やかな笹竹が植えられている。

「——では、こちらが鍵になります」

英二は鍵を受け取ると、礼を言った。一人になってからあぐらをかく。

実家が和風だったので洋風の生活に憧れていたが、うちとは全くちがう京町屋の上品な〝和〟の雰囲気に不思議と心が落ち着いた。

英二は気を静め、清水京子のことを考えた。

実際に会って話をしてみると、思い描いていた印象とはちがった。彼女は柔らかな京言葉を喋るはんなりした京美人だった。会えば誰もが決して悪印象を抱かないだろう。だが、美しさと雅さが際立てば際立つほど、濡れた布のような不安が全身にへばりつく。兄は彼女のあの見た目に騙され、心を許し、あんな遺書の作成をそのかされたのではないか。恋は盲目状態で従ってしまったのではないか。

真実を突き止めるには、今後どうすればいいのか。

京福堂の秘密を知っています。それを聞けば考えも変わると思います。
一度、お話しさせてください。

兄に思わせぶりな一筆箋を送った美夏を探すべきか。京子に接触して少しでも情報を引き出すべきか。

京都に来てから出会った人物は、今のところ、強引に『京福堂』まで案内してくれた渡辺雅美、『京福堂』の清水京子、菓子職人の木村——三人だ。少しずつ兄の人生を調べていこう。いずれ、鍵となる人物に出会えるかもしれない。

英二は手帳を取り出すと、一日の会話の中で印象深かったものを書き留めた。何が手がかりになるか分からないし、兄を演じるなら一言一言が重要になる。忘れないようにしなければいけない。

今日はもう疲れた。

英二は思考を放棄すると、風呂場の戸を開けた。ヒノキの浴槽に浸かって体を休める。寒さでかじかんだ全身が芯から温まる。

風呂から上がると、実家に電話した。出たのは父だった。

「清水京子さんには会えたがかえ」

「会えたきねえ」

「問い詰めたがかえ」

「いや、無理やった。問い詰めても話してくれんと思うたき、兄貴に成りすまして接触したきねえ」

「おいおい、いくらなんでも気づかれるやろう」

「今のところバレちゃあせん」

英二は京子に対する自分の印象を語った。黙って聞いていた父は、うなるように息を吐いた。

「おんしまでたぶらかされたら困るぜよ」

「分かっちゅう。充分注意するき。そこで、兄貴の私物を送ってほしいがやけんど。服とか持ち物とか。帰ってきたときに何着かあったろう」

「何のためぜよ？」

「服装の趣味や持ち物が変わったら怪しまれるき。できるだけ兄貴と同じ格好をしていたいがよね」

「……そうか。分かった。かあさんに用意させるき」

「ありがとう」

電話を切ると、一息ついた。やはり地元の言葉で気兼ねなく話せるとどこかほっとする。不慣れな標準語は自分でも口にしていて違和感がある。

入浴前に炊いておいた炊飯器の白米と京子の差し入れの惣菜で簡単な夕食を摂った。黒ずんだ木目が古めかしい焦げ茶の座卓は、昭和の日本をイメージさせる。

布団を敷き、寝転がる。見知らぬ土地でただ一人。不安と緊張で気持ちが高ぶり、しばらく目が冴えていたものの、深夜の一時を回ったころには睡魔に屈した。

翌朝は茶漬けで空腹を満たすと、外の空気を吸うために京町屋を出た。朝の寒風が狭い通りを吹き抜ける中、雪融け水で石畳が濡れ光っている。深呼吸し、何げなく郵便受けに目を向けた。茶封筒が突っ込まれているのに気づいた。

何だろう。昨日の今日で自分に配達があるはずがない。以前の住人宛だろうか。茶封筒を取り出してみると、差出人の名前も宛て先も書かれていなかった。誰かが直接投函したのか。中を確認しなければ扱いにも困る。

封を切ると、一枚の写真が出てきた。

写っていたのは――。

京子と『京福堂』の和菓子職人、木村だった。着物姿の彼女が彼に腕を絡め、愛おしそうな笑みを向けていた。場所は神社の境内らしい。後ろでは通りがかりの舞妓が二人、歩いている。着物が派手な一人は、菊の黄色が映える花かんざしを黒髪に挿していた。帯には宝石のような飾りがある。もう一人は落ち着いた黒紋付で、襟の白さが肌の色と相まってまぶしく、飾り気のない地味な帯が少女を大人に見せている。二人は単なる背景に溶け込むのが難しいほど目を引く美しさだったが、英二にはそれよりも京子の笑顔のほうが網膜に焼きついた。

彼女は兄と付き合いながら、木村と浮気していたのか？　思い返せば、昨日は彼に一睨みされた。あれは嫉妬の眼差しだったのか。やはり京子は曲者だ。自分に――〝北嶋英一〟に向ける表情よりも自然な笑顔を木村に向けている。彼女は男心を操り、手玉に取る悪女なのか。

彼女を探れば、恐ろしい正体にたどり着くのかもしれない。

それにしても――写真を投函したのは誰だ？　投函者はたぶん自分を〝北嶋英一〟だと勘違いして情報提供したのだろう。目的は？　敵か味方か。

英二は写真を財布にしまうと、部屋に戻り、服を着替えた。午前十時半になってから『京福堂』に向かう。

格子戸に手を伸ばしたとき、中から甲高い女性の声が聞こえてきた。店に入ると、京子に詰め寄るワンピース姿の女性がいた。茶髪を振り乱し、目を三角にしている。

「――でね、でね、結婚は認めん、って。どう思います？」

「おとうさんも南ちゃんのことが心配なんちゃう？」

長年かけて歴史を積み上げてきた京の町と同じく、のんびりした上品な口調だった。

「でもでも、六つ年上だけど、期待の歌舞伎役者で、優しくて、格好いいのに……」

「立派な家柄やのにねえ」

「でしょでしょ。完璧なのに……」

「おとうさんともう少し話し合《お》うてみはったら？」

「駄目。全然駄目。取りつくしまなし。彼が挨拶に来たときも、『芸事で生計立てている人間はどうも胡散《うさん》臭くてなあ』だって！　彼、顔が強張ってた！」

「おとうさん、サラリーマンしたはるんやろ？」

「そ。五十五歳で係長止まり。面白味もなんもない堅物」

「諦めたらあかん。説得し続けな、伝わらへんもん」

京子がにっこり笑いかけると、南という女性は髪の毛の先を人差し指でいじりながら言った。

「……今日は元気貰うために『三日月』ちょうだい。三つ」

彼女が見つめるショーケースの中には、黒い水羊羹の上に三日月形の飾り――練った栗だろうか?——が載った商品があった。京子が棚から箱を取り出し、『三日月』を入れて包装する。

「おおきに。どうぞ」

「ありがとう!」

南は代金を払うと、〝よそさん〟の英二をじろじろ見るのを忘れずに店を出て行った。京子はふうと息をついてからこちらを見た。

「英一さん、おはようさん」

「あ、ああ、おはよう。なんか大変そうだったな」

「……南ちゃん、結婚反対されて悩んではんねん。おとうさんの説得、大変そうやわあ」

結婚、か。彼女は〝北嶋英一〟の前でもさらっと口にした。恋人相手ならもう少し何か感情が見えてもいいのではないか。

話の切り出し方を窺っていると、奥の戸がすっと開き、ひっつめ髪の中年女性が顔を出した。

「……また南はんでっか」

「あっ、おかあさん」

京子がびくっと反応した。

『京福堂』のホームページに写真が載っていた。彼女が女将の清水房恵だ。眉の両端は跳ね上がり、吊り目と相まってきつい印象を与えている。ヨモギ色の着物をびしっと着こなし、紫の帯で腰を締めつけていた。

緊張が高まり、鼓動が速まった。

兄は彼女の母親とはどういう関係を築いていたのだろう。京子との交際は知られているのだろうか。挨拶するなら一体どんな台詞が適切なのか――。

迷っていると、房恵の尖った眼差しが滑ってきた。

「北嶋はん、戻ってきはったんやね。京子も余計なことせんかったらよかったのに」

――関係は何となく分かった。

どうやら、兄は房恵には好かれていなかったようだ。

「……すみません」

英二はひとまず頭を下げた。

「ちょっと見いひんあいだに大人にならはって。交際は許しまへん。大切な時期やさかい、醜聞は困ります」

大切な時期とは何だろう。兄も既知の内容なら、問い返した時点で不審を抱かれてしまう。正体を明かして真摯に尋ねれば、事情を教えてくれるだろうか。いや、無理だろう。恋人が遺産絡みで自殺――それこそ最大の醜聞だ。後ろ暗い秘密を抱えていたとしたら、二人の関係は何が何でも隠したがるに違いない。

「なんや、言い返しまへんのか？　どこをほっつき歩いているか分からんような人、迷惑どす」

英二は京子を見た。彼女の立ち位置はどうだ？　兄と母親のあいだで板挟みになったとき、どちら側につく？

京子はただ曖昧な微笑を浮かべていた。それで母親との力関係が把握できた。

「何事も高望みせんと本分の田畑に専念してはったらよろしいんちがいます？」

英二は拳を握り締めた。兄とは決して仲が良かったわけではないが、家柄を見下される覚えはない。

「ずいぶん、差別的なことをはっきりおっしゃるんですね」

言葉に棘を込めると、房恵は顎を持ち上げるようにして鼻を鳴らした。

「あんさんに猫被ってみても仕方ありまへんやろ。はっきり言わな、皮肉も理解できひんふりして、好き放題しはりますからなあ」

片田舎出身の風来坊と祇園の老舗の一人娘――。母親としては認めがたいだろう。だが、兄は空気を読まず京子と付き合い続けたのだ。

家柄、か。自由気ままに生きてきた兄は、今のままではどうにもならない現実を初めて目の当たりにし、彼女との関係を捨てて帰省したのか？　しかし、あの兄が失恋程度で自殺するとは思えない。なぜ期限付きで土地の譲渡を遺書に記し、首を吊ったのか。

「あんさんにはあの東《あずま》さんがようお似合いとちがいますか。ずいぶん仲良うしてはるんでっしゃろ」

あの東さん――？　誰のことだろう。兄が仲良くしていた他の女性か。もしかして、下の名前は美夏だったりしないだろうか。兄への謎の一筆箋の送り主だ。可能性はある。

「……そんなにその東さんと親しく見えましたか」

兄が〝東さん〟を苗字ではなく名前で呼んでいたとしたら、『そんなに東さんと親しく見えましたか』と応じれば不自然になる。だから、その、をつけることで、あなたの彼女への呼び名を受けて皮肉混じりに問い返したんですよ、というニュアンスを出そうと思った。

「ま、男慣れしたはるやろうから、誰にかてあんな態度をとってはるんかもしれまへんけどなあ」

「何を見たかは知りませんけど、見間違いじゃないですか」

あえてとぼけてみると、房恵は挑発的に顎を持ち上げた。

「花代、踏み倒して高知へ帰ったいう噂、聞きましたえ」

〝東さん〟は花屋の女性なのか？　兄が花の代金にも困っていたとは思えないが――。

「それにしてもうちの京子と二股かけるなんて、ええ度胸してはりますなあ。娘は渡しまへんえ」

二股――か。それはどちらかといえば京子ではないか。英二は届けられた写真の存在を思い出し、京子を見た。

「京子さん、話がある」出入り口の格子戸を顎で示してみせる。「ちょっといいか？」

「あんさん」房恵が鞭を振るうような語調で割って入った。「まだ京子に付き纏うつもりどすか。そういうの、ストーカーちがいます？」

英二は京子に訊いた。

「君はどうなんだ？」

「店の中やったらできへん話？」

「二人だけで話したい」

「……ええよ」

彼女は絶えない笑みの中に若干の不安を滲ませ、外に出た。英二は付き従い、後ろ手に格子戸を閉めた。店内から浴びせられた房恵の文句は遮られた。

「歩くん？」

「いや」

「そうなん。何？」

「実はこんなものが郵便受けに……」英二は財布から例の写真を取り出した。「差出人は不明だった」

京子は怪訝そうな顔つきで写真を受け取り、目を瞠った。しかし、すぐに普段の微笑を取り戻した。

「これが何なん？」

「店の職人と二股か？」

その事実をすでに兄が知っていて、京子に疑惑をぶつけた過去があったとしたら、この問いで不審がられるかもしれない。それでもここは踏み込んでみるべきだと判断した。

写真を投函した人物は兄が事情を知らないからこそ、情報提供したのだろう。兄にとっては寝耳に水の出来事だったにちがいない。万が一、二股疑惑を兄が追及済みだったとしても、この写真が届いたから改めて問い詰めているということにできる。

「いややわあ」京子は笑いながら写真を突き返した。「これ、英一さんが町から消えて、傷ついて、慰められたときのもんやん」

「本当なのか？」

「日付もあらへんし、信じてもらうしかないわ」

日付さえあれば無実を証明できるのに、というニュアンスの台詞だ。説明が真実ゆえの自信か？　そういう印象を与えると承知で堂々と嘘を主張しているなら、彼女も相当なものだと思う。

「疑ってはるん？」

「……いや」

「ほな、解決やな。よかった。英一さんに信じてもらえへんかったら悲しいわあ」

彼女の話が事実なら、兄に責める資格はない。ある日突然、恋人が消えてしまったら、どれほどショックを受けるか。むしろ裏切ったのは兄のほうだ。

だが——兄が意味もなく恋人のもとを去るだろうか。

「ごめん」

彼女との仲を拗らせてしまったら、今後やりにくくなる。確証がない以上、引き際をわきまえよう。

「気にせんといて。あんな写真、見せられたら誰かて不安になるし」フォローの台詞なのに、口調は冷え切った京都の冬と同じだった。「うち、店番せな。ほなこれで」

踵を返した彼女からは、まるで看板を裏向けるかのような有無を言わせぬ拒絶を感じた。早くも失敗したかもしれない。いきなり踏み込みすぎた。京子はもう会ってくれないのではないか。

英二は店の中に消える背中を黙って見送るしかなかった。

4

翌日の夜、京町屋の固定電話が鳴った。手帳に記録し続けている京子や房恵との会話を読み返しているころだった。英二は受話器を取り上げ、「もしもし」と応じた。

「うち、京子」

耳をくすぐるような甘くしっとりした声だった。

「どうした？」

「店閉めたし、一緒に食事でもせえへん？」

昨日の今日で誘われるとは思わなかった。どういうつもりだろう。浮気はしていない、と証明しようとしているのだろうか。真意が分からず、漠然とした不安が頭をもたげてくる。

彼女に深入りしすぎると、正体がバレるリスクがある。だが、夕食の席なら、昼間とはちがう話が聞けるかもしれない。二人の仲は一体どんなものだったのか。

「そうだな。場所は？」

「久しぶりに『京園《きょうえん》』はどうやろ」

久しぶりに――か。二人で訪れたことがあるようだ。そういう店では態度が難しい。

「初めての店がいいな」

「……なら『和の八満』は？」

「行ってみよう」

「七時にうちの前で待ち合わせでええ？」

「ああ」

英二は身支度し、約束の時間の十分前に京町屋を出た。『京福堂』の軒下で京子が待っていた。コートの下からワンピースが覗いている。遠目からだと、一瞬観光客と見間違いそうになった。だが、間近で眺めると、仕事中の大人っぽい着物を着ていないせいか、女子大生のような若々しい可憐さが引き立っていた。それはどこか、彼女が京の町から脱皮したようにも見えた。

「お待たせ」

京子は控えめに破顔した。

「ほな、行こ」

彼女が歩きはじめると、英二は隣に並んだ。

雪はもうほとんど融けており、竹で組まれた京行灯や提灯の仄明かりが濡れた石畳に滲んでいる。暖簾が垂れ下がる出入り口が橙色に明るんでいる一方、木製の駒寄せ——軒下に設けている柵——や土塀には影が吹き溜まっている。格子の前には、黄色い竹を組み合わせて棕櫚《しゅろ》縄で縛った垣根がある。

朱色の紅殻格子の向こう側——建物の中から明かりが透き通っていた。その前にたたずむ白塗りの舞妓はどこか怪しく、夜の祇園は淫靡に見えた。

故郷の田舎とも都心ともちがい、数百年前から時を止めているような伝統の町並みだ。

英二は意識的に見回さないように努めた。本当なら祇園の夜を堪能したかったが、六ヵ月も住んでいた〝北嶋英一〟には珍しくもないだろう。不審に思われる行動は慎もう。

薄暗い通りを二人の舞妓が歩いていく。厚底のおこぼの音を石畳に響かせながら。

夜は座敷に出るのだろう。

途中、格子戸を開けたままの店の前を通りかかった。『一服屋』と看板がある。何げなく立ち止まって覗くと、ショーケースに色とりどりの饅頭や大福、桜餅が陳列されていた。

「やっぱり祇園には和菓子屋が多いよな」

祇園に慣れ親しんだ兄を装った台詞のつもりだった。

「ここはお饅頭屋さんやなあ」

「同じようなもんだろ」

京子は少し困った顔をしたが、何も言わずに歩きはじめた。前に兄と同じやり取りをしていただろうか。そうだとしたら、『また同じこと言うたはる』と思われただろう。

迂闊な発言は控えよう。

英二は京子の後を追い、並んで歩いた。

「――着いたよ」

『和の八満』は奥まった場所にある割烹だった。隠れ家のような雰囲気がある。京子が戸を開けると、板前が彼女の顔を見て笑いかけた。

「いらっしゃいませ、お嬢さん」

案内されるままカウンター席に並んで座る。注文は彼女に任せた。

「聖護院《しょうごいん》かぶらのサラダです」板前が木製のカウンターに置いたのは、梅肉や木の芽をかぶらで包んだ料理だった。具の赤や緑が透けており、生八つ橋をイメージさせる。彼は英二を見て説明した。「聖護院かぶらは日本最大級のかぶで、寒い今が旬なんです」

サラダ一つとっても繊細で、英二は感嘆の声を漏らした。

「京野菜は、江戸時代には公家や高僧など身分が高い方々に提供していましたので、質が高くなくてはいけませんでした。だからこそ、美味しいんです。どうぞ、ご堪能ください」

英二は杉が仄香る箸で口に運んだ。しんなりした歯応えに続き、甘酢と具の味が舌に広がる。

京子が「どう？」と訊いた。

「美味い！」

「……京料理もええもんやろ？」

「そうだな」

英二は前菜に続いて吸い物を口にした。鰹の出汁《だし》が利いた汁が喉を流れ落ちていく。

「これも美味い！」

「そうやろ。塩を使わんでも味が出てるし、京都は名水の都やから薄味でも美味しいねん」

京子は箸の使い方が優雅で、芝居の一場面のようだった。薄桃色の唇に食事が運ばれる様《さま》にときおり見とれた。「お酒もお茶も染色業も——もちろん京菓子も、その名水の恩恵を受けてんねん。たとえば伏見の御香宮《ごこうのみや》神社の境内には『御香水』いう霊水が湧くし、その超軟水はお酒造りに欠かせへん。松尾大社の『亀の井の水』とか、宇治上《うじがみ》神社の井戸から湧き出る桐原水とか……」

京都のことになると自慢げな表情が子供っぽく、落ち着いた雰囲気とのギャップで可愛らしく見えた。

「いややわあ。何でそんなにじろじろ見はるん？」

彼女ははにかみながら顔をそっと背けた。失礼な視線を咎めることもなく、ただ頬を赤らめている。兄が惹かれた理由が分かる。高知の女性はしっかり者で気が強く、〝はちきん〟――金玉が八つある。男四人分働く――と言われるほどだ。さしもの兄も地元では女友達に言い負かされることが多く、苦笑いする姿をよく見かけたものだった。対極にある京女の雅なしとやかさに心を奪われたのだろう。何しろ、疑念を持って接している自分ですら魅惑されそうなほどなのだから。

注意しよう、と気を引き締める。ぴしゃりと戸を閉ざすように別れた昨日の今日で、そのときの不愉快さなど微塵も見せずに笑うことができる彼女は、人がいいのか、女優なのか。

吸い物を飲み終えると、鍋料理が運ばれてきた。緑のネギに覆われるように鴨と豆腐と京野菜がぐつぐつと薄茶色の出汁の中で煮立っている。板前が説明した。

「使っている九条ネギの起源は、伏見稲荷大社が建立された七一一年に遡ります。神社への神饌《しんせん》として栽培された後、九条地区でも作られるようになり、今ではこうして京料理に色を添えるようになりました」

京子は率先して料理を取り分けると、「熱いからふーふーしてな」とほほ笑む。彼女と一緒にいれば、腕時計から目を離せない多忙なビジネスマンでも、仕事を忘れてリラックスした時間をすごせるだろう。一人だけ〝時の流れ〟がゆったりしているような、それでいて愚鈍ではなくてきぱきして見えるのは、仕草に無駄がないからだと思う。伝統的な日本舞踊を連想させる所作だ。

鍋料理が出汁汁だけになりはじめたころ、京子は箸を箸置きに戻し、静かな口ぶりで訊いた。

「英一さん、何で戻ってきはったん？　びっくりしたわあ」

「そりゃ……離れ離れが耐えられなくて」

「……うちを待てへんかったんやね」

若干拗ねたような、寂しさ混じりの口調だった。そこには思い詰めた響きがあり、彼女を騙していることへの罪悪感が刺激された。

「このまま京都に住むつもりなん？」

「それは正直、分からない」

——何も分からないからこそ戻ってきた。兄の自殺の理由も、遺書の意味も、京子との関係も、謎の二通の手紙も。

「そうなんや。うちも同じで何も分からへん」

京子は枯れゆく木を眺めるような眼差しをしていた。こんな表情は演技では到底見せられないだろう。

彼女にとっても兄の言動は謎だったのか？　農地の問題は兄の独断と思い込みの暴走だったとしたら？　自殺が唐突だったから、わけありだと妄想してしまったのではないか。

自由気ままに放浪を続けてきた兄は、京都で真剣に愛した女性ができたが、歴史と伝統がある祇園の地で初めて家柄という壁に直面した。風来坊の身では越えることができず、逃げるように帰省した。彼女が本気なら高知まで追いかけてきてくれるのではないか、と一縷《いちる》の望みを抱いて。だが、彼女が現れなかったので完全に失恋したと思い込み、遺書を残して首を吊った。一方、彼女は彼女で兄の行動を誤解していた。突然京都から姿を消され、捨てられた、と。そんな可能性もある。

もしそうだとすれば、すれちがいが生んだ悲恋だ。農地の譲渡は、愛した女性への最後の贈り物のつもりだったのかもしれない。自分の死を知って彼女が現れれば譲りたい、と。

京子と向き合っていると、悪意を探そうとしている自分がとても愚かに思えてくる。

だが――。

本当にそうなのだろうか？　一見筋は通る気もするが、どうしても兄が失恋で自殺するイメージが湧かない。

京子は聖女なのか悪女なのか。

5

京子と食事してから四日間。祇園の町を見物しながら昼間に『京福堂』へ顔を出す生活――。

両親だけでの農作業が大変なことは承知している。だが、兄の自殺の理由を突き止めるまでは帰れない。電話ではそんな強い気持ちを伝え、無理を押し通した。

日曜日の朝、英二は『京福堂』に足を運んだ。着物姿の京子が店先を箒で掃いている。遠目からその様子を眺めた。声をかけなかったのは、話をすればどんどん彼女に惹かれそうで怖かったからだ。一歩距離を置いて観察してみたかった。

京子は近所の住人や通行人と顔を合わせるたびに頭を下げ、黙々と掃除を続けていた。日課なのだろう。『京福堂』の格子戸が開いたのはそんなときだった。白い和帽子、襟がある長袖の白衣コート、和風の青い前掛け——菓子職人の木村だった。

彼が話しかけると、京子は笑顔で何やら答えた。写真に切り取られた一場面を再現したかのようだった。会話は聞こえなくても親密さが窺える。二人は本当に恋愛関係にないのだろうか。京子の説明を鵜呑みにしてしまっていいのだろうか。

英二は引き返したい衝動に駆られた。このまま眺め続けてもし決定的な場面を見てしまったら、京子を信用できなくなる。彼女の〝嘘〟は知りたくなかった。そんなふうに感じてしまうのは、心の奥底で京子を信じたい気持ちがあるからかもしれない。

誰のために？　兄のため？　それとも自分のため？

なぜ嘘を暴くことが怖いのだろう。騙されたまま命を絶つように仕向けられたとしたら、あまりに兄が不憫《ふびん》だからか。自分自身、兄が愛した女性に惹かれつつあるからか。感情が思うように抑制できず、振り回される感覚——兄も京子と付き合い、このようなジレンマの中で苦悩したのだろうか。

自問していると、木村がくるっと彼女に背を向けた。店に入っていく。立ち話は何の問題もなく終わったらしい。

ほっと胸を撫で下ろしたとき、木村を見送った京子の笑みが剝がれ落ちているのに気づいた。貼られた綺麗な和紙を剝いだとたんその下から無表情の白壁が顔を覗かせたように——。

京子と木村の親密な場面に出くわす恐れを抱いていたのに、目撃したのは全く逆の場面だった。彼女の横顔には愛情のかけらもなく、道端の石ころを見つめるのと変わらない眼差しをしていた。

木村本人の前では親しげな笑顔を見せておきながら、彼が背を向けたとたん冷めた目を注ぐ——。

もし二股をかけているとしたら、木村こそ本命だと思っていた。ちがったのか？　別の意味で京子の本心が分からなくなった。清流にたゆたう笹船のように、心証が右に左に揺れる。澄み切っている川の底にも汚泥は存在するのだ、と、そんなことを思った。

やがて彼女は掃除を終え、店の中に姿を消した。

英二は冷気の中に白い息を吐き、その場を離れようとした。突然、「英一さん」と呼びかけられた。振り返った先には女の子が立っていた。たしか——名前は渡辺雅美だ。京都に来た日、半ば強引に『京福堂』まで連れていかれた。ストーカーさながら物陰から京子を覗く姿を見られなかっただろうか。

「……よ、よう」

英二は何でもない様子を装い、軽く手を上げた。彼女は不審がるでもなく、「偶然やなあ」とほほ笑んだ。

「今日、何か予定あるん？」

「いや、特には」

「そうなんや。じゃ、あたしとデートせえへん？」

口ぶりから『デート』は軽口の一種だと分かった。兄の二股の証拠ではないだろう。

「いいけど……どこへ行く？」

「その辺、歩こ。久しぶりに会えたんやし、あたしも話したいから」

英二は首肯すると、雅美と連れ立って歩いた。祇園の町は、外国人観光客の姿が目立ち、日本人かと思えば中国語や韓国語の会話が聞こえてくる。白人や黒人とちがって一目では分からない。

水色の着物を着た舞妓が二人、歩いていた。外国人観光客が立ち止まって無断撮影をしている。

その様子を眺めていると、雅美の咎める声が突き刺さった。

「京子さんいんのに、目移りしてんの？」

英二は慌てて舞妓から視線を引き剝がした。

「あっ、いや、舞妓さんを見たら、ああ、京都に帰ってきたんだな、って感慨深くて……」

「何言うてんの。あれ、本物ちゃうよ？」

「へ？」

「その辺のレンタル着物屋で借りはったんちゃう？　ほら、肩のとこ、着崩れてはるやろ。よう見てみ。花かんざしも三月の菜の花やし。一月はおめでたい松竹梅か鶴やのに」

舞妓は月ごとに花かんざしを替えるのか。言われてみれば、二人の女性は着物を着ているのではなく、着物に着られている印象だ。しまった。ボロが出ただろうか。

雅美は特に気にした様子もなく、舞妓の衣装について説明しながら歩いていく。昔から本物を見てきた京都の女の子はさすがに詳しいと感心した。

着いたのは鴨川だった。白雲が映り込んだ清らかな川面は、まるで青空がはるか彼方まで流れていくようだった。カップルが示し合わせたかのように等間隔で座っている。

「見て見て！」

雅美が指差す先では、頭が赤茶色の鴨が水面を泳いでいた。

「わあ、可愛い！　ヒドリガモや。あっちはコガモの群！」

鴨川では、雪のように白いユリカモメの大群も飛び交い、あちこちで羽音を立てている。

「あれ見ると冬が来たなあ、って思うわ」彼女はしばらくはしゃいだ後、くるっと振り返った。「なあ、今度はもう逃げへん？」

「逃げるって――」

「京子さんからに決まってるやん。『老舗も伝統も関係ない。人間、自由に生きればいい』って言うてたやん。そやのにいきなり姿消して……」

兄はそんなことを言っていたのか。兄にとっては〝家柄〟など些末な問題だったのかもしれない。だからこそ、前に『ま、釣り合わないのは承知の上だからな』と卑屈なほど謙遜したら京子は怪訝な顔をしたのだ。言動には細心の注意を払わねば、はじまる前から終わってしまう。

た。


「いや、色々あって――」

　兄のことを何も知らない弟としては、曖昧にごまかすしかなかった。

「あたしをフッたくせに、京子さんまで捨てたんかと思うたわ」

　危うく驚きの声を出すところだった。喉まで出かかった声を懸命に飲み下し、一呼吸置いた。

　雅美は兄を好いていたのか。それとも元恋人なのか？　何にせよ、兄と雅美は単なる友達ではなかったのだ。

　英二は苦笑いで濁すのが精一杯だった。

「あたしと英一さんじゃ、考え方が正反対やもんね。もうすぐ襟替えの時期やけど、英一さん、納得できへんかったし、しゃあないって諦めたんやで」

　襟替えか。語感から推測するに衣替えのことだろう。京都では独特の言い回しがあるらしい。しかし、衣替えに納得できないとはどういう意味なのか。

「何で好き好んで――って英一さん、何度も言うてはったもんね」

　何の話だ？　正体を明かして事情を訊いたら、彼女は答えてくれるだろうか。分からない。北嶋英一だと信じられているうちは、演技を続けるのが無難かもしれない。いつかバレる日は来るのだから、焦って自ら早める必要はない。

「まあ、な……」英二は不審に思われないよう、とりあえず同調しておいた。「考え方はなかなか変えられないし」

「うん。分かってる」

「ごめん」

「責めてへんよ。あたし、英一さんの自由奔放なところに惹かれたんやし。でも、あたしはそんなふうにはなれへんし、付き合《お》うたりはできへんの分かってたし。京子さんとちごうて、あたしは自分の意思で選んでるんやから」

英二は黙ったままうなずいた。それが無難な返事の仕方だと思った。

「でも、京子さんを説得すんのも難しいで？　なんたって、六百年の伝統がのしかかってるし」

京子と結婚したかった兄は、老舗の和菓子屋『京福堂』の暖簾の重みに屈し、帰省したのだろうか。二人のあいだには何が横たわり、どんなやり取りがあったのだろう。

改めて思い出したのは、ノートに挟まれていた二通の兄宛の手紙だ。


京福堂の秘密を知っています。それを聞けば考えも変わると思います。

一度、お話しさせてください。


清水さんにお願いしてみましょう。希望はあります。だからどうか、まだ死なんといてください。

一筆箋は『美夏』という女性からだった。和紙は差出人不明だ。筆跡から女性だと思う。文面を見るかぎり、清水京子が兄の自殺に無関係だったとは思えない。あるいは——清水は母親の房恵のほうだろうか。

手紙の送り主は、兄の死の決意を知っており、それを食い止めるために清水家の誰かに何かをお願いしようとしていた。たぶん、そういうことなのだろう。

やはり京子には何かある――そんな気がしてならなかった。

二人で鴨川沿いを歩き、祇園に戻った。京町屋が並ぶ中、雅美は『一服屋』の前で立ち止まった。

「お饅頭、買ってこ。英一さんは気まずいかもしれへんけど」

すぐそこに『京福堂』があるからだろう。

「同じ通りのライバル和菓子屋だもんな」

「和菓子屋やなくて、お饅頭屋。前にも教えたやん」

「そ、そうだっけ？　ついつい。この前も京子さんから同じツッコミされた」

「京子さんにも和菓子屋言うたん？」

「……まずかったかな？」

「京子さん、きっとこう思うたんちゃう？　『いややわあ、この人、和菓子屋とお饅頭屋の区別もつかはらへん人なんやろか？』って」

「いや、でも、同じようなもんだろ。饅頭だって和菓子だし」

「ちゃうよ。お饅頭屋は、一般家庭で気軽に食べられるお饅頭やお団子を売ってるお店で、和菓子屋は伝統と格式がある老舗。昔から朝廷に献上したりする和菓子を作ってたって誇りがあるから、一緒にしたら怒られんで。『京福堂』はお茶席用の茶席菓だけやなくて、茶道の家元さんとか大寺院がお得意様やし、御所にも献上してるんやから。値段も全然ちゃうし」

「しまったなあ。口を滑らせた」

「注意せなあかんで。京女《きょうおんな》はそういうとこプライド高いんやし。ま、あたしはお高い和菓子より、安いお饅頭のほうが好きやけど……あっ」雅美は子供っぽい笑顔を見せると、唇に人差し指を添えた。「しー、な。内緒やで」

夏のヒマワリのような印象の彼女には、寒さを吹き飛ばす元気さがあった。京子とはまたちがう魅力がある。兄がそんな二人に好意を抱かれていたのは少し羨ましい。

雅美が『一服屋』に入ると、英二は後を追った。「おいでやす」と出迎えたのは、和服にエプロン姿の女性だった。栗色の巻き毛と大きな目が特徴だ。二十代前半だろうか。

「おはよー、亜里沙ちゃん。お饅頭貰える？」

「宇治抹茶の新作がお薦め」

「へえ」雅美はショーケースに顔を近づけた。「目移りしてしまうわあ。どれも美味しそう！」

彼女が品定めしていると、亜里沙の顔が英二に向いた。髪を掻き上げつつイヤリングをいじる様は自然で、アクセサリーへの慣れを感じさせた。光り物を身に着けていない京子や雅美とは対照的だ。

「北嶋さん、おはようございます。戻ってきはったんですね。京子さんを諦めたんかと思うてました」

「いや、諦めれなくて」

「ええなあ！　私、応援してますから！」

「ありがとう」

「絶対、周りのプレッシャーに負けんといてくださいね。お似合いやと思いますし」

雅美が会話を遮るように「これちょうだい」と饅頭を指差した。その後、英二の顔色を窺うような一瞥を寄越す。何だろう？

「まいどおおきに！」亜里沙がにこやかに笑う。「おいくつ？」

「四つ」

亜里沙は箱を取り出して饅頭を入れた。雅美が代金を支払うと、一緒に店を出た。そのとき、二人の女性と対面した。和服姿だ。一人は五、六十代だろう。もう一人は二十代後半か。

雅美が足早に二人に駆け寄った。

「おかあさん、雅子さんねえさん」雅美は礼儀正しく辞儀をした。「おはようございます。お出かけどすか」

雅美の家族だったのか。彼女の実家はずいぶん躾が厳しいらしい。見かけによらず、少女漫画の中の〝お嬢様〟のような丁寧さだ。

英二は同じく頭を下げた。

「おかあさん、おねえさん、おはようございます」

二人は目を丸くした。〝北嶋英二〟の存在は雅美の家族に知られていなかったのだろうか。ならば、挨拶の後に自己紹介しなければ不自然になってしまう。とはいえ、顔見知りだった可能性を考えると、迂闊な一言も口にしにくい。

「……雅美はん、半人前のうちから男はんの噂が立つようなまね、したらあきまへん。よろしいな」

「もちろんどす」

雅美は古臭く感じるほどの京言葉で応じた。実は彼女は京子以上の老舗の娘なのかもしれない。数少ないやり取りから相手の情報を得るのは骨が折れる。

二人が立ち去ると、雅美は手の甲で顔の汗を拭う真似をした。ふうと一息つく。

「まさかの遭遇。気をつけてはいたんやけど、今日は油断してた」

「やましいことはないんだし、堂々としていたらいいんじゃないか」

「……そうかもしれへんけど、やっぱり変な噂は厳禁やし」

「少し時代錯誤な気もするけどな」

「そういうもんやし、普通やで」

「俺は厳しいと思うけど、まあ、京都だしな」

『京福堂』が見えてくると、雅美は包装された饅頭の小箱をバッグの中に押し込んだ。

「おばさんに見つかったら大変」

「ライバルの和菓――饅頭屋の商品だしな」

「英一さん、おばさんの前でライバルなんて言うたらあかんで。気い悪うしはるで」

「あっ、和菓子屋と饅頭屋じゃ、伝統と格式が――」

「そ。注意せな」

「気をつける」

雅美は『京福堂』の暖簾をくぐりながら格子戸を滑らせた。彼女と一緒に入店する。

「おいでやす」着物姿の京子が笑顔で迎えた。「あら、今日は二人一緒なん？」

雅美が何げない口調で答える。

「うん。そこで会ったから」

「そうなんや」

「誤解せんといてな」

「当たり前やん」

ほほ笑みながら会話を交わす二人を横目に、英二はショーケースを眺めた。繊細で高級そうな和菓子が並んでいる。値段も一個数百円単位だ。

「これ綺麗！」雅美は、青や白やピンクの花びら形の和菓子を指差した。透き通っており、冬を思わせる柚子《ゆず》が真ん中に封じ込められているのが分かる。「琥珀糖《こはくとう》？」

「うん」京子が答えた。「和菓子の宝石。純度が高い最高級の砂糖の白双糖《しろざらとう》を使《つこ》うてて、寒天は天然物のてんぐさが原料やねん」

「じゃ、一箱、貰おうかな」

雅美が代金を支払ったとき、格子戸が開き、作務衣風の和装の老人が入ってきた。禿げ上がった頭部の両側に白髪が綿毛のように残り、眉も白い。丸眼鏡が載っかったニンニク形の鼻が目立つ。茶色い老人斑が頬に浮かんでいる。

「京子はん、房恵はんはいてはりまっか」

「おこしやす。少々お待ちください」

京子は店の奥に向かい、「おかあさん！」と呼びかけた。しばらくして房恵が姿を現した。

「何え、大きな声出してからに」

「下柳さんが来たはる」

房恵は蒔絵《まきえ》付きの履物を突っかけ、店に下りた。

「まあまあ、今日はどうしはったんどすか」

「上七軒《かみひちけん》のほうでお茶会がありましてな、和菓子が必要なんですわ。『京福堂』はんの和菓子は素晴らしいさかい」

「おおきに」

「京の老舗の味を守ったはる数少ない名店やさかいなあ。京の味は京の人間にしか作れまへん」

「下柳はんこそ、手織りで西陣織の伝統を守り続けたはって、〝京の巨匠〟言われたはりますやろ。五十種以上の糸を織り込んで図柄を作り上げていかはる匠の技……」

「かれこれ六十年以上、織り続けてますさかい」

「去年の『着物ショー』で三位に入賞しはった着物、色鮮やかで目を瞠りましたんえ。糸で描かれた絵画――って評判やったそうやおまへんか」

「おおきに」

「巨匠・下柳鉄心の名でみんな信用して買わはりますさかい。下柳はんの体一つで伝統を支えたはりますやろ。自動織機を使《つこ》うてはる工房が大半やのに、いまだ手織りで……さすがどすなあ」

「そんな大したもんやあらしまへん。複雑な機械が苦手なだけどすわ。私も手足が動くかぎり現役を通すつもりどす」

「下柳はんは足腰しっかりしてはるし、後二十年は現役で通じはりますやろ。うちのおかあちゃんなんて下柳はんと同年代やったのに、二年前に寝たきりになってしもうて、あっという間に……」

下柳老人の柔和な表情が引き締まった。

「史子《ふみこ》はんの死は早すぎましたなあ」

「重い重い暖簾と遺言を遺して逝ってしまいましたわ」

「……『京福堂』はんは六百年の伝統がありますさかい、たしかに暖簾は重いやろうけど、あんさんなら大丈夫でっしゃろ。立派に『京福堂』の暖簾、背負っていけますやろ」

「ほんまにそう思うてはります？」

「嘘なんかつきまへん。これでも人を見る目はあるつもりですさかい」

「おおきに。あれほど素晴らしい西陣を織り続けてはる下柳はんの目、うちも信用していまず」

下柳老人は遠慮気味に唇の片端を持ち上げた。

「ところで――史子はんの遺言、何言うてはったんでっしゃろ。『京福堂』はんのことでっか」

「……人前で口にすることやあらしまへん」

「ま、そうですな。好奇心旺盛なんは悪い癖ですわ」

褒め合っているのにどこか空々しさを感じる。芝居じみた二人の会話に英二はしばし呆気にとられ、ただ黙ってやり取りを見つめるしかなかった。隅っこに佇んでいた雅美は、居心地悪そうに会釈だけしてそそっと店から出ていった。

房恵は下柳老人に微笑を返すと、独り言のように漏らした。

「おかあちゃんが亡くなった後は『京福堂』の暖簾を背負っていく自信がぐらつきましたけど、六百年の伝統を途絶えさせるわけにはいきまへんしなあ」

下柳老人は訳知り顔でうなずいた後、ショーケースに鼻先を近づけた。雪化粧された草花をイメージさせる和菓子を指差す。

「これ、一箱いただきましょ」

「……お茶会用やったら、一箱じゃ足らへんのちがいます？」

下柳老人は顔に若干戸惑いの色を浮かべた。

「ああ、そうかもしれまへんな。うっかりしてましたわ」

「いややわあ。独りで食べはるつもりやったんやろか」

「……じゃ、五箱いただきましょ」

「おおきに」

下柳老人は代金を払って小箱を受け取ると、店を出て行った。房恵は格子戸が閉まるなり、鼻を鳴らした。

「お茶会なんてあらへんのやろね。ま、わざわざ上七軒《かみひちけん》まで調べに行こ思わへんけど。お茶菓子を理由にしてうちを探りに来はったんやわ。わざわざ西陣から」

うち――『京福堂』のことか。

京子が小首を傾げた。

「探りに、って何なん？」

「何でもあらへん。京子は気にせんでええ。口実のお茶菓子、五箱買わせたったし、充分やろ」

謎の一筆箋のとおり、『京福堂』には探られて困る何かがある。そしてそれを京子は知らない。今のやり取りからはそう受け取れる。

美夏という女性は、『京福堂』の秘密を兄に伝えようとしていた。『それを聞けば考えも変わると思います』という一文からは、兄を翻意させたい意志が感じられる。翻意させたい考え――それは自殺の決意だったのではないか。もう一通の匿名の和紙には、『清水さんにお願いしてみましょう。希望はあります。だからどうか、まだ死なんといてください』と記されていた。二通に共通しているのは、何かに思い詰めている兄への懇願だ。

兄を死に追いやったのは、京子ではなく、『京福堂』なのか。そうだとすれば、彼女が〝北嶋英一〟に自然体で接しているのは演技ではなく、本当に何も知らないのかもしれない。六百年の老舗『京福堂』には、兄を追い詰めた何かが隠されている。そう思えてならなかった。

西陣織の職人らしい下柳老人の存在は気になる。房恵は彼が『京福堂』を探りにきたと考えている。つまり、下柳老人は『京福堂』の何かを薄々摑んでいるのではないか。真相を手繰り寄せる糸の端を見つけた気がした。彼は〝北嶋英一〟に無反応だったから、下手に兄を知る京子や雅美たちより話を聞き出しやすいかもしれない。

6

東西は堀川通から七本松通、南北は中立売通《なかだちうり》から船岡山の麓までの一画を『西陣』と呼ぶ。名前の由来は一四六七年に起きた応仁の乱に遡る。山名宗全率いる西軍の陣が置かれたため、その地が『西陣』と名付けられたという。

祇園からは市バスで三十分程度だった。同じ京都でも雰囲気ががらっと変わる。

『西陣』では、職住が一体となった〝鰻の寝床〟式の長屋が寄り添うように並んでいた。間口が狭く、中二階の切妻造りだ。広い通りには、頭一つ飛び抜けた現代風のビルが見受けられる。近代化に懸命に抗い続ける哀愁が滲み出ており、それが今なお江戸時代の町並みを保ち続けているような祇園との大きな差だった。

西陣織の下柳鉄心の名前は、京の町では有名らしく、地元の人間に訊いたら住所はすぐに分かった。両腕を伸ばせば向かい合うそれぞれの家の格子戸に触れられそうなほど狭い通りに踏み入り、軒先に自転車や植木鉢が置かれた中を進んでいく。

格子戸を開けると、絢爛豪華な色が目に飛び込んできた。和の店内を飾る織物の数々。黒地に松の木々と鶴、赤や黄や緑の菊紋、手毬の文様、十二単《じゅうにひとえ》を纏う平安の女官、金色の海を渡る宝船、赤地に花咲く白い山茶花《さざんか》――。

平安時代に迷い込んだような鮮やかさに目を奪われた。見とれていると、和装の男が「おいでやす」と近づいてきた。四十代だろう。地肌が透けるほど短く刈り整えられた髪は、ねじり鉢巻きが似合いそうだった。

「あの……下柳鉄心さんは……」

「親父ですか。奥の工房です。お知り合いでっしゃろか」

「いえ、そういうわけではないんですけど、見事な西陣織の職人さんと聞いて、話を伺いたいと思いまして」

「親父も忙しいですし、会わへん思います」

「実は昨日、『京福堂』でお見かけしたもので……」

「『京福堂』――？」

「はい。お茶会用の和菓子を購入に来られて」

「ああ、適当に食っとけ、って渡されましたわ。あれ、お茶会用に買《こ》うたもんやったんでっか」

「一応、そういう理由だったようです」

「お茶会の予定なんてあらへんのですけどね。親父、何考えとったんやろ。『京福堂』、あまり好いてへんのに……」男は「あっ」と顔を顰めた。「すんまへん。今のは聞かんかったことにしといてください。老舗同士、いがみ合っても気分悪いさかい」

「はい。もちろんです。でも――『京福堂』の女将さん、下柳さんの真意に気づいていたようでしたよ」

「……そうでっか。向こうさんも思うところがあるんでっしゃろ。お客さん、『京福堂』の関係者さんやろか？」

「関係者と言いますか……、女将さんには嫌われている立場と言いますか……」

嘘ではない。老舗の一人娘をたぶらかす根無し草の〝よそさん〟だと思われている。

男は興味を引かれたようにうなずくと、奥に向かって呼びかけた。しばらくの後、下柳老人が現れた。枯れ草色の作務衣、丸眼鏡、白髪――職人の風格が漂っている。しかし表情は緩く、頑固一徹という雰囲気はない。

「なんや、康史」

「親父にお客さんや」

下柳老人は丸眼鏡をかけ直し、目を凝らすようにした。顔の皺が寄り集まるように深まり、皮膚の老人斑がいびつに歪む。

「はて。どなたやったかな」

「昨日、『京福堂』でお見かけしました」

「覚えてまへんなあ」

「隅っこにたたずんでいましたから」

「そうどすか。で、何の用でっしゃろ」

――『京福堂』の秘密を何か知っているんなら教えてください。

単刀直入に尋ねて答える人間がいるとは思えない。そもそも秘密があるのかどうかも分からない。

英二はとりあえず当たり障りのない話からはじめた。

「素晴らしい織物ですね。びっくりしました。相当な手間暇がかかるんでしょうね、きっと」

下柳老人は虚を突かれたように一瞬目を見開いたものの、愛想のいい笑みを形作った。

「紋意匠図《もんいしょうず》――言いましてな。ま、織物の設計図ですわ。作成した図柄を方眼紙に写し取るんどす。マス目一つが経糸《たていと》と緯糸《よこいと》やから、細かく配色を塗り潰していって、原糸、糸染、整経、綜絖《そうこう》、配色――と、織り手の私のもとに届くまでには、何人もの専門家を経ているんですわ」

「一人で作られているんじゃないんですね」

「それぞれが一生修業の専門職やさかい、一人で全てを極めるには何十回も輪廻転生せなあきまへんなあ。誰か一人でも欠けたら成り立ちまへん」

「だからこそ――」英二は店内の見本を見回した。お世辞抜きで心を打たれる。「この見事さが保たれているんですね」

「一日に織れる長さは二十センチ程度やさかい、帯一本を仕上げよう思うたら一ヵ月はかかりますよって」

「大変なんですね」

「最近は着物着はる人も減ってしもうて、売り上げは最盛期の四分の一にまで低迷してますけど、平安時代以前から織られてきたこの西陣の伝統、途絶えさせるわけにはいきまへんし、泣き言は言うてられまへん。江戸の大火や幕府の贅沢禁止令で廃れそうになっても、しっかり立ち直ってきましたさかい、諦めんと努力あるのみどす」

織物の数々を眺めているると、下柳老人が声音を変えた。

「……ところで、『京福堂』はんのところで会《お》うたいうことやけど、房恵はんから何か頼まれましたんやろか？」

反射的に否定しそうになり、英二は言葉を呑み込んだ。房恵が下柳老人の意図を怪しんだように、彼も彼女の意図を怪しんでいる。誤解を利用したほうが情報を得られるかもしれない。

英二は含みがあるような微苦笑を繕った。

「……房恵はん、何か言うたはったんでっしゃろか」

――お茶菓子を理由にしてうちを探りに来はったんやわ。

彼女はそう言った。正直に伝えていいものかどうか。迂闊に〝密告〟したら余計な軋轢《あつれき》が生まれるかもしれない。

「『ほんまにお茶会用の和菓子を買いに来はったんやろか』って。少し気にしていましたね」

この程度なら問題はないだろう。単なる疑問だ。

「……で、あんさんは房恵はんに頼まれて私の真意を探りに来はったんでっか？」

「いえ。僕は女将さんには嫌われていますから」

向こう側だと思わせないほうが得策だろう。案の定、下柳老人は関心を引かれたように白い眉を吊り上げた。

「ほう？　どういうことでっしゃろ」

「一人娘の京子さんに想いを寄せているもので……女将さんとしては、高知の片田舎から出てきた人間は『京福堂』に相応《ふさわ》しくないって感じているんでしょう」

下柳老人は人差し指と親指でニンニク鼻をしごくようにした。

「房恵はんはよそさんを嫌《きろ》うてはりますからなあ。京都人の誇りでっしゃろ。生粋の京都人とよそさんじゃ、やっぱりちがいますさかい。一代、二代、京都に住んだ程度じゃ、京都人にはなれまへん」

「……少し排他的な気がします」

「言葉《もの》は言いようでんな。京都の人間は伝統と格式を大事にしているだけやさかい。溶け込みたいなら、こんな真ん中やなく、下のほうが住みやすいでっせ。京都いうても色々やさかい」

兄は『京福堂』ではなく、房恵でもなく、京都という町——狭義の——に恋を引き裂かれたのかもしれない。

「もし本気で京子はんを想うてはるんなら、その気持ちを房恵はんにぶつけてみたらどうどすやろ。理解してくれはるかもしれまへんで」

「……どうでしょうか。とてもそんな感じはしません」

「あそこまで京都の血にこだわることは愚かしいことやさかい。伝統と格式を尊重しながらも、懐深《ふこ》う新しさも受け入れる——それが京都やと思うてます」

巨匠のイメージに反する柔らかい思考は意外だった。和菓子屋の女将より排他的だと思っていた。人は見かけや肩書きでは語れない。

「もっと京都の伝統に固執されているかと……」

「そうどすなあ。私も昔は京都人以外に西陣が織れるか！　なんて思うとりました。そやけど、今じゃ、職人がどんどん減ってしもうて……お高くとまってはいられまへん」

「そうだったんですか」

「織り手の平均年齢は七十歳言われとります。職人の給料も月に十五万まで落ちてますさかい、年金貰《もろ》うてる年寄りやないと暮らしていけまへん。技を継承する者《もん》がおらんかったら、伝統と格式と一緒に死なあきまへん。大事なんはそれらを残すこととちがいますか？」

「そうですね。そう思います。女将さんもそんなふうに理解してくれたらよかったんですけど……」

「過去形で語らはるんどすなあ。最初から諦めていたら、何もはじまりまへん」

最初から諦めているわけではない。房恵の理解が欲しかったのは、自分ではなく、兄だ。自殺した兄だ。交際が許されていたならば、死を選ぶ必要はなかったのではないか。

全ては――手遅れだ。

英二は、思っていたより親しみやすい下柳老人に少し気を許し、一歩踏み込んでみた。

「『京福堂』には、何か隠し事があるんでしょうか」

下柳老人は微笑を浮かべた。

「何もあらしまへん」

その返事は素っ気ないものだった。

下柳老人からは収穫がなかった。何かを隠しているような気がするものの、京都人らしいあのほほ笑みで否定されると、それ以上追及しても暖簾に腕押しだと確信した。

文字どおり老舗の暖簾を背負っている人間はいなし方もうまい、と苦笑する。

夕焼けが京町屋を朱に染める中、英二は『京福堂』に向かった。格子戸を滑らせる。

「おいでやす」

答えたのは京子ではなかった。声の主——房恵は訪問者を確認するなり、接客用の表情を消した。

「北嶋はんでっか。京子は出かけてますえ」

「どこへですか」

「上七軒《かみひちけん》のほうまでお使いに行って、当分帰ってきやしまへん」

「……そうですか。じゃ、出直します」

踵を返そうとしたとき、奥から「誰が上七軒《かみひちけん》までお使い行ってんの」と声がし、京子が姿を現した。

英二は批難の感情を眼差しに込めて房恵に突き刺したが、彼女は悪びれた様子もなく、唇に微笑を刻んでいた。嘘がバレても焦りを全く見せない落ち着きぶりはさすがだった。

着物姿の京子は草履を突っかけると、店に出てきた。

「英一さん、来てくれはったん？」

「なんとなく会いたくなって」

「嬉しいわあ。うちも顔を見たいと思ててん」

にっこり笑む京子は、可憐な花と同じだった。瞳に愛情の温かさが渦巻いている。

英二は内心の動揺を押し隠して笑い返した。〝北嶋英一〟に向けられた笑顔と承知していながらも、体温が上がり、心臓が早鐘を打つのが感じられた。

見つめ合っていると、格子戸が開き、中年女性が入ってきた。和服を品よく着こなしている。

「ほら、京子。お客さんえ」房恵はぴしゃりと言った後、中年女性に向き直った。「おいでやす、奈津はん」

京子もすぐに応対する。

「おいでやす。おばさん」

「京子ちゃんは相変わらず綺麗やねえ」

「おおきに」

房恵が進み出る。

「奈津はん、今日はどうしはったん？」

「お客はん用の和菓子をいただこう思うて」

「まあ、おおきに。『一服屋』はんに買《こ》うてもらえるやなんて、光栄やわあ」

「『京福堂』はんの和菓子は天下一品やさかい」奈津は上品な笑い方をした。「うちのお饅頭は庶民の味ですよって」

「謙遜しはって。うちの京子も『一服屋』はんのお饅頭、大好きどす。口に入れたら皮も〝ほどき〟がええさかい」

「おおきに」彼女は京子を見やった。「そういえば、京子ちゃんは結婚しはらへんの？」

京子は曖昧な笑みを返した。

「『京福堂』はんの婿さんなら、そら立派な家柄の人やないとあきまへんなあ。ええ人、いいひんの？」

答えたのは房恵だった。「全然おりまへん」英二を一瞥すらせず、かぶりを振る。「京子は器量がようあらへんし」

「まあ、厳しいわあ。京子ちゃんが器量悪かったら、うちの娘なんて一生独身やわ」

「何言うてはりますの。お饅頭屋の『一服屋』はんの娘さんいうたら、外国人観光客のあいだでも別嬪さんって評判どすやろ。いつもお洒落な格好してはるわ、って思うてますすんえ。今年のサイオウダイは亜里沙ちゃんで決まりちがいます？」

「うちは『京福堂』はんのような老舗とちがいますさかい、選ばれたりしまへんわ。今年こそ京子ちゃんやと思いますわ。結婚しはらへんのもそのためなんでっしゃろ」

「京子がサイオウダイやなんてめっそうもあらへん。早《はよ》う誰かお嫁に貰《もろ》うてくれへんやろかって毎日言うてるんどす。呉服屋の孝子はんとか、料亭の瑞希はんとか、早々と結婚しはって羨ましいわあ」

二人は何の話をしているのだろう。サイオウダイ？　そのために結婚しない？

「孝子ちゃんや瑞希ちゃんは二十代前半で結婚しはったさかい。女の賞味期限はクリスマスケーキいうらしいどすえ」

「クリスマスケーキどすか」

「二十五の夜から安うなりますやろ。二十四から離れるにつれて価値が下がっていくいう意味なんやて。亜里沙もはよ結婚せな後は下り坂やわ」

「亜里沙ちゃんが下り坂なら、二十八の京子なんてもう転がり落ちてますな」

「何言うたはんの。京子ちゃんは別嬪やさかい、例外どす。三十でも三十五でも心配ありまへん。和菓子は洋菓子のように足が早《はよ》うあらへんし」

奈津はにこやかに笑いながら和菓子を見繕った。京子は普段の接客時と全く変わらない笑みを崩さないまま突っ立っている。

「じゃあ、これとこれをいただいて帰ります」

奈津は和菓子を購入すると、丁寧に辞儀をし、『京福堂』を出て行った。

「――ほんま、嫌味やわあ」房恵は忌々しそうに言った。「京子はサイオウダイにならなあかんねんから、孝子はんや瑞希はんみたいにどこの馬の骨かも分からん人と結婚してもろうたら困るわ」

彼女の豹変ぶりに戸惑った。会話の端々に出てくる〝サイオウダイ〟とは何だろう。

英二は京子を見つめた。

「なあ、今夜時間あるかな?」

「あるけど」

「なら一緒に食事でもしないか」英二は房恵をちら見した。「おかあさんが許してくれたら――」

「おかあさんは関係あらへん。うちは大人やもん」

「何言うてんの、京子。大事な時期に変な噂が立ったらどうすんの」

「心配せんかてアホなことはせえへんし」京子はそれから英二に言った。「ほな、店はうちのお薦めでええ？　祇園さんのほうにええお店があんねん」

「祇園のほうって……ここが祇園だろ」

「へ？　何言うてんの。祇園さんいうのは、八坂さんのことやん。常識やろ」

八坂さん——八坂神社のことか。

「そんな常識、初めて聞いた」

「嘘やん。八坂さんは奈良時代の『祇園社』が元やねん。明治時代に政府が『八坂神社』に改名してしもたんやけど。常識やし、覚えといてな」

相変わらず京都のことになると意地になり、少し拗ねた口調で語るところは可愛い。

「じゃ、英一さん、八時半ごろに待ち合わせな」

「分かった」

英二は房恵に怒りをぶつけられる前に『京福堂』を後にした。

一月は日が落ちるのが早い。午後六時前なのに祇園の町はすでに薄暗く、京行灯や提灯が灯っていた。

借りている京町屋に向かっていると、水色の着物姿の舞妓が歩いてきた。片手で褄《つま》——帯から裾までの部分——を取り、裾を引きずらないようにしながら上品に小股で。

彼女は目の前で立ち止まると、白塗りの顔に笑みを広げ、丁寧に辞儀をした。

「昨日はおおきに」

「え？　昨日って……ええと……」

突然の挨拶に戸惑うと、舞妓は小首を傾げた。松と鶴をデザインした花かんざしが黒髪を飾っている。

「いやどすなあ。うちを忘れはったんどすか？　雅美どす」

英二は目を剝き、舞妓の顔をまじまじと見つめた。時代劇の町娘のように結われた黒髪、白粉《おしろい》を塗った顔、墨を引いた眉、紅を差した唇——観察しても雅美と気づくのは難しかった。しかも、話し方も全くちがう。バリバリの京言葉だ。

「お連れはんがいはったら、道端での挨拶は遠慮すんのが芸舞妓の常識どすけど、一人どしたさかい」

「ごめん、見違えてつい——」

「もう。困ったお人どすなあ」微苦笑で応えた雅美から表情が消え失せた。「——で、あんさん、どなたどす？」

7

「英一さんやったら、化粧したあたしの顔も知ってるで？」

雅美の咎める眼差しからは逃れられなかった。舞妓独特の白塗りの化粧のせいか、顔立ちがいっそう幼く見えたが、その眼光には目を合わせるのもためらわれるほどの迫力があった。

〝見知らぬ相手〟から突然『昨日はおおきに』と話しかけられ、演技も忘れて素の反応をしてしまった。まさか雅美が舞妓だったとは想像もしなかった。思い返せば、彼女は道行く舞妓が本物かどうか着こなしで見抜き、月ごとに替える花かんざしのことも知っていた。京都人の常識なのだと思って聞いていたが、勘違いだったのだ。

「あなた、英一さんちゃうよね？　どういうことなん？」

雅美の喋り方は元に戻っていた。

「それは……」

「何なん？」

ごまかすことは不可能だ。もう隠し通せない。

「……実は俺は双子の弟なんだ。名前は英二」

「双子がいるなんて、聞いたことあらへん。なんか漫画みたいやなあ。英一さん、自分の話はあまりせえへんかったし」

「騙すつもりはなかったんだけど、兄が最後に住んでいた祇園に来たらみんなに誤解されて、言い出す機会もないまま……」

雅美の白い顔には緊張があった。

「……最後に住んでいた、ってどういう意味？」

伏せておくことはできない。

英二は深呼吸すると、覚悟を決めて口を開いた。

「兄は——自殺したよ。一月三日に」

雅美は手のひらで口元を覆った。

「嘘やろ」瞳が揺れ動く。「まさかそんな……」

「納屋で首を吊ったんだ」

「目の前に英一さんがいるから、死んだなんて信じられへん。実感も湧かへんし……」

納屋で自分が見た光景を具体的に話そうかと思ったが、兄の死をわざわざ思い知らせるのは残酷すぎると気づき、英二はさらっとした口調を意識して言った。

「葬式も済ませたよ」

「ほんまなん？　何で自殺なんて……」

「ある日いきなり帰省して、生前贈与を親に認めさせた直後に……」

「どういうこと？　生前贈与って生きているあいだに財産を貰うとか、そういうやつやろ？」

「ああ。詳しいな」

「お座敷やと立派な肩書きのお客はんのお相手せなあかんし、政治も法律も芸能も、何でも勉強せな話についていかれへん。でも、財産貰った直後に自殺やなんて、おかしいんちゃう？」

「ああ、おかしい。だから自殺の理由を知りたくて、祇園に来たんだ」

想いを吐き出すと、何日も張り詰めっ放しだった緊張が抜け、へたり込みそうになった。

「もっと話したいけど……」雅美はしばし下唇を噛み締めた。「これからお座敷に出な。それが終わった後、話そ」

婉曲に相手の意思を窺う穏やかな京都弁ではなく、語調には有無を言わせぬ強さがあった。

「分かった。後で会おう」

「目立つ場所は避けたいし――ほんなら堀川通の一条戻橋で。千本今出川のほうからでも、上七軒《かみしちけん》のほうからでも、どっからでも行けるし、深夜十二時ごろに」

「そんな遅くに？」

「芸舞妓やったら普通やで？　お座敷は夜遅うまであるし、そやから門限は午前二時。待ってるし、ちゃんと来てな」

雅美は石畳にこぽこぽとおこぼの音を残して歩き去っていった。背中から踵まで隠す舞妓特有の〝だらりの帯〟が遠のいていき、消える。

英二は自分の迂闊さを悔い、白いため息を吐き出した。


雅美とどう話せばいいか気になり、自分から誘ったにもかかわらず今日は京子と食事をする気分になれなかった。

京子に断りの電話を入れると、約束の時間に間に合うように京町屋を出た。タクシーで移動する。一条戻橋は、街路樹とマンションが並ぶ町の真ん中にあった。堀川に架かる八メートルほどのコンクリートの橋だ。袂には項垂《うなだ》れた幽霊の長髪を思わせる枝垂れ柳がある。深夜十二時ともなると人通りもなく、真っ黒い枝垂れ柳と相まって死後の世界に足を踏み入れたような気がした。

橋の前まで近づくと、人影を視認できた。雅美は夕方と同じく、肩と袖が縫い上げられた友禅染の着物を着、西陣織の帯を締めていた。前に彼女から聞いた話によると、帯は六メートルもあり、後ろを長く垂らすため、〝だらりの帯〟と呼ばれているという。着物の総重量は十キロ以上らしい。

　欄干の前で背を向けている彼女は、今にも投身自殺でもしそうに見えた。もっとも、三、四メートルの高さなので、飛び降りたとしても死ぬことはないだろう。

　英二は雅美の後ろ姿を眺めた。肩甲骨の辺りからふくらはぎまで覆う和柄の〝だらりの帯〟は、背中に掛けられた掛軸のようだった。薄闇の中では、白塗りの顔が妙に緊張と不安を煽り立てる。

　気配に気づいた彼女が振り返った。

　渇いた喉を唾で湿らせたとき、彼女が恍惚とした口ぶりで言った。

「英一さんがほんまに戻ってきはったわあ」

「え？」

　雅美は艶笑を浮かべた。

「一条戻橋を渡るとな、死んだ人が生き返るって言われてんねん。平安時代の逸話が元やねんけどな」

　英二はとっさに言葉を返せなかった。彼女が見ている自分は誰なのか。北嶋英一なのか北嶋英二なのか。

　雅美は巾着の籠から花かんざしを取り出した。

「英一さん、約束の目え入れてくれる？」

「目？」

「約束したやろ。稲穂の鳩」

目を入れるとは何だろう。彼女に初めて会ったとき、たしかそんなことを言われた。

——あたしとの約束だって忘れたはるもんね、英一さん。鳩に目入れてくれるんちごうたん？

——もう十五日終わってしもうたやん。

雅美は真剣な眼差しをしていた。花かんざしには黄金色の稲穂が飾られており、その上に白い鳩がちょこんと載っかっている。

戸惑っていると、彼女は表情を緩めた。

「いややわあ、英二さん。そんな怖い顔せんといて。あたしのちょっとした自己満足やし。英一さんがあの世から戻って来てくれはったら、鳩に目を入れてもらお、思て」

彼女の説明によると、花街では元日から十五日までを『松の内』と呼び、芸舞妓は紋付を着る風習があり、この時期だけ稲穂に鳩の花かんざしを挿すという。『実るほど頭の下がる稲穂かな』の諺どおり、常に謙虚に、と戒める意味がある。一人一本しか貰えないその稲穂の花かんざしの白い鳩には、目が描かれておらず、芸舞妓は『松の内』のあいだに意中の相手から目を入れてもらうのだ。

「恋した思い出に約束もしてたんやけど、突然姿を消さはって……『松の内』がすぎてしもうてから戻ってきはった思うたら、英二さんやった」雅美は哀愁の籠もった眼差しを遠くの薄闇に投げかけていた。「今年は『福玉』が大当たりやったし、縁起ええなあ、て思うてたんやけど、あれで幸運を使い果たしてしもうたんやろか」

「『福玉』？」

「年の瀬に貰えんねん」雅美は両手でサッカーボールほどの大きさの円を作った。「これくらいで、餅皮で作られてて、お祭りのヨーヨーみたいに紐が付いてんねん」

彼女によると、花街では芸舞妓が暮れの挨拶に茶屋を回り、『おことうさんどす（年の暮れはことが多くて大変ですね）』と挨拶すると、ご贔屓さんから託された『福玉』を手渡されるらしい。元日の朝、雑煮を食べるときに割るのが習わしだ。中には七福神や干支の人形や櫛、手鏡、宝船などなど、福袋さながら縁起物が入っている。

「毎年それが楽しみで帰省せえへんねん。年の瀬には、紐から吊り下がる大きな『福玉』をいくつも持ってる芸舞妓が目につくで」雅美は寂しげに説明した後、小首を傾げた。「どうしたん？　何でそんなに離れてんのん？」

「……いや、何となく踏み入りにくくて」

雅美は日本人形のような笑い方をした。

「勘ええわあ、英二さん。一条戻橋には他にも色んないわくがあんねんで。藤原道長の時代、鬼女に豹変する美女が出たとか、戦国時代、将軍の乳母《めのと》と密通した家臣がここで鋸挽《のこぎりび》きにされたとか、秀吉に切腹させられた千利休の首が晒されたとか……」

血なまぐさい話を聞かされ、なおさら躊躇した。

「警戒せんといて、英二さん。騙されてた分、ちょっといけず言うただけやん」

英二は苦笑いすると、夜気の中に白い息を吐き、一条戻橋に踏み入った。雅美と至近距離で相対する。

「物の怪《もののけ》が出たら安倍さんに助け求めなあかんなあ」

「総理大臣？」

雅美は口元に手のひらを当てて笑った。

「英二さん、面白いわぁ。この辺で安倍さん言うたら、安倍晴明に決まってるやん。京子さんの前でそんなボケかましたら、びしっとツッコまれんで」

「安倍晴明って、あの？」

「そう。平安時代の陰陽師」雅美は通りの先を指差した。「百メートルくらい歩いたら安倍晴明が祀られた晴明神社があるし」

「……いわくがあるからここへ？」

「それもあるけど、花街は目立つし、男の人と一緒やったら変な噂が立ちかねへんやろ」

「だったら着替えてくればよかったのに」

「置屋に帰ったらもう外出できひんやん」

「置屋？」

「舞妓を抱えてる家のこと。芸能界でいうたらプロダクションかな。住み込みで修業すんねん」

「修業か。大変そうだな」

「花街の習慣やしきたりだけやなく、舞いや茶道、華道、三味線——色々学ぶねん」

「結構お金かかるんじゃないか？」

「食事代も生活費もお稽古代も、全部置屋のおかあさんが出してるんやで。自分が欲しいもんは、毎月のお小遣いで買うねん」

「全部って——すごい気前だな」

「おかあさんは舞妓の面倒を全部見なあかん。一人が一人前になるまで三千万はかかんねん」

「三千万！　先行投資ってやつか」

「そう。だから舞妓は芸妓になるまでの数年間はお給料なしで働いて、費用を返していかなあかん。借金を返し終えることを〝年季が明ける〟いうねん。英一さんは、『望んで借金に縛られる人生は理解できない』って言うたはった」

兄らしい台詞だと思った。兄は実家を飛び出し、全国各地を旅して回る風来坊だった。自由を大事にしていた。自分とちがって……。

「お座敷が掛かったら、お茶屋のおかあさんから置屋のおかあさんに連絡が入って、それから芸舞妓に伝えられんねん」

「さっきから気になってたんだけど、〝おかあさん〟って……」

「置屋の女将さんは〝おかあさん〟いうねん。何歳でも〝おかあさん〟。先輩の芸舞妓は何歳でも〝ねえさん〟。名前にさん付けして〝ねえさん〟を付けて呼ぶねん」

「もしかして、この前、町中で会って挨拶していたのは——」

「置屋のおかあさんと先輩の雅子さんねえさん」

彼女の家族かと思っていた。ちがったのか。どうりで、彼女を真似て『おかあさん、おねえさん』と挨拶したら怪訝そうな顔をされたわけだ。雅美もその時点で変だと感じていたのかもしれない。

「喋り方があまりに丁寧だったから、実家は『京福堂』以上の老舗かと思った」

「うちは普通のサラリーマンの家庭やで」彼女は真剣な表情を作った。「で――英一さんのことやけど、正直に話してくれるんやろ？」

英二は「ああ」と答えた。兄と親しかった彼女には事情を知る権利があるだろう。

「英一さんは何で死なななあかんかったん？　財産、貰えたんやろ」

「……農地を半分。半ば強引に両親を説得して」

「英一さんの家、農家やったんや？」

「本当は兄が農業を継ぐはずだったんだけど、四年前に『家は弟に任せる。俺も脱藩するよ』なんて書き置きを残して家出したんだ」

「脱藩――龍馬好きの英一さんらしいわあ」

雅美の目は遠くを――いや、過去を見つめていた。

「ときどき、絵葉書は届いたけど、それ以外は音沙汰なし」

「英一さん、全国を巡ってるって言うてた」

「北海道とか沖縄とか東京とか、色んなところから絵葉書が届いたよ。それがある日、いきなり帰省して――」

「生前贈与を頼んだ」

「そう。父も最初は怒ってたけど、最終的には認めて、司法書士立ち会いで契約書を作ったんだ」

「無事に生前贈与が認められたのに自殺？　何で？」

どこまで話すべきか。雅美は京子と親しい。京子を調べるために祇園まで来た、と告白したら全て筒抜けになるかもしれない。雅美は味方になってくれるだろうか。

アウェーの京都で助けが得られたら心強いのだが……。

「土地を貰って自殺やなんて――」

「俺は兄の自殺の理由が祇園にあると思ってる」

「どういうことなん？」

「……自殺の前日、兄は『京福堂』の京子さんの名前を出していたんだよ。それが何となく意味ありげだった」

遺書の件はとりあえずまだ隠しておいたほうがいい。作り話で辻褄を合わせよう。

「だから祇園に来たん？」

「ああ。交際していた女性と何かあったんじゃないか、って」

「それやったら首突っ込まんほうがええんちゃう？」

「何か知っているのか？」

「ちゃうちゃう。勘繰らんといて。男女関係が原因やったら、個人のプライバシーやん。家族としては気になるやろうけど――あたしも気になるけど、でも、話さんかったんは、話したくなかったたってことちゃうん？」

遺書には『二月末日までに彼女が現れたら自分の土地を譲る』と記されていた。農地を半分失ったら実家は農業を続けていけないかもしれない。家族と無関係ではない。

「たしかに兄は調べられることを望んでいないかもしれない。でも、引っかかることもあって、無視はできない」

「引っかかることって何なん？」

「それは――」

言いよどむと、雅美はすっと目を細めた。

「もしかして、あたしが京子さんに告げ口するって思うてる？」

英二は黙ったまま彼女の目を見返した。

「告げ口するんやったら、英一さんを演じてることを知った時点で、もうしてると思わへん？」

彼女の言い分には説得力があった。本来なら成りすましがバレた時点で作戦失敗だ。

「……あたし、英一さんの味方やで？」

真っすぐ射貫く眼差しには、切実な哀しみと懇願があった。信じるべきかどうか。判断は難しい。

「あたしを信用してくれるんやったら、あたしも英二さん信用するし、手助けだってしてあげられるかもしれへんけど、信用してくれへんのやったら、京子さんの味方するで？」

「それは困る」

「やろ。あたしも英一さんが死んだ理由、分からへんし、このままやったら夜も眠れへん」

英二は一条戻橋の欄干を摑み、遠方を見据えた。

「……実は兄は遺書を残してたんだ」

英二は全てを正直に語り聞かせた。

「京子さんに譲るって——何で？　あっ、付き合《お》うてたんやから譲ること自体は変やないけど、何で死ぬ必要があったん？　お金を渡したいなら、自分で売って手渡せばよかったのに……」

「それが意味不明で」

「実家を訪ねてきたら譲るって、訪ねて来んかったら譲らんってことやろ？　ほんまに意味分からん」

「『京福堂』の清水京子——って女性を知りたくて、祇園に来たら、兄に間違われて……。そのまま兄を演じたほうが何か情報が得られるんじゃないかって」

「そうやね。京都人はなかなか胸の内側見せてくれへんから、よそさんの立場で訪ねてきても、あのほほ笑みにごまかされて結局何も分からんと思う」

「見せてくれへんから、って——他人事《ひとごと》みたいで、まるで自分が京都人じゃないみたいな言い方だな」

　軽く笑いながらツッコむと、彼女は至って大真面目に答えた。

「何言うてんの。あたし、東女《あずまおんな》やで？」

「東女？」

「東の女って意味。京女とちゃうよ？」

「まさか。だって、舞妓に——」

「最近は舞妓さんに憧れてよそから来はる人がぎょうさんいるんどす。うちも例外やあらしまへんどした。中学校の修学旅行の京都で舞妓さんを見て、引きつけられたんどす。そやから、両親を説得して中学卒業後に東京から京都に出てきて、置屋に入ったんどす」彼女は悪戯っぽく笑った。「――ってわけ」

「舞妓さん姿にはやっぱりその言葉遣いが似合ってるな」

「〝仕込みさん〟時代に教え込まれるんやけど、あたしは東女やし、覚えるの大変やった。花街の京言葉は、一般の京都人は話さへんから耳で聞いて学ぶ機会も少ないし……」

「そうか？　おこしやす、とか、どす、とか、そこらじゅうの店で聞くけど」

「それは、観光客の期待に応えな、思うて京都人っぽさを演出してはんねん。一部の人を除いたら、普段は普通に喋ったはるで。だから、京言葉は使いこなすんが難しくて。あたしなんていまだ〝かみしちけん〟って言ってしまうし。地元の人らは〝かみひちけん〟やのに」

「京都弁と標準語のちがいか。上七軒の名前は何度も聞いたけど……全然気づかなかったな。発音の差なんて微妙だし」

「英二さん。京都人の前で京都弁なんて言うたら気い悪うしはるで。〝弁〟は地方の方言――訛りやし、『京都は千二百年の歴史上、一度も地方になったことないんやけど』って思うたはるから」

「気をつけるよ。でも、なら何て言うんだ？」

「あえて言うなら〝京都語〟やなあ。まあ、若い人は気にせず京都弁ていうけど、お年寄りは結構気にしはるかもしれへん。京都語も京言葉も慣れるん、ほんま大変やった。東女には」

東女か。東女――？

ふっと頭の中を駆け巡った単語があった。

「あっ、〝東《あずま》さん〟！」

雅美は目をぱちくりさせた。

「な、何なん？　急に京子さんのおばさんと同じ呼び方して……」

「あっ、その……つい」

——あんさんにはあの東さんがようお似合いとちがいますか。ずいぶん仲良うしてはるんでっしゃろ。

房恵の台詞が脳裏に蘇る。

東さんは人の苗字ではなく、渡辺雅美の呼び名だったのか。房恵は京都の外の人間をあまり快く思っていないのだろう。どこか距離を感じさせる呼び方にそれが表れている。

——うちの京子と二股かけるなんて、ええ度胸してはりますなあ。娘は渡しまへんえ。

房恵は雅美と兄の仲を疑っていたようだ。しかし、雅美の話を聞くかぎり、二股だったようには思えない。告白してフラれたのは事実だろう。

「……正直に話したけど、それでも手助けしてくれるかな？」

雅美は笑みで応えた。

8

「京子さんと親しいんだから、何か分からないかな？」

尋ねると、雅美は静かにかぶりを振った。

「京都人はそんなお喋りちゃうし、話したとしても本音は見せへんよ」

「そんなもんか？」

「そうやで。表面だけ見てたら本心、見誤るで？」

「覚えておくよ」

「ほんまやで？　英二さん、西陣織の下柳さんとおばさんの会話、本心から褒め合《お》うてたて思てるやろ？」

「ちょっと違和感はあったけど……」

「あれ、かなり険悪やで」

「そこまでとは思わなかったな」

「京都に五年近くも住んでたら、よそさんでもその辺の機微は分かるわ。あたしが京都で知り合うたおばさんな、夏の日差しが強いから、日光を遮るアルミの遮光シートを窓に貼ったんやて。外向けに。そうしたら、ある日、顔を合わせたお向かいさんがにっこり笑いながら窓を見上げて、『まあ、綺麗なもの付けはったんやねえ』って。さも今気づいたような言い方やったけど……そのおばさん、慌てて内向けに貼り直さはった。陽光が反射してお向かいさんの迷惑になっていたんやね」

「怖っ！」

英二は大袈裟に身震いするポーズをとった。

「あっ」雅美は声を上げた。「それ、英一さんと同じや！　出会ったころは英一さんもそんなふうに反応してはったわ」

　英二は苦笑いした。

「そういえば――気になっていたことを思い出したんだけど、兄は衣替えに納得してなかったとか。意味が分からなくて」

「衣替え？　衣替えに納得できへんって何なん？　あたしも意味不明なんやけど」

「ほら、前に言ってたろ。そんな話。何で好き好んで――って兄が言っていたとか」

　雅美は当惑の顔を見せた。

「……それ、衣替えやのうて、襟替えちゃう？」

「そうそう。それ。京都語で衣替えのことじゃないのか？」

「全然ちゃうよ」雅美は笑った。「襟替えいうのは、舞妓が芸妓になること。舞妓になって四、五年経つと――二十歳くらいになると、舞妓でいるのはえずくろしいから」

「えず？」

「えずくろしい。派手で似合わへんいう意味。大人っぽうなるし、襟替えして芸妓になんねん」

「舞妓さんとどうちがうんだ」

「芸妓は、芸で身を立てる〝妓《こ》〟やね。舞妓は半人前やから、お座敷に出ても多少の未熟さは大目に見てもらえるし、舞いだけでもすむけど、芸妓はそうはいかへん。プロやし、リクエストされたら、三味線弾いたり、お客さんと一緒に唄《うと》うたり……。着物や履物も地味にせなあかんし。派手で可愛らしい舞妓の赤色の襟も年月と共に白い刺繍が増えて、襟替えのころには真っ白の襟になってる。こーとな――あっ、地味なって意味やけど、そんな色になっていくねん」雅美は帯留めの〝ぽっちり〟を指差した。銀の台に翡翠《ひすい》が埋め込まれていて色鮮やかだ。「これも使えへんようになる。置屋のおかあさんから貰《もろ》うたお気に入りやけど、〝ぽっちり〟は舞妓だけのもんやし」

「兄はその襟替えの何が納得できなかったんだ？」

「襟替えしたら、ずっと芸妓として生きていかなあかん。もちろん、結婚したり、花街でバーや料亭を開業して辞める人はいるけど、簡単にはいかへん。だから進路を決める時期は、襟替えのときやねん。芸妓になるか、辞めるか。あたしは芸妓として生きるつもりやったから、自由を愛してはった英一さんには、東京から出てきて京都にわざわざ囚われるあたしが理解できへんかったんやと思う」

「囚われる――か」

「英一さんの表現やで」

片田舎に縛りつけられるのを嫌って実家を飛び出した兄には、祇園という町は魅力的な町とはいえ、そこで一生生きていく決意をした彼女の考えが理解できなかったのだろう。自分自身、前々から外への憧れは強かった。出て行った兄に反感を抱いたのは、嫉妬もあったのだろう。

「兄との出会いは？」

「伏見稲荷で偶然会ってん。京子さんと一緒のときに。なかなかドラマチックやった」

「聞いてみたいな」

あの兄が自殺するほどの愛のはじまりをどうしても知りたかった。

※※※

「なあなあ、京子さん、伏見稲荷、行かへん？」

雅美は隣の京子に言った。彼女のお使いに付き合った休日のことだった。

常連客を訪ねた京子は着物姿だ。雅美はカットソーにジーンズでカジュアルにしていた。

化粧はアイシャドーを薄く引き、チークを軽く入れ、ローズ系のリップを塗っている。毎夜毎夜、舞妓になるために〝顔をしている〟から、休みの日くらいは楽にしたい。髪型を流れるままにしているのも、風になびかせられる数少ない機会だからだ。日本髪に結ってもらったら五日から一週間はそのままなので、洗髪できない。湿気で髪型が崩れるため、長風呂も厳禁だ。

のびのび自由にすごせる休日は嬉しい。

「宵宮祭《よいみやさい》？」

「そうそう。あたし、まだ見たことないし」

今日は本宮祭《もとみやさい》の前日――宵宮祭だ。稲荷大神のご分霊を祀る信者が全国から参拝に来る。

「お稽古の休みが全然合わへんかって。今日は絶好の機会やし」

「独りじゃあかんの？　そんなん行くなんて、よそさんみたいで恥ずかしいわ」

「そう言わんと。お祭りに独りなんて寂しい女やん。変な男が寄って来ても困るし」雅美は手を合わせた。「な、ええやろ」

京子は観念したようにため息をついた。

「しゃあないなあ。ちょっとだけな。おかあさん心配するし」

「決まり！」

二人でJR奈良線の電車に揺られた。車内はすし詰め状態で、外国人の姿も多い。ベビーカーに赤子を乗せた白人夫婦、ヒジャーブを被ったイスラム系の女性二人組、中国語で喋っている若者数人——。さすがは訪日外国人人気ナンバーワンの観光スポットだ。

こぢんまりした稲荷駅を出た目の前が伏見稲荷大社だ。通りの向かいに朱色の大鳥居が立っている。

大鳥居をくぐると、石畳が延び、その両側に『本宮祭』と黒字で書かれた赤い提灯がはるか先まで連なっている。大勢の参拝客や観光客と体を押しつけ合いながら歩かなくてはいけない。ひぐらしがけたたましく鳴き交わす中、カメラやスマートフォンを構えている者、団扇で煽いでいる者、ハンカチで汗を拭っている者——様々だ。夕方とはいえ、真夏の熱気と相まって汗が滴り落ちてくる。三方を山に囲まれた盆地の京都ならではの酷暑だ。

「うわあ」雅美は辺りを眺め回した。「凄い人やなあ！」

「そやろ。うち、人ごみ苦手やのに……」

「まあまあ。せっかくやし、楽しんでいこ」

人波に流されながら歩いていたときだった。

「——兄さん、兄さん、今、足踏んだやろ」

隣から不機嫌な声が聞こえてきた。目を向けると、若者三人が一人の青年を睨みつけていた。真ん中の若者は、伏見稲荷大社ならではの狐の面を側頭部に付けている。

「あっ、気づかなくて。もしそうだったらすみません」

「いやいやいや、謝ってすむ問題ちゃうやろ」

「だけど——」

若者が青年の袖口を掴み、脇まで引っ張っていった。本宮踊りの準備が行われている駐車場——紅白幕のやぐらと太鼓が設置されている——の片隅へ。参拝客や観光客は素知らぬ顔で通りすぎていく。

「あーあ、絡まれたはるわ」

雅美がつぶやいたとき、京子が駐車場に突き進んでいった。

「ちょ、ちょっと、京子さん……」

雅美は京子の後を追った。樹木の下では、野球帽を被った茶髪の若者が青年に詰め寄っていた。黒系のタンクトップから日焼けした腕を剝き出しにしている。

「迷惑料とか必要なんちゃう？」

「……今どきベタすぎる絡み方だな」

「なんやお前、喧嘩売ってんのか」

「足を踏んだことに対しては謝っただろ」

「気取った東京弁喋りやがって」

「高知の人間なんだけど」

「あ？　田舎もんかよ」

若者たちがあざ笑ったとき、京子が首を突っ込んだ。

「なあ、ちょっと道、訊きたいんやけど……」

若者たちが振り返り、京子をねめつけた。

「こっちは取り込み中や」

「なんや。同じ京都の人間や思うたし、声かけたんやけど……ちごうたんやな。知らんならしゃあないわ」

「は？　俺ら京都やっちゅうねん」

「ほんま？　どこ？」

「山科《やましな》や」

「ほな京都ちがうやん。品ない人に訊いてもしゃあなかったなあ……かんにん」

「山科馬鹿にしてんのか！」

「勘違いせんといて。山科が品ない言うてんのとちゃうよ。あんたら品ない言うてんねん。京都人名乗るんなら、もう少し上品やないと笑われんで？」

「なんやと！」

一人が京子に詰め寄った。だが、肌が触れ合いそうなほど肉薄した瞬間、「うおっ」と上半身を引いた。彼女が相手の眼前に突きつけているのは、かんざしの尖った先端だった。巻かれていた三つ編みが解け、頬を撫でるように流れ落ちている。

「そんな怖い顔していややわあ。こんなんでも、目ん玉に突き立てたら失明すんで」

「……な、なんやねん、女のくせに」

腰が引けた若者の声は、若干震えを帯びていた。

「うちの後ろは大きいけど、それでもまだ何か言う気？」

若者たちは顔を見合わせると、目で会話した。

「どうなん？」

遠巻きにしていた観光客が「いいぞいいぞ」と声援を送った。

若者たちはバツが悪くなったらしく、「しょーもな」と捨て台詞を吐いてそそくさと引き上げていった。

京子がふうと息をついたとき、青年が大笑いして近づいてきた。

「ありがとう。助かったよ」

「道訊いただけやのに、声荒らげはるし、びっくりしたわ」

よく言うわ——と雅美は苦笑した。あんな言い方したら誰かて怒るに決まってるやん、高知出身者を田舎者呼ばわりした相手への嫌味とはいえ、山科出身者をからこうて、とツッコミたいのを我慢した。

「度胸あるんだな」

「いややわあ。矛先こっち向いてしもうて、膝もガクガクやのに」

「ずいぶん迫力あったけど、まさかヤクザの娘とか？　家は組かなんかなのか？」

「うちの実家は和菓子屋の『京福堂』やで」

「え？　でも、後ろは大きいって——」

「嘘は言うてへんよ。創業六百年の老舗やもん。そんじょそこらの組より大きいやろ？」

おどける京子に引き込まれたらしく、青年は白い歯を見せた。

「たしかに六百年は凄いな！」

「やろ。うちは清水京子。京の和菓子が欲しいときは、祇園東の『京福堂』まで来てな」

彼女は「ほな」と踵を返そうとした。青年が「待った！」と呼び止める。

「何なん？」

「地元の人間なら、ここ案内してくれないかな」

「……こんな人が一番多いときに？」

「宵宮祭とかいう祭りの最中なんだろ？」

「何でこんな人が多いんやろ、と思うわ。普段のほうが落ち着いて見られるで」

「でも、君も祭りに来ているんじゃないのか」

「今日は友達の付き合いやし、長居する予定はあらへん」

「そっか……残念」

青年が肩を落とした。

「京子さん……」雅美は目で訴えた。ちょっとくらいならええんちゃう？

内心が通じたのか、京子はやんわりため息をつくと、髪型を整えた。

「しゃあないなあ。少しくらい案内したげるわ」

「本当か？」青年が嬉しそうに顔を上げた。「それは心強い！」

「さっきので京都のイメージ悪うなったまま帰られてもいややし。京都人として」

「俺は北嶋英一。一生に一度は坂本龍馬ゆかりの地を見たくて高知から出てきた。よろしく」

「河原町のほうには色々あるもんなあ」

「そうそう。今度見に行こうと思ってる。お薦めはある？」

「そういう話やったら雅美ちゃんのほうが詳しいんちがう？」

水を向けられ、雅美は知っている話をした。

龍馬通には、坂本龍馬や海援隊士を匿った材木商『酢屋』があり、龍馬の遺品や海援隊の文書が保存されている。坂本龍馬と中岡慎太郎が殺害された『近江屋』跡――の付近――には、記念碑が建てられている。当の龍馬の墓は生まれ故郷の高知ではなく、京都霊山護國《りょうぜんごこく》神社にある。神社の前の幕末維新ミュージアム『霊山歴史館』には、龍馬を斬ったとされる刀も残されている。高知の人間ならたしかに興味深いだろう。

「――詳しいな」

「そらそうやん」京子が代わりに答えた。「毎日旦那さんの相手せなあかんし」

「旦那！　結婚してるのか？　十代に見えるけど……龍馬好きの夫かあ」

「旦那いうんは夫やなく――」

「お客さんのことやね」雅美は言った。「あたし、舞妓やねん。お座敷でお客さんのお話についていけへんかったらあかんし、普段から色んな分野の知識を入れてんねん。坂本龍馬の話もその一つ」

「そんな若いのに舞妓かあ」

「舞妓は中学出たころから仕込みさんになって、二十歳くらいまでしかできひん」

「じゃあ、その後は引退するのか？」

「そういう人もいるけど、この世界で生きる覚悟をしたら舞妓から芸妓になんねん」

「なんか凄いな。重そうだ」

英一が関心を示したとき、京子が「あっ」と声を出した。「ちょっと待ってな。おかあさんに連絡するし」

彼の目が京子に移る。

「まさか門限とかあんのか？　子供じゃあるまいし」

「別に普通やで？」

「そうか？　なんか不自由そうだな」

「老舗の一人娘が夜遊びしてたら大変やし」

「って言っても、君、結構な歳だろ。息苦しくないのか？」

京子は少しムッとした顔を見せた。

「子供のころからそうやし、当然やと思うてるけど」

京子がスマートフォンを取り出すと、英一は物珍しそうに眺めた。

「へえ。そんなもの使うんだな」

「何《なん》なん、京都人は飛脚でも使《つこ》うてるて思うてるん？　江戸時代ちゃうし！」

「いや、着物にスマホは不似合いだな、って」

「北嶋さんは持ったはらへんの？」

「……家を出たときに解約した。今は気ままなぶらり旅の最中かな」

「そうなんや。なんや気楽そうで羨ましいわあ」

チクッと突き刺した〝お返し〟にも英一は気づかず、「だろ」と屈託なく太陽のように笑っている。

京子は目をしばたたかせた後、小さくかぶりを振った。スマートフォンを操作する。

「あっ、おかあさん。……うん。終わった。……ちゃうよ。雅美ちゃんと伏見さん見てから帰ろうか思て。……うん、分かってる」電話を切る。「ほな行こか」

雅美と英一は、京子の案内で楼門に向かった。宝珠と鍵を咥えた神使の狐像が鎮座していた。楼門を通過すると、本殿が待ち構えている。

京子が説明した。

「昔は山頂に上社、山の中ほどに中社、麓に下社が築かれてたんやけど、この前の戦争で全ての社殿堂塔が焼かれてしもて」

「この前の戦争って――太平洋戦争？」

「何言うてんのん。応仁の乱やん」

「あっ！」英一は京子を指差した。「今の！」

「な、何なん？」

「やっぱり京都人が〝前の戦争〟って言ったときは応仁の乱なんだな」

「ち、ちがいます。よそさんのイメージする京都人を演じただけやん」京子は頬を赤らめ、慌て気味に否定した。「そんなん、うち、おばあちゃんちゃうねんから、応仁のころなんて直接知らへんもん」

「いや、おばあさんも直接は知らないと思うけど。五百五十年も前なんだし……」

「おばあちゃんが悪いんやわ。『この前の戦争いうたら応仁の乱え』なんてよう言うたから」

「へえ～」

英一が疑惑の目と口調を向けると、彼女は拗ねたように柳眉を寄せた。

「もう、いけずやなあ」

「悪い悪い」

「応仁の乱の話なんて、おばあちゃん以外から聞いたことないわ。西暦より元号が癖なんも歴史好きのおばあちゃんの影響やし」

へえ、京子さんもこんなふうに喋るんだ――と雅美は珍しいものを見た思いだった。

普段の京子は頭でしっかり考えてから口にしているのだろう、早口の相手にも一拍〝ゆとり〟を持ってから返事する。今のように色んな表情を見せながら、脊髄反射的に言葉を投げ返す姿は初めてだ。キャッチボールではなく、ピンポンになっている。京都人にはたぶんアップテンポに感じる会話のリズム。英一の遠慮のないツッコミと豪快な笑い方がそうさせるのかもしれない。

「京都人なら〝前の戦争〟の話を日常的にしているのかと」

「……京都は太平洋戦争でも被害は受けへんかったし、町が大変なことになったんは応仁の乱が最後やねん。だから、太平洋戦争に戦争のイメージが薄いんちゃう？」

「なるほど、一理ある」

「でも――」雅美は口を挟んだ。「太平洋戦争のときは、祇園も大変やったみたいやで。最初は芸舞妓も軍の病院へ慰問に行ったり、お偉いさんが花街で豪遊したりして賑わったそうやけど、戦局が厳しいなってきたら花街の営業が全面的に禁止されて、芸舞妓も疎開して……離散寸前やったってお茶屋のおかあさんが話したはった。残った芸舞妓もバケツリレーの訓練したり」

「へえ」京子が感心したように漏らした。「そうなんや……」

「え？　応仁の乱に比べたらよっぽど最近だろ、太平洋戦争。何で知らないんだよ」

英一が笑いながらツッコむと、京子は遠くを見つめた。

「そういえば、おばあちゃん、そのころの話はあんましてくれへんかったなあ。戦中を生きた人やのに。話すんは大昔の――それも何百年も前の話ばっかりやった。おかげで神社やお寺や伝統のことばっかり詳しいなってしもうた」

本殿北脇の階段を上ると、玉山稲荷社に出迎えられた。右側には有名な千本鳥居があった。隙間がないほど朱塗りの鳥居が並び、無数の提灯に照らされている。『万灯神事』だ。朱色の鳥居がうっすらと闇を飲み込むように奥まで続く様は、さながら異界への入り口だった。

「せっかくやし、お山する？」

京子が訊くと、英一は聞き返した。

「お山？　何それ」

「稲荷山を参拝することやん」

「そんな言い方するんだ」

「一般常識やん」

「え？」

「ちゃうのん？」

「……聞いたことない」

京子は面食らったように目を真ん丸にした。まるで信じていた天動説を初めて否定された人のように。

「ま、じゃあ、参拝していくか」

「え？　本気なん？　半分冗談で言うたんやけど」

「何で？」

「石段ばっかりやで。全長四キロあって一周すんのに二時間はかかるし、着物でお山するなんて完全に苦行やん」

「じゃあ何で勧めたんだよ」

英一が尋ねると、彼女は大真面目な顔で答えた。

「社交辞令やん。ほら、もっと言葉の裏読んでくれな」

「えー、そりゃ無理だろ」

「これやからよそさんはあかんねん」

雅美は二人のやり取りを見ながら笑いをこぼした。

境内を一巡りして伏見稲荷大社を出ると、英一は一呼吸した。前腕で額の汗を拭ったとき、京子が花柄のハンカチを差し出した。

「はい。使《つこ》うて」

「いいのか？」

「ハンカチは汗拭くためのもんやし」

「……ありがとう」

英一がハンカチで汗を拭いていると、京子が尋ねた。

「何《なん》か食べる？」

「うーん、地元の名物は何かあるか？」

「……そうやなあ。スズメの丸焼きは？」

「は？　スズメの丸焼き？」

「そ」京子はスマートフォンを取り出し、操作した。「こういうの」

画面に写っていたのは、グロテスクな鳥の丸焼きだ。赤茶色に焦げており、目玉と嘴《くちばし》がついている。

「うげっ！」

「何なん、その反応。失礼やわあ」彼女は台詞に反して特に気を悪くしたふうでもなく、悪戯っぽくほほ笑んだ。「北嶋さんかて焼き鳥は食べるやろ？」

「こんな丸焼きはちょっと……鳥の姿そのまんまだし。京都人はみんなこんなもん好きなのか？」

「苦手な人も多いで。うちも食べへんし！」

「は？」

「北嶋さんはどんな顔しはるやろ、って見てみとうて」

「トラウマになるだろ！」

京子は手のひらで口元を隠すように笑った。一本芯がある中でも控えめな京都の町と同じく彼女の仕草は上品だ、と思う。

「京都っていや、あれだろ、有名なぶぶ漬け。勧められて応じたら、居座る気か、って内心で馬鹿にされる――」

「そんなん都市伝説やん。今時、帰らはらへんお客さんにぶぶ漬け勧める京都人なんていいひんよ」

「本当に？」

英一がからかうように訊くと、京子は唇を尖らせた。

「当然やん。ぶぶ漬け勧めるなんて、わざとらしすぎるわ。知らん顔して『そういえば、今何時やろ？』って口にしただけでみんな空気読まはるわ」

「怖っ！」

「何言うてんのん。気遣いやん」

「皮肉だろ、それ」

「ちがうよ？　もう遅いし帰って、なんて直接言うたら角立つやん」

「そんなもん？」

「相手のこと気遣って喋ってるだけやのに、京都人は腹黒い、なんて言わはるから、よそさんはややこいわあ」

英一は笑うと、京子を見つめた。

「なあ、また会えるかな？」

「『京福堂』来てくれたらいつでも会えるで」

「そっか。しばらく祇園にいるつもりだし、会いに行くよ」

「店番ない日やったら京都の隠れた名所、案内したげるし」

「楽しみにしてる」

見つめ合う二人の眼差しの中には、どことなく親密さが窺えた。早々に蚊帳の外に置かれた気がして、少し拗ねてみたくなる。そもそも、普段人と距離を取りがちな京子があんなふうに喧嘩の仲裁に入ってまで目立つまねをするなんて、最初から英一のことが気になっていたに決まっている。


翌日、舞いの稽古を終えて『京福堂』を訪ねたときだった。土産の和菓子を見繕っていると、格子戸が開いた。房恵が「おいでやす」と声をかける。現れたのは北嶋英一だった。雅美は驚いて彼の顔を凝視した。

「あっ、昨日の――」

英一は一瞬戸惑ったように雅美を見返した。

「……雅美ちゃんだっけ。雰囲気ちがいすぎて一目で分からなかった」

無理もない。黒髪は結ってあるし、服装も紺地に白糸の柄の稽古着――夏は浴衣――だ。

「今日はお稽古の帰りやねん」

「お茶とか琴とか？」

「今日は舞いとお笛」

「舞妓の稽古？」

「そう。明日はお三味線と長唄」

「へえ。大変なんだな、舞妓って」

雅美はお稽古鞄を開けた。笛や楽譜、手拭い、ペンケース、スケジュール表、京扇子などが入っている。その中の名刺入れから花名刺――提灯と花火の図柄で彩られた細長く小さい和紙に、花街の名前と自分の名前が刷られている――を抜き、彼に差し出した。

「改めてご挨拶します。よろしゅうお頼もうします」

お座敷で手渡しするため、芸舞妓は誰でも名刺代わりに持っている。英一は「ありがとう。よろしく」と受け取った。

英一は名刺を財布にしまいながら店内を見回した。雅美は彼に身を寄せ、房恵に聞こえないように囁いた。

「京子さんやったらお使いに出てるし、店の外で待ったら？　おばさんの前で気安う声かけたら、睨まれんで」

英一は納得したようにうなずき「じゃあ、外で」と出て行った。雅美は和菓子を購入してから店を出た。

二人で話をしながら待った。英一が興味を示したのはやはり舞妓のことだった。

「――じゃあ、やっぱり顔とか真っ白に化粧するのか？」

「慣れへんうちは大変やで。びんつけ油を手のひらの温度で融かしてな、こうして――」雅美は顔と首に塗る真似をした。「白粉をつけて牡丹刷毛や板刷毛で伸ばしていくねん。桃色のとの粉を溶いたもんを目鼻の周りに塗って陰影を作って、筆で紅や墨を引いて……早い人やと三十分くらいやけど、あたしはもうちょっと時間かかってしまう」

「化粧は本当の顔が隠されそうで、俺はあんまり好きじゃないな、やっぱり。特に白塗りだと、表情が全然読めなくなりそうだ」

「化粧嫌《きら》いな男の人、結構いはるもんね」

「田舎ってこともあって故郷の女の子はすっぴんが多かったたし、性格も開けっ広げだったたから、分かりやすかった」

「それやったらここじゃ苦労しそうやなあ。でも、本当に〝すっぴん〟の人なんて少ないで。実際はそう見えるナチュラルメイクちゃう？　女やったら誰かて多かれ少なかれ化粧してるもんやわ」

「そんなもんか。じゃあ、俺は誰の素顔も知らないのかもな」

「なんや大袈裟やなあ」

雅美が茶化すように笑うと、英一はすっと目線を逸らした。

「……まあ、化粧をしなくたって、人は騙せてしまうんだけどな。大事な相手を欺き続けるのは苦しい」

何かを抱えているような、その真剣でどこか思い詰めた眼差しが妙に印象的だった。

やがて彼は明るい表情を取り戻した。

「やっぱ子供のころから身近に舞妓がいたとかで、興味を持ったのか?」

雅美は東京から出てきた話をした。英一は驚き、「何でわざわざ……息苦しくないのか?」と訊いた。答えようとしたとき、着物姿の京子が帰ってきた。胸に紙袋を抱えている。彼女は英一を見るなり、目を瞠った。

「ほんまに来はったんや。昨日の今日やのに……」

「案内してくれるって言われたし」

「もう」彼女は呆れ顔を見せた。「よそさんはやっぱり——」

「空気読めへんなあ」英一は笑った。「だろ?」

「……何なん、分かってんのん」

「せっかくの出会いだし、ここは社交辞令にも乗っかっておくべきかなって。約束は約束だし、店番がない日、教えてくれる?」

「なんや京都人の性格、逆手に取られてしもた気いするわあ」

不服そうな口ぶりに反し、目には他愛もない悪戯に騙されたようにどこか楽しげな色があった。彼のように京の町の暗黙の了解に縛られないタイプは珍しいから、やはり興味を引かれているのかもしれない。

「……雅美ちゃんも一緒やったらええよ」

「俺、警戒されてる?」

「二人きりやと、顔見知りの人に見られたら誤解されそうやし。悪うとらんといて」

約束したのは六日後——数少ない雅美の休日——の夕方前だった。三人で祇園の町を歩く。

時間帯が時間帯だから、料理人姿の仕出し屋の男性が食材入りの木箱を担いで駆け回る姿も目立った。茶屋に料理人はおらず、客の人数や好みに合わせて仕出し屋が食材を運び込み、そこの台所で料理し、提供するのだ。鍋でも会席でも何でも要望に応える。それを仲居が配膳する。

花街ならではの光景で、眺めていると、自分が休みの日も他の芸舞妓が座敷に呼ばれているのだ、と少々後ろめたさを感じる。

歩いていると、英一が周辺を見渡しながら何げなく言った。

「そういやさ、京都にはローソンとかないの？」

京子は彼を軽く一睨みした。

「……京都馬鹿にしてるん？　あるに決まってるやん」

「いや、昨日、雨に降られて、傘買おうと思ったんだけど、全然見当たらなくて……おかげでびしょ濡れで帰宅した」

「どの辺りにいたん？」

「八坂神社のほう」

「なんや。それやったらちゃんとあるやん」

「俺、見落としたかな。結構探したんだけど……」

京子は率先して坂道を歩いていく。レンタル着物屋や茶店が並ぶ中、彼女は一軒の建物を指差した。

「ほら。ローソン」

英一は目をしばたたいていた。京町屋風の瓦屋根と茶色い外壁の下に深緑の軒があり、白い和紙調の看板に黒文字で『ＬＡＷＳＯＮ』と書かれている。自動ドアの両脇のガラスは、下半分が赤褐色の格子になっていた。

「うわ、本当にローソンだ。瓦屋根のコンビニなんて初めて見た」

「何言うてんのん。これが普通やん」

「これは気づかないって。周りの京町屋に完全に溶け込んでるし……マクドナルドもあったりするか？」

「当たり前やん。田舎とちゃうし」

京子の案内でしばらく歩くと、マクドナルドがあった。鼠色と灰色のチェック柄の外壁に白文字で『McDonald's』と表示されている。

「……雑居ビルみたいに地味だな」

「地味って何なん。文句やったらマクドナルドに言うて」

「いやいや、マクドナルドっていったら普通、真っ赤な看板に黄色い『Ｍ』の文字だろ。ローソンだって看板は真っ青だし」

「嘘やん。うちをからこうてるんやろ。マクドナルドもローソンもこんな感じやで？　常識やん」

「絶対ちがうって。スマホあるんだから検索したら？」

京子は半信半疑の顔でスマートフォンを操作した。液晶をまじまじと見つめ、「あっ」と驚きの声を上げる。

「ほんまや！　赤い！　青い！　しかもローソン、屋根平らやん。瓦屋根ちゃうし」

「だろ。全然ちがう」

「雅美ちゃん、知ってた？」

雅美はにっこり笑いながら答えた。

「もちろん」

「出身東京やもんなあ。これ、京都だけ変なんやろか。ちょっと待ってな。調べてみるし」

彼女はスマートフォンと睨めっこした。「――京都市は条例で赤や黄色みたいなけばけばしい色の看板は禁止なんやて！　景観が悪うなるから」

「な？　変なのは俺じゃなかっただろ」

「知らんかった。京都の店だけ雰囲気全然ちゃうやん」

「常識の色に慣れてると、そりゃ見落とすって。俺もびっくりした」

「……あっ、それで分かったわ。京都に来てはる観光客がマクドナルドやローソンをよう撮影してはんねん。いややわあ、この人らの地元にはマクドナルドもローソンもあらへんのやろか？　せっかく京都来てはんにゃったらもっと撮るもんあるんちがう？　なんて思うてたんやけど、うち、思い違いしてた。京都だけ外観がちゃうから珍しくて撮影してはったんや。なんや恥ずかしいわあ」

京子は頰を朱に染めていた。

祇園の町を歩くと、他県とちがうのはマクドナルドやローソンだけではないことが分かる。佐川急便サービスセンターも、老舗の銭湯を彷彿とさせる京町屋造りで、白い暖簾の中央には、藍色で○の中に『飛』の文字がある。真っ赤な提灯には『佐川急便』の文字。青い三輪自転車の後部の荷箱も藍色で、『㊉』の紋。スタッフも車夫を連想させる制服で、紋入りの前掛けをしている。

祇園では、何から何まで町の景観を重視して造られていた。古くからの町なのか、映画のセットなのか、よく分からなくなる。

「どっかで食事でもする？」

京子が訊くと、英一は一軒の茶屋を指差した。

「あそこは？」

「あそこはあかんわ。うちも初めてやし」

「だったらなおさらいいんじゃないか。目新しくて」

「ちゃうねん。あそこ、一見さんお断りやし」

「は？　今時そんな店があんのか？」

「花街には珍しくあらへん。なあ、雅美ちゃん。芸妓さんや舞妓さん呼べるお茶屋さんは大体そうやんな？」

「そうやね」雅美はうなずいた。「お茶屋の女将《おかあ》さんはお客さんのためなら何でもすんねん。送迎車や芸舞妓や料理や土産の手配、ホテルの予約——。芝居をご要望ならチケットも取るし。しかも、お勘定はその場ではいただかへん。花代——芸舞妓を呼んで遊ぶための料金やけど、それも立て替えんねん。財布を持たんでも遊べるのがお座敷やねん。請求書は後日届けられる。だから一見さんはお断り。信用できる人やないと踏み倒されるやろ？」

人柄や趣味嗜好を把握し、最高のおもてなしをする。信頼によって成り立っている世界だから、たとえ事前に予算が告げられていなくても、茶屋の女将はそれぞれの馴染み客に無理がない範囲で諸々を手配する。

「――だから一見さんお断りいうのは、なんも悪いことちゃうねん。お高くとまってるのと真逆やねんで」

「ふーん。考え方は分かったけど、俺は苦手だな。もっと気軽な店がいい」

「あたしも気軽なんがええわ」

英一が意外そうな顔をした。

「舞妓ってお座敷で美味しいもんばかり食べてるから、気軽な店は嫌いかと思った」

「芸舞妓はお座敷では絶対食事せえへんよ。そやから、お座敷の前に軽い食事摂っとくねん」

「じゃあ、客と一緒に食べたりはしないのか？」

「お座敷の外やったら〝ご飯食べ〟やなあ。お客さんと一緒に食事に行くんやけど、キャバクラみたいに二人きりやなく、〝おねえさん〟や〝妹〟と一緒やし、変なこともあらへん。お客さんは全員分の食事代と花代を負担せなあかんし、大変やけど」

結局選択したのは、鍋料理の気安い店だった。雅美は率先して料理を碗に掬い、両手ですっと差し出した。舞妓としての嗜みや作法は、日常生活でも活きている。箸の取り方一つとっても、右手で箸の上部を摘んで持ち上げ、左手のひらで中ほどを受け、上向けた右手のひらで改めて受けて右へ滑らせ、持つ。一連の動作は呼吸と同じく当たり前のように行う。

料理を食べるペースも周りに合わせる。大きめのものは小皿の上で箸先で小さくし、口に運ぶ。決して齧《かじ》ったりはしない。休日とはいえ、品のない振る舞いはできない。

作法の美しさなら京子にも負けない自信があった。

英一がトイレに立ったときは、反射的に腰を上げそうになった。

「どうした？」

雅美は「ううん、何でもあらへん」と苦笑いした。座敷では、客が高野《こうや》参り――トイレに立つこと――のときは、芸舞妓が廊下を案内し、ドアを開け、入り口で脱いだスリッパもさっと揃える。常に客を気持ちよくもてなすのが芸舞妓だった。

しかし、英一は不思議と花街の〝気遣い〟や〝もてなし〟の数々には無関心で、むしろ居心地悪そうだった。それが逆に〝普通〟っぽく、自分が花街に飛び込んでいなければ普通に出会って普通に恋したかもしれない男性に思えた。彼に会って、普通の恋愛に焦がれている自分に気づいた。

英一が祇園に居ついてからは、しばしば一緒に出歩くことも増えた。彼への恋心を胸に秘めていたから、京子と付き合いはじめたと知ったときは傷心で打ちのめされ、素直に祝福できるまでには時間がかかった――。

※※※

雅美から聞かされた兄と京子の姿は色々と意外だった。

まず兄の積極性に驚いた。兄は一途な分、初恋の相手に恋人がいると分かれば身を引き、仲良くなりたいと思った女の子にも慎重だった。故郷を飛び出して放浪生活を送るうち、大きな心境の変化があったのかもしれない。田舎に縛られていたころとは別人だった。

京子も自分が見ている姿より生き生きしており、新鮮だった。拗ねてみたりからかってみたり――それが本当の彼女なのかもしれない。今の彼女にはどこか陰と棘がある。

「それにしても京子さんはなかなか大胆だな。兄が絡まれてるところに止めに入るなんて」

「京女は見かけによらず強いねん。花街は特に女が中心の町やし」

「そんなものか？」

「そうやで。お茶屋だって仕切ってはるんは女将さんやし、お客さんが見かける男の人は下足番かお運びくらいやもん。あっ、下足番いうんはお客さんの靴の出し入れをしはる人で、お運びは接客する人な」

「男は裏方か」

「花街じゃ、女は逞しないと生きていかれへん」

「ハードボイルドの台詞みたいだな。兄は京子さんのそんなところに惹かれたのかな。強くて、でも繊細で――」

「そうかもしれへんね。東女のあたしには、英一さんの心は摑めへんかった」

雅美はまぶたを伏せ気味に遠い目をした。眼差しには儚《はかな》げな寂寥感が漂っていた。自分よりはるかに若い彼女だが、白塗りの舞妓姿で見せるそうした表情からは、祇園に生きる女の色気が滲み出ていた。厳しいしきたりの中で生きた大勢の芸舞妓も、きっと色んな悲恋を経験してきたのだろう。

悲恋——か。

出会いを聞くかぎり、いびつな関係とは思えない。兄の自殺は悲恋の果てだったのだろうか。

あの兄が自殺するはずがない、という思いで祇園までやって来た。だが、自分が知らなかった兄の一面を雅美から聞かされ、兄の心が分からなくなった。同じＤＮＡを持ち、同じ顔をしているというのに——。

兄はなぜ死を選択したのか。『京福堂』の秘密が二人のあいだを裂き、それが悲観と絶望に繋がったのか。もはや、自分が知らないだけでありえないことなど何もないように思える。

「そういえば、ちょっと訊きたいことがあったんだ」

「何なん？」

「いや、実は今日、『京福堂』の女将さんが〝サイオウダイ〟って話してたんだ。京子はサイオウダイにならなあかんねんから、とか、そんなニュアンスで。サイオウダイって何なんだ？」

「知らへんの？　サイオウダイは、難しいほうの斎藤の斎、王様の王、代理の代で斎王代。葵祭の皇女やで」

雅美は説明した。

千年以上の伝統がある葵祭は、日本で最も古い起源の勅祭——天皇の使者が遣わされて執行される神社の祭祀——だ。年間三百もの祭りがある京都では、祇園祭、時代祭と並び、三大祭りに数えられている。

葵祭は六世紀ごろ、賀茂祭と呼ばれており、未婚の皇女から選ばれた女性が〝斎王〟として上下賀茂社に仕えた。斎王は禊斎《けいさい》生活を二年間続けた後、斎王御所に住まいを移すと、恋愛や婚姻が禁じられた中、不浄を避けて祭祀に奉仕してすごす。

葵祭は太平洋戦争中から戦後にかけて中断していたが、一九五三年に復活すると、〝斎王〟を民間の女性から選ぶようになったため、『斎王に代わる人』という意味を込め、五六年から〝斎王代〟と呼ぶようになった。斎王代には、気品と経歴を兼ね備えた二十代で未婚の才女が毎年選出されるのだという。

「斎王代に選ばれるってことは、京都の女性にとってめっちゃ名誉なことやねん」

「へえ。じゃあ君も狙ってるのか？」

「あたしはあかん。家柄も問われるし、芸舞妓じゃ選ばれへんわ。過去に選ばれたんは、老舗和装小物店の娘さんとか、華道家元の娘さんとか、料亭の娘さんとか、京菓子製造会社の娘さんとか……立派な人ばかり。斎王代の条件は、京都に縁《ゆかり》があるご令嬢やし、あたしみたいなよそさんは対象外」

「今時そんな選民思想みたいなものがあるんだな」

「祇園祭のお稚児《ちご》さんだってそうやん」

「お稚児さん？」

「知らん？　祇園祭の前祭《さきまつり》の山鉾《やまぼこ》巡行で先頭の長刀鉾《なぎなたぼこ》に乗る稚児」

「ああ、テレビで観たことあるかもしれない。豪華な衣装を着て、白塗りで――太刀で縄を切り落とすんだっけ」

「そうそう。結界を解き放って、山鉾を先に進ませる大役。お稚児さんは、長刀鉾町在住で、一年間に身内に不幸がなくて、由緒ある家の八歳から十歳の男児から選ばれんねん。少子化の今はなかなか難しくて、仕方なく町の外からも選ばれるんやけど、その場合は長刀鉾町の代表と形式的に養子縁組するようになってる。〝神命〟を帯びてるお稚児さんは生神様《いきがみ》同然やねん。七月十三日の『稚児社参』で正五位少将と十万石大名の位を授かってからは、山鉾巡行までの一週間、家族の中でも常に上座やし、公式行事の際は地面を歩いたらあかんから大人が抱え上げて移動させるし、女人禁制やから食事も女性が作った物《もん》は一切食べられへん。女性は——母親ですら触れたらあかんしきたりやし」

「女人禁制とか、男児だけとか……なら外国人なんかじゃ、絶対に選ばれないな」

「当然やん。京都の伝統的なお祭りやし」

「……ちょっと差別的な感じがする。なんか閉鎖的だな」

「そんなん京都人の前で言うたら、『よそさんも外人さんもこんなにもてなしてあげてんのに、厚かましいわあ』ってことを皮肉混じりに言われんで。『ちょっと親切にしたらずかずか奥まで入ってきはって——京都を乗っ取るつもりなんやろか』って。差別、差別、ってうるさい人がいたら、『学がある人は言わはることが立派でよろしいなあ』って嫌味言われて終わりやわ。経歴が凄い人ほどみっともなく自慢せんと隠したはるし、そんな人からそんな ん言われてみ、ちょっとでも恥を知ってる人やったら顔から火、出んで」

雅美によると、我が子がお稚児さんに選ばれた家庭は、山鉾巡行の翌日の『お位返しの儀』までの約一ヵ月半、家族揃って大忙しだという。八坂神社訪問、衣装合わせ、京都市長表敬訪問、結納の儀、理髪の儀、お千度の儀、囃子方初顔合わせ、乗馬練習、稚児舞稽古、吉符入《きっぷいり》の儀、禿《かむろ》家訪問、綾傘鉾の稚児社参、清祓《せいばつ》の儀、曳初《ひきぞめ》の儀、社参の儀、松原中之町表敬訪問、八坂神社参拝、注連縄切《しめなわきり》練習――。連日、儀式やイベントが続くため、小学校も公欠扱いになる。

「なるほどなあ。何にしても、祇園祭のお稚児さんとか、葵祭の斎王代とか、凄いことはよく分かった」

「名家から選ばれんのは、なにも選民思想とちゃうで。普通の家やったら支度金払われへんもん」

「もしかして何十万とか？」

「何言うてんのん。そんなんじゃきかへんわ。お稚児さんと同じで斎王代も二、三千万は必要やで」

「は？　二、三千万？　支度金で？　ぼったくりじゃないか」

「失礼やな、英二さん。着る十二単やそのクリーニング代、『路頭の儀』の行列の費用、関係者の食事代――全部出さなあかんし、諸々払《はろ》うたら、それくらいすんねん」

「いや、それにしても二、三千万なんて――」

「だから、それだけの大金をぽんと払える名家の娘やないと、斎王代には選ばれへんねん」

「恐ろしいな。京子さんはその斎王代を狙っているってわけか」

「狙ってるなんて表現はちょっと不謹慎やけど、うーん、まあ、特におばさんはこだわってはる。おばあさんやその妹さんが斎王代やったのに、おばさんは選ばれへんかったし、娘だけは――って」

「『京福堂』ならたしかに創業六百年の老舗で家柄も申し分ないし、数千万の大金も払えそうだ」

「ただ――京子さんもなかなかで、今年こそ京子ちゃんやろ？　って何年も言われてんのに選ばれへんし、内心穏やかちゃうと思うわ。もう二十八やし、後二年で条件から外れてしまう」

「……ちょっと待った。さっき斎王代の条件は『気品と経歴を兼ね備えた二十代で未婚の才女』って言ったよな」

「うん。それが何なん？」

「逆に言えば、斎王代に選ばれるためには結婚できないってことじゃないのか？」

「そうやね。結婚したら条件満たさへんし」

――京子は斎王代にならなあかんねんから、孝子はんや瑞希はんみたいにどこの馬の骨かも分からん人と結婚してもろうたら困るわ。

房恵の言葉が脳裏に蘇る。

英二は目撃した房恵と奈津の会話を語り聞かせた。

「兄が京子さんと結婚できなかったのは、斎王代のせいじゃないのか？」

「そうかもしれへんね。京子さんを斎王代にせなあかんのに、結婚なんておばさんが認めはるわけあらへん。京子さんだって、結婚したら斎王代の可能性を諦めることになんの、知ってるし、ずいぶん悩んだんちゃうかな」

可能性——か。もしプロポーズしてそんな理由で拒絶されたとしたら、兄はどんな気持ちになっただろう。兄自身、堅実とは正反対の生き方をしていたから、意外と理解を示しただろうか？　斎王代に『二十代』という条件があるのだとしたら、後二年待てば——京子が選出されるか否かはともかく——、もう結婚できるので、悲観的になる必要はない。

「英一さんが帰省する前、二人でローソンに寄ったときのことやけど、『京都に来たら〝京都〟にならなきゃいけない。それだけ京の伝統が重いんだろうけど、何だか土地に囚われている気がするな』って言うてはった。珍しい店構えも初めて見たときは面白がってはったけど、そのときは悲しげな目で……」

また〝囚われている〟か。

「斎王代の選考はいつごろ？」

「あたしも詳しいことは知らへんけど、毎年四月の半ばくらいには発表されて記者会見してはる。決定の電話は二月の下旬やって聞いたことあるけど」

「約一ヵ月後か」

「京子さんも名実共に京都の代表になれるかどうか、気が気やない毎日をすごすことになると思うわ」

「誰が選考してるんだ？　審査員とかいるのかな？」

「茶道関係者の推薦で葵祭保存会が選ぶそうやけど……具体的な選考方法は完全に謎やで。公にされたことないし、誰にも分からへん。ある日突然家に電話がかかってくんねん」

「ご大層だな」

斎王代——。

古都・京都に息づく葵祭の主役、か。〝よそさん〟には理解できなくても、京都の女性にとっては重大なことなのだろう。京都人を知るにはもっとこの町に慣れなくてはいけない。

「歴史と伝統を保つのは大変なんだな……」

正直な感想が口をついて出た。

雅美は白塗りの顔に笑みを滲ませた。

「……それが京都という土地なんよ」


別れ際、雅美が思い出したように言った。

「そうそう。気になるいうたら、前に英一さんにシュウギとブシュウギの話をしたことあったんやけど——」

「何だそれ」

「お祝いの儀式って書いて祝儀。おめでたい宴会のこと。花街やと、宴会に呼ばれた芸舞妓が〝祝舞〟を舞ったり、出囃子や鳴り物や唄、三味線を披露したりすんねん。で、その反対が不祝儀。お茶屋の常連さんが亡くなったりしたときに、法事や一周忌の席で喪の舞いを披露したり——って風習があるんやけど、たまたまそういう話をしたとき、あたし、冗談めかして、京子さんと結婚決まったりしたら、ぜひ舞妓として呼んでな、って言うてん。そうしたら英一さん、『俺は不祝儀のときも静かなのがいい』って」

心臓に楔を打ち込まれたように感じた。

祝儀の話を受け流し、不祝儀の話をした？

それではまるで——まるで祇園を去る前から自殺を決意していたようではないか。もしそうなら、兄は死を前提に生前贈与を望んだことになる。生前贈与された後、死ななければならないほどの何かが起きたのではなく——。

保険金じゃあるまいし、生前贈与のために死ぬ必要は全くない。死を覚悟したまま帰省したとしたら、兄に一体何があったのだろう。

9

朝日が祇園の町を白く染めていた。夜のあの淫靡さはまるでなく、精巧に造られた時代劇のセットの中に迷い込んだような胸躍る雰囲気があった。

英二は『京福堂』に向かった。途中、向こう側から紺系の着物姿の雅美が歩いてきた。黒髪はしっかり結ってあるものの、白塗りにはしておらず、眉を描いて赤っぽい口紅を塗っているだけだ。和装用のバッグを持っている。

「おはようさんどす」彼女は丁寧に辞儀をすると、ほほ笑んだ。「昨日はおおきに、ありがとさんどす」

「いや、こっちこそ貴重な話が聞けた」

「……あたし、これからお稽古なんやけど、そこまで一緒に行こ」彼女は普段の喋り方で言った。「道、同じやし」

「じゃあ、せっかくだし」

英二は彼女と連れ立って歩いた。碁盤の目状に京町屋が並ぶ祇園の町を進む。

『一服屋』の前で奈津と中年女性が会話していた。

「――今年の斎王代は誰が選ばれはるやろねえ」中年女性が何げない口ぶりでつぶやいた。

「……『京福堂』の京子ちゃんちがいますか。えらい可愛らしい顔してはるから舞妓ちゃんにでもならはったらいいのにって昔は言うてたんですよ」

「ほんまにねえ」

会話していた二人は、足音に気づいて振り返り、雅美の姿を見るなり口を閉ざした。一瞬だけ目配せし合い、二人揃ってそそくさと店の中に姿を消す。

「何だ、あの反応」

英二は怪訝に思いつつ雅美を見た。

「バツが悪かったんちゃう?」

「何で?」

「あたしが舞妓やから」

「ああ、プロの前で素人を褒める形になったから――」

「ちゃうちゃう。あれは悪口やで」

「は?　褒め言葉だろ」

「『京福堂』みたいな老舗の娘を花街の芸舞妓にたとえるんは、失礼なことやし。暗に『生活が派手』とか『男関係が色々ある』とか嫌味言うたはんねん。ほら、芸舞妓はお座敷で旦那さんのお相手するし、はしたない思う人もいはる」

——京子さんのほうがよっぽど舞妓みたいだ。なったらナンバーワンの売れっ子間違いなしだな。

以前、物珍しさから舞妓に見とれてしまったのをごまかすため、京子を褒めるつもりで舞妓にたとえた。あのとき、彼女は何と答えただろう。

——まあ、おおきに。冗談とちごて？

微妙な間の後、疑い深そうに訊かれた。褒め言葉のつもりだったから『本心だ』と答えた。

——うち、そんなに男の人にモテへんよ。

否定的なニュアンスを帯びた返事は謙遜だと思った。しかし、実際は『うちは舞妓さんみたいに男遊びしてへんよ』と言外に伝えていたのだとしたら——。

「あちゃあ」英二は額を押さえた。「京子さんを舞妓にたとえちゃったよ」

「迂闊やなあ。第一、京都人に中途半端なお世辞なんて通用せえへんよ」

「そんなこと知らなかったから……」

「上辺の褒め言葉もおべっかも聞き慣れてるし、内心じゃ『この人、口がうまいわあ』って思うたはるわ。おだてられたときに喜んでみせるんは、場を和やかに保つ処世術やで。京都人と付き合うのに大切なんは、たまーに漏れる本音を聞き逃さんことやなあ。穏やかにお願いしていても芯は強いし、真剣に受け取らへんと、『いややわあ、この人、嫌味や皮肉を混ぜへんと本気やって理解できへんのやろか』って呆れられて終わりやで」

「シ、シビアだな」

「当然やん。普段から探り合いの中で生きてるんやし、向こうだって一言一句に込められた裏を読もうとしてはるもん。耳に心地ええ言葉ほど疑わな」

「……今後は気をつけるよ」英二は歩きながら彼女と会話した。「でも、今の話を聞くと、京子さんは舞妓さんにいい感情を持っていないみたいに聞こえるな」

「持ってへんと思うよ」

「え？　でも友達なんだろ？」

「あたしは八歳も年下やし、京子さん、歳の離れた妹くらいに思うてんのちゃう？　でも、芸舞妓に憧れて京都に来たよそさんなんて、きっと見下してる思うわ」

予想外に辛辣な評価を聞かされ、返事に窮した。そういえば、房恵が雅美――東さん――のことを『ま、男慣れしたはるやろうから、誰にかてあんな態度をとってはるんかもしれまへんけどなあ』とあざ笑ったとき、友達のはずの京子は庇わなかった。雅美の推測はあながち被害妄想ではないのかもしれない。

「見下されてるって思いながらも、友達付き合いしているのか」

「誰かて差別意識はあるもんやろ、多かれ少なかれ。外見、肩書き、職業、家柄、人種、趣味――どうしても好きになれんもんはあるし、感情までは偽れへん。要はその感情を見せるか見せへんかちゃう？　京子さんが隠してはんのやったら、あたしも知らんふりするし、それが京の町での生き方やで。というか女同士の生き方かな」

仲良く喋っている二人が実は精巧な仮面を被っていたと知らされたような、居心地の悪さを少し感じた。

「そんな関係、なんかいやだな」

「京都人が直接的な物言いをせえへんのは、相手への気遣いやろ。もし心の中で思うたことを全部言葉にしたら、世の中ぎすぎすするんとちゃう？」

他人の何かに否定的な感想を抱くことは、たしかに誰にでもある。しかし、大人だから相手を傷つけないよう、怒らせないよう、言葉を選んでいるのだ。

考え方の違い、か。一理はあると思う。

「それにしても、さっきの二人の嫌味な会話――本人やその関係者相手ならともかく、第三者同士なのにあんな遠回しな皮肉の言い方をするんだな」

「他人《ひと》から悪う見られたくないんやろ。本音を見せへんのは、なにも気遣いだけが理由やないし」

「……なるほど」

京都人は難しい。兄の死の理由を突き止めにくいのも、京都独特の土地柄、人柄が原因なのかもしれない。誰もが様々な理由で本音を隠し、肝心な部分で心に触れさせてくれない。極めて繊細な灰色の世界でバランスを取っている。日向と日陰の境界線上を綱渡りするかのように。

自己防衛が強い人々の胸の内側に踏み入るには――関係者を日向に引っ張り出すには、一体何が必要なのか。

「京都はなかなか気い遣うねん。バザーでも、安物出《やすもん》したら、『こんなん誰が欲しがるんやろ。私らはこんなもんでも喜んで買う思われてんにゃろか』って思われるし、高価な物を出したら、『いややわあ。ずいぶん見栄張ったはる。それともお金持ち自慢なんやろか』って思われる。適切な物を出すためにわざわざ買いに走らはる人だっているくらいやで」

「難しいもんだな。俺はそういう気の遣い方、苦手かも」

「あっ」雅美は曲がり角の前で立ち止まった。「あたしはこっちやから」

「そうか。じゃあ、また」

彼女は胸の前で両拳を作った。

「おきばりやす！」

歩き去っていく雅美の後ろ姿を見送った後、英二は二、三分歩き、『京福堂』の格子戸を開けた。

「おいでやす」

包み込むような京言葉の主は京子だった。白地に華やかな四季の花が描かれた着物を着、赤色の帯を締め、長めの黒髪を後ろに小さく纏めて片側に流し、べっこうのかんざしを挿していた。

「よう！」

英二は兄を演じたまま気軽に挨拶した。先ほどまでは本音で雅美と会話していたから、気を引き締めなければならない。京都人になったつもりで思惑を隠し、揺さぶりながら相手を探るのだ。

「英一さん、おはようさん」

　京子が見せる笑顔は朝の陽射しのように柔らかく、その裏側には棘など何も隠れていないように思える。兄との出会いの経緯《いきさつ》を雅美から聞いたから、昨日よりも親しみが湧き、胸が高鳴った。

「今日も来てくれはったんやね。昨日は晩ご飯突然断られてしもて、ちょっと寂しかったわあ」

　京子は着物の上から胸を押さえるようにしてほほ笑んだ。だが、声は冬になっても残る風鈴の音色を思わせるほどどこか物悲しさを帯びていた。胸が締めつけられる。

「ごめん。実家からの電話だったし……」

　昨日、雅美と会うためについた嘘をもう一度繰り返した。

「責めてるわけちゃうよ。おかあさん具合が悪いんやし、当然やん。心配やわあ」

　――勝手に病気にしてしまってすまん、かあさん。

　内心で手を合わせて謝罪する。

「もう大丈夫なん？」

「ああ。ただの風邪だった」

「そうなんや。よかった。気にしててん」

「……やっぱり京子さんと話していると落ち着くよ」

「ほんま？　嬉しいわあ」

「伏見稲荷大社で助けられたときから、正直惹かれてた。前に話したっけ？」

　雅美から聞いた話を口にし、完全に〝北嶋英一〟だと思い込ませたかった。万が一、正体を疑われたときのために。

「目の前の出来事やったし、見逃せへんかった」

「正直、変な奴らに絡まれているときより、スズメの丸焼きの画像を見せられたときのほうが怖かったけどな」

京子は笑い声を上げた。

「焼き鳥は好きやけど、あんな丸焼きはエグいし、うちも何度も見たないわ」

「トラウマ仲間を作ろうとしたな?」

「ちょっとよそさんをからこうただけやん」

無垢な表情を見せられるたび、罪悪感を押し隠した胸の奥の扉をノックされる。真の目的を黙っている後ろめたさからだろうか、すでにこの世にいない兄に成りすまして彼女に接している後ろめたさからだろうか。

彼女に気づかれる前に自分から正体を明かすべきではないか。しかし、真実を知ったらどれほど動揺し、苦しみ、悲しむだろう。

英二は拳を握り締めた。

京子を思いやっているつもりで、本当は彼女に嫌われたくないだけなのかもしれない。

格子戸が開き、ワンピースの上にコートを羽織った女性が入店してきた。京子は即座に向き直り、「おいでやす」と応じた。「南ちゃん、今日はどうしたん?」

「……またおとうさんと大喧嘩」

前、父親に歌舞伎役者との結婚を反対されたと京子に愚痴り、元気を貰うために『京福堂』で和菓子を購入して帰った女性だ。南は英二の存在も気にせず、喋り続けていた。

「――芸事で生計立てている人間なんて、って二言目にはそればっか」

「話し合《お》うてもあかんかったん？」

「駄目。おとうさんはただのサラリーマンだし、才能がある彼に嫉妬してるんだと思う」

「そうやねえ。次代を担う歌舞伎役者さんやなのに、おとうさん、何が不満なんやろ」

「でしょでしょ。見る目ないくせに何でも分かったふりして。昨日だって、『サラリーマンは汗水垂らして働かなあかんし、大変や。役者さんはええねえ。楽しいことして毎日すごしてるんやろ。羨ましいご身分やなあ』って、彼に言ったんだから。嫌味嫌味嫌味。京都を出たことないと、あんな性格になんの、って感じで――あっ」南は慌てた顔で口を押さえた。

「ごめんなさい！」

京子は気を悪くしたふうでもなく、優しい笑みを崩さないまま言った。

「気にせんといて。祇園に住んでると、おじさん世代の嫌味や当てこすりはよう耳にするし、よそさんが京都のいけずでやらしいとこに戸惑わはるん、分かるわ」

南は少し動揺を見せた。

「わ、私も一応京都の人間だけど……東京の高校と大学に通っていただけで……」

「誤解せんといてな。よそさんって言うたんは、一般論の話で、南ちゃんのことちがうよ。実家、山科やったっけ？」

「……うん。そう」

南はどこか困り顔を見せている。京子の台詞を額面どおり受け取っていいのか、ついつい京都人を批判してしまった自分への皮肉なのか、判断がつかないのだろう。

山科――か。絡まれている兄を助けるとき、京子は高知を田舎呼ばわりした山科出身の若者に対し、手痛い一撃を食らわせたという。『ほな京都ちがうやん』と。それは普段から抱いている本音だったのだろうか。雅美から忠告されていなかったら、こんなふうに迷うことなく、素直に鵜呑みにしていただろう。

「京都人でも色々やし、戸惑うんもしゃあないやん。おとうさん説得できたらええね」

「……ありがとう」

南はショーケースの中を見回し、「これとこれとこれ」と和菓子を指差した。伝統的な干菓子〝落雁〟だった。梅の花びらを象ってある。

「中餡は梅肉のねき餡です。ご賞味ください」京子は箱を取り出すと、落雁を詰め、包装した。「頑張ってな」

「うん。頑張る」

南は代金を支払うと、店を出て行った。

「南ちゃんのおとうさんも災難やなあ」京子が言った。「あんな発言、嫌味や皮肉のうちに入らへんのに」

「そうかな？　充分嫌味だよ」

「あんなん、ストレートすぎるわ。百人が聞いて百人が嫌味や皮肉って分かるし、誰かて言えるやん。うちやったらもっとうまいわ」

大真面目な顔で宣言され、笑いで返そうとしても、若干頬が引き攣ってしまった。

「京女は本音を隠した演技やったらお手のもんやし……英一さん、勝負してみる？」

「それは――」

「いやゃわあ。本気にせんといて。うちはいつでも正直やし」

英二は何とか苦笑を浮かべてみせた。

「それにしても、結婚反対されて大変そうだな、彼女」

創業六百年の老舗『京福堂』、葵祭の斎王代、家柄、肩書き――兄と京子の交際を阻む〝壁〟はいくつもあった。結婚反対の話題に対して彼女がどんな反応を見せるか、窺うために何げなさを装ってつぶやいた。

「……南ちゃんも不幸やわあ」

京子は自分たちの関係を口にするのではなく、南の心配をした。本音を隠しているのだろうか。英二は仕方なく話を合わせることにした。

「ああ、結婚できるといいな、彼女」

「……何言うてんのん。結婚したら不幸になるで」

「どうして？」

「前にちょこっと話したん、忘れたん？　婚約者の若旦那、毎日のように花街で遊び歩いてはる。芸妓さんや舞妓さんとお座敷遊び楽しんではるし、結婚したら泣かされるで」

「そういや、聞いた気がするな」英二は内心の動揺を隠し、静かに唾を飲み込んだ。「遊び人だっけ」

「『色恋は芸の肥やし』言うたはるわ。南ちゃん、長いこと東京に行ってはったから、京都の事情に疎いんちゃう？　知らんのは本人だけやし」

「教えてあげないのか？」

「いややわあ。他人《ひと》の恋路に口出すなんて、でしゃばりなことできるわけないやん。南ちゃんのおとうさんかて話してはらへんのに……」

「――南はん、また愚痴を言うてはったみたいやなあ」奥の戸が開き、房恵が顔を出した。

「そうえ、京子。余計なことはせんとき。でしゃばりは嫌われるさかいな」

彼女は店内に英二が存在しないかのような態度だった。房恵は独り言のようにつぶやいた。

「南はん、外の人やのにどうやって歌舞伎役者はんと知り合《お》うたんやろ」

「歌舞伎を見に行ったんがきっかけやって」

「ま、私は興味あらへんけど、立派な肩書き持ってはる歌舞伎役者はんが外の一般人と付き合うなんて、ほんま驚きやわ。物珍しさやろか？」

「……さあ。馴れ初めはあまり詳しく聞いてへんし」

英二はあえて二人の会話に割り込んだ。

「そういえば、後一ヵ月くらいで斎王代が決定ですね」

房恵に話しかけたのは、彼女の黙っていられない性格を知っていたからだ。

案の定、彼女は一睨みするように答えた。

「京都の女にとっては一生の名誉やさかい。お馴染みさんも京子には期待してはるし、何としても選ばれてもらわんと。分かってんのやったら、邪魔せんと、京子から離れたらどうどす」

「でも、未婚が条件なんて、時代錯誤な風習でしょう？」

「時代錯誤やなんて、ずいぶんなこと言わはりますなあ。伝統と格式を大事にしてきたからこそ、京都は日本の文化の中心地としてそこに存在してきたいうこと、忘れてもろうたら困ります。歴史も何もないよその人には分からしまへん」

「でも――」

「斎王代は私と京子の悲願やさかい、足を引っ張らんといてくれはりますか。京子も人がえさかい、付き纏われたら、いやとは言えへん性格やし、迷惑してるんどす」

英二は京子を見つめた。君も母親と同じ気持ちなのか？　という問いを眼差しに込めた。

「……何が正解なんかうちにも分からへん。英一さんのためにも斎王代は諦めるべきやと思う？」

「い、いや。京子さんがそんな名誉に選ばれたら嬉しいよ」

彼女が今年斎王代に選出されたら、葵祭の後で結婚が可能になる。そうなると、障害は創業六百年の『京福堂』の暖簾だけだろう。〝北嶋英一〟としては応援すべきだ。

斎王代に選ばれないより選ばれたほうがいい――兄がそう考えるのは論理的だと思う。選ばれなかった場合、来年の最後の可能性に賭けて彼女は未婚を続けるはめになってしまう。

しかし――分からない。兄はなぜ突然帰省し、生前贈与を要求したのか。斎王代に必要な費用を負担したかったとか？　いや、房恵は斎王代に固執しているから、莫大な費用は前々から用意しているだろう。もし捻出に困っていたとしても、結婚に反対している兄から援助を受けるなど、プライドが許さないはずだ。

では、兄はなぜ京子に土地を譲ろうと考えたのか。なぜ自殺を選択したのか。

考えても考えても筋が通らない。

京子に金が必要なら、別に死ぬ必要はどこにもない。生命保険とはちがうのだ。生前贈与で相続した土地を自ら売り払い、その金を手渡せばすむ。

何のための自殺なのか。何のための譲渡なのか。何のための期限なのか。

英二は白壁の鏡を凝視した。自分自身の顔が見返していた。眺めていると、兄と向かい合っている錯覚に囚われた。

同じ顔をしていても、その内面は見えない。全く同一のDNAを持っているのに兄の考えが何も分からない。

「——どうしたん？」

京子が怪訝な面持ちをしていた。

「いや、何でもない。京子さんが斎王代に選ばれたら凄いだろうな、って考えていたんだ」

「……おばあちゃんも大叔母《おおおば》も斎王代やったし、うちも選ばれへんと面目が立たへんもんなあ」

彼女の口ぶりから察するに、やはり京都人にとって斎王代は最大級の名誉なのだ。

「そうえ、京子」房恵が言った。「私は選ばれへんかったさかい、無念を晴らしてや。そやから、大事な時期に変な醜聞はあかんえ」

「分かってる」京子は房恵に答えてから、英二に向き直った。「英一さん、そういうことやし、かんにん、あまり表立っては会えへんかも。でも、英一さんもうちの斎王代を望んではるんやったら、理解してくれるやろ？」

思いのほか語調が強く、有無を言わせぬ迫力を感じた。彼女にとっては斎王代こそ重要なのだ。大昔から皇女が務めてきた斎王の〝代わり〟としての名誉——か。京都は奥が深い。

「ああ。全力で応援する！」

そう答えるしかなかった。

京子はゆっくりと唇に微笑を広げた。

「おおきに。そんなにはっきり言うてくれはったら、何が何でも今年斎王代にならな、って気がしてきたわあ」

「協力できることはなんでもやる。ここに来るのも控えるよ」

「いややわあ。お店に来《く》んのに遠慮はいらへんやん。お店の中やったら変な噂も立たへんし」

房恵が小馬鹿にする口調で割り込んだ。

「空気くらい読まはったらどうどす。お客はんとしてやったら別にかまへん、いうことやさかい。あっ、北嶋はんは何も買《こ》うてくれまへんし、お客はんとは言えまへんな」

直接的すぎる嫌味に腹が立ち、英二は房恵を睨み返した。それからショーケースの和菓子を指差す。

「じゃあ、この〝練り切り〟の菓子を貰います」

「英一さん」京子が言った。「うちはお客さんとしてやったら、なんて思うてへんし、そんなん気にせんといて」

「いや、美味しそうだから買うんだよ」

房恵が侮蔑的な眼差しを見せる。

「創業六百年の伝統がありますさかい、美味しいんは当たり前どすけど、北嶋はん、根無し草のあんさんに、『京福堂』の繊細な味が分からはるんでっか」

「お菓子は好きですから」

反射的に反論してから、しまった、と後悔した。案の定、房恵は店の暖簾を踏みにじられたかのような顔をした。

「京菓子いうんは、『有職《ゆうそく》儀式典礼に用いる菓子』『茶道に用いる菓子』と定義されてます。千年の京の都で脈々と伝えられ、発展してきた朝廷の文化やさかい、その歴史が息づいているんどす。綺麗とか可愛いとか、そんな安易な言葉で語れるほど、薄っぺろうありまへん。食べやすいお菓子がご所望なら、近所の『一服屋』はんに行かはったらどないどす？　お饅頭は庶民の味やさかい、北嶋はんの舌にも合うんちがいますやろか」

「……『一服屋』をずいぶん見下しているんですね」

「『一服屋』はんのお饅頭は誰にでも好かれる味やさかい、褒めてんのにいややわあ。思い込みでうちの悪口、言い触らしたら承知しまへんえ」

〝うち〟とはたぶん『京福堂』ではなく、房恵自身のことだろう。体面をずいぶん気にしているようだ。

「褒め言葉には聞こえませんでしたけど」

「よそさんは勝手に曲解しはってかなんなあ。あっ、そうや、付き合わはるんやったら、

『一服屋』はんの亜里沙はんはどうどす？　京子とちがって外国文化にも詳しそうやし、あちこち旅して回ってはる北嶋はんにもお似合いちがいますやろか」

「一体何が言いたい――」

言葉を返そうとしたとき、格子戸が開き、和服の男性が入店してきた。英二は仕方なく口を閉ざした。客の前で口論したら京子にも迷惑をかけてしまう。

房恵は「おいでやす」と男性に笑顔を向けた。先ほどまでの刺々しい表情は微塵もない。まるで面を何枚重ねにも被っていて、その都度その都度、剝ぎ取っているかのような変わり身の早さだ。

男性はショーケースの中を眺め回した。

「……そうですなあ、『金鯉』を四ついただけますやろか。この〝こなし〟はほんま見事ですなあ」

彼が示した『金鯉』は、水色の波の中から黄色い鯉が顔を出している和菓子だった。英二が選んだものだ。

「さすが京扇子屋の若旦那はん、お目が高いどすなあ。木村が発案した自信作ですよって。細幅の〝こなし〟を幾重にも重ねて波を表現し、〝くちなし〟で黄色く着色した白餡で鯉を象っています。よそさんやと、〝こなし〟を〝練り切り〟と勘違いしはりますわ」

彼女の説明は〝北嶋英一〟への嫌味に聞こえた。遠回しに無知を思い知らされた気がする。

結局、英二は何も買わずに店を出た。

10

節分——。

伝統的な家々では、刺々しい柊の小枝に焼いたイワシを刺したものが戸口に飾られている。魔除けか縁起物か。

英二は京子に誘われて八坂神社へ足を運んだ。雅美の姿が見られるらしい。

境内は大勢の参拝者でごった返していた。

「祇園東の芸妓さん、舞妓さんの出番は三時やし、もうすぐやな」

時間になると、笛や太鼓の音に合わせ、雅美を含む芸舞妓が境内の舞殿で奉納舞踊を舞った。京扇子の扱い方が美しく、しばし見惚れた。奉納後は彼女たちが枡から豆を撒きはじめた。小さな紙袋に包まれた福豆を投げていく。

「京都は色んなイベントで四季を実感するやろ、英一さん」

「そうだな。伝統って感じがいいな」

「……英一さんが共感してくれはって嬉しいわあ」

たしかに京都は伝統と共に季節が移ろいゆく。

夜になると、京町屋を改装した割烹に独りで出掛けて京野菜がメインの夕食を摂った。帰宅途中、与野党の政治家を見かけた。離党の密談でもなされるのだろうか。花街は様々な業界のトップも利用しているのだと改めて感じる。

京町屋に向かっていると、前方から奇妙な一団が近づいてきた。顔と腕を出した兎の着ぐるみ姿の女性、真っ黒な学生帽と学ランで男装した女性、白塗りの顔に犬の鼻を付けた着物姿の女性、狐の面を被った女性、西洋の魔女を思わせる黒いマントと帽子の女性――。

暗闇の中だったからぎょっとした。祇園には最も不似合いな仮装集団だ。

英二は板塀に背中を張りつけるように道を開けた。すると、狐の面の女性が提灯の前で立ち止まり、丁寧に「こんばんはあ」と頭を下げた。他の女性たちも同じように挨拶する。

聞き覚えがある声だった。

まじまじ見つめ返すと、女性が狐の面を持ち上げた。雅美だった。

「英一はん、うちどす」彼女は他の女性を見回した。「ねえさん方どす」

「あっ、こんばんは」英二は慌てて辞儀をすると、雅美に向き直った。「そんな格好だから全然気づかなかった」

「節分の夜は芸舞妓が仮装してお座敷を巡る〝お化け〟の日なんどす。普段とちがう装いで鬼や禍《わざわい》をやりすごすんどす」

薄ぼんやりした祇園の提灯の仄明かりに照らされる中、仮装した芸舞妓は何とも怪しく、異界に迷い込んだようだった。昼と夜だけでなく、季節によっても全く別の顔を見せる祇園――。兄もこんな町に惹かれて居ついたのだろうか。

「まあ、英一はんも仮装してはるんどすけどなあ……」

周りの女性陣の視線が体を這い回り、英二は緊張を隠せなかった。雅美の台詞は、気まぐれの〝いけず〟だったのか、一時的とはいえ騙されていたことへの皮肉だったのか、生粋の京女と変わらない彼女のほほ笑みから真意は窺い知れなかった。

「さ、雅美はん」学ラン姿の女性が言った。「お客はんを待たせたらあきまへん。行きまひょか」

雅美は「へえ」と応じた後、「ほな、失礼します」と歩き去った。

偽りの格好で本当の姿を隠す——それは京都の本質を表しているようにも思えた。何が本当で何が嘘か、外では当たり前のように分かることが京の町では分からなくなる。

彼女と再び会ったのは、それから一週間後のことだった。

料亭風の屋敷の暖簾を割くように三人の芸舞妓が姿を現した。雅美と〝雅子さんねえさん〟と見知らぬ一人だった。お座敷が終わって帰るところなのだろう。

「お疲れさまどした。ほな、さいなら」

上品な辞儀で挨拶を交わし、見知らぬ一人と別れる。

声をかけると、雅美は隣の〝雅子さんねえさん〟に言った。

「雅子さんねえさん、うちのお友達どす」

「この前お見かけした男はんどすなあ」

「へえ。あの……」

言いよどんだ雅美に対し、〝雅子さんねえさん〟は仕方なさそうに言った。

「おかあさんにはうまいこと言うておくし、遅うならんうちに帰りなはれ。よろしいな?」

「へえ、おおきに」

「ほな、さいなら」

〝雅子さんねえさん〟は頭を下げ、石畳が延びる通りを歩いていった。

二人きりになると、雅美は言葉遣いを変えた。

「英二さん、あれからどうやったん？　何か分かった？」

「……いや、正直、何も」

「そうなんや。京都人は本音隠すんうまいしなあ……」

「踏み込みすぎると、正体バレそうだし、なかなか難しい」

「疑われてたりはせえへんの？」

「たぶん大丈夫だと思うけど……」

「ほんま？　疑いもうまく隠してるかもしれへんで？　京都人は、反応せずにいられへんボールを試しに投げてみて、その返事で相手の性格とか真意を探ろうとするしなあ」

彼女の言葉を聞き、不安が胸に兆した。頭の中に手帳の内容を思い起こし、改めて京子との会話の数々を振り返る。正体を疑われている感じはなかった。たぶん。

「大丈夫だ」

自分に言い聞かせる意味でも、断言した。

「ならええけど」

「本当は京子さんともう少し話したいけど、彼女には門番がついてるし、会話もろくにできなくて」

「おばさんやろ。英一さんもずいぶん敵視されたはったわ。京子さんは老舗の一人娘やし、しゃあない思うけど、ほんま塩撒きそうな勢いやったもん」

「兄は風来坊気取りだったし、警戒されるのも分かるよ。俺だって兄には不満持ってたしな」

「何で？」

「本来は兄が農業を継ぐはずだったのに、手紙一枚残して家出するもんだから、苦労したんだ。でも、帰省した兄と話して仲直りして、自分は自由な兄に憧れてたんだ、って気づいて。それなのにその兄は自殺して……」

「家族としたらわけ分からへんよね」

「ああ。不可解な謎が多すぎる」

「そうそう。あたしも京子さんにちょっと探り入れてみたんやけど。『最近は英一さんとどうなん？』って」

「彼女は何て？」

「『いきなり京都に帰ってきはったときは驚いたけど……相変わらずうちを悩ませはるなあ』って」

悩ませる——か。京子は京子で斎王代と恋の狭間で葛藤していたのだろう。

「あたしもまた京子さんに会《お》うたとき、探ってみるわ。あんまり遅うなったら、雅子さんねえさんも心配するやろし、そろそろ置屋に帰らな」

「舞妓の世界も厳しいんだな。最初は本当の家族だと思ったよ。ほら、名前だって同じ『マサ』が入ってるし」

雅美は目をぱちくりさせた。

「雅子さんねえさんに引いてもらったんやから当然やわ」

「引くって？」

「後見人になってもらう、いう意味。仕込みさんから舞妓になるとき、引いてもらうねえさんの名前の一字を貰うことになってんねん。だから、雅美は本名の一字プラスねえさんの名前の一字」

雅美が芸名だったとは知らなかった。なるほど、彼女は『美』の入った本名に雅子の『雅』を貰ったのか。

美？

まさか――。

電流が体内を駆け抜けた。心臓が一際大きく、どくん、と拍動する音を聞いた。

「……もしかして、本名は、美夏じゃないか？」

「そうやで。何を今さら――って、英一さんやないから知らへんかったんやね。英一さんも前は本名で呼んでくれてはったんよ。でも、フラれて、それからは雅美ちゃん、って」

拳の中に汗が滲み出た。

美夏――一筆箋の送り主だ。


京福堂の秘密を知っています。それを聞けば考えも変わると思います。

一度、お話しさせてください。

美夏

英二は唾を飲み込んだ。

雅美が美夏だとは思わなかった。彼女は『京福堂』の秘密を握っていて、それを兄に教えようとしていたのか。彼女に抱いていた信頼が幻だったように思え、動揺した。しかし、別に雅美が隠し事をしていたわけではない、と思い至ると、英二は深呼吸で気持ちを落ち着けた。

「……なあ、兄に一筆箋を送っただろ」

「一筆箋なら何枚か書いたけど……どれのことやろ」

「『京福堂』の秘密を知っている、ってやつ」

雅美はまぶたを伏せると、目線を石畳に落とした。寒風が枯れ葉を掃きながら吹きつける。

「書いたよな?」

問い詰めると、彼女は顔を上げた。半ば諦めの表情で静かにうなずく。

「うん。あたしが書いた。本名で呼んでくれへんようになっても、諦められへんかったから、美夏の名前で出した」

探し出したかった〝美夏〟がこんな間近にいたとは、想像もしなかった。

「『京福堂』の秘密ってのは?」

雅美は竹の犬矢来に目を逃がした。

「兄の自殺に関わっているかもしれない。教えてくれ!」

詰め寄ると、彼女は気圧されたように二、三歩後退した。白塗りの顔に困惑と諦念が滲んでいる。

「……舞妓は石やねん」

「石？」

「お座敷には色んな業界で名を成したお客さんが来はるし、内密の話もしばしば交わされる。でも、芸舞妓は聞かんふりを決め込まなあかん。小鳥みたいにピーチクパーチク鳴いたら信頼を失うやろ」

「『京福堂』の秘密と何の関係が？」

「お座敷で聞いてしもうた話やし、話せへん」

「でも兄には話したんだろ？　ちがうのか？」

「それは――」

「『京福堂』の秘密を聞いたら考えも変わるかも、って書いてあった。考えって何だ？　もしかして――兄の自殺の覚悟を知っていたのか？」

「まさか！　考えいうのは、そんな重大事やなくて――」

「じゃあ何なんだ」

「『京福堂』の秘密っていうても、英一さんの自殺に関係してるとは思えへんけど……」

「何がどう関係しているかは分からないだろ」

雅美は着物の袖の中に手を隠し、困り顔でパタパタと振りながら「もーっ、いけず！」とおどけてみせた。だが、英二が笑わずにいると、観念したように大真面目な顔を作った。

「……そうやね。英二さんには知る権利があるかもしれへんね。でも――」紅が入れられた唇に人差し指を添える。「言いとうなるかもしれへんけど、京子さんにも、しー、やで」

「……もちろん。約束する」

「お願いやで。実は『京福堂』、危ないんよ」

「危ないって経営が？」

「経営っていうより、和菓子職人の問題。師匠の宗方さんは厳しい人で、逃げ出すお弟子さんも多いねん。『京福堂』の暖簾はそれほど重いもんやし」

「創業六百年だもんな」

「そんな中で最後まで残ったんが木村さん。だから、木村さんが『京福堂』の生命線やねん。でも、お饅頭屋の『一服屋』さんが引き抜きを狙《ねろ》うてはんねん」

「いや、それは無理だろ。『京福堂』で技術を磨いてきた和菓子職人が饅頭屋に移籍だなんて。野球やサッカーじゃあるまいし。京都じゃ、饅頭屋は大衆的で、和菓子屋が伝統と格式を重んじる高級店なんだろ。饅頭屋じゃ腕が発揮できないんじゃないか？」

「単に引き抜こうとしても、もちろんあかん。あたしがお座敷で耳にしてしもうた話やと、一人娘の亜里沙ちゃんと結婚させて、婿養子にしよう思うたはる。そうしたら必然的に『一服屋』の職人やし」

「政略結婚じゃないか」

「……まあ、そうやね」

「時代錯誤すぎる。本人だって嫌だろ」

「うーん、分からへん。亜里沙ちゃん、内心じゃ、京子さんと『京福堂』、嫌《きろ》うてはるし。

京子さんが悪いわけやないんやけど、〝格式〟の差にコンプレックスがあって……女将さん同士は嫌味の応酬してはるわ」

――まあ、おおきに。『一服屋』はんに買《こ》うてもらえるやなんて、光栄やわあ。

――『京福堂』はんの和菓子は天下一品やさかい。うちのお饅頭は庶民の味ですよって。

褒め言葉と謙遜の裏側に見え隠れする棘が蘇る。

「しかも、『京福堂』のおばさん、亜里沙ちゃんのこと外国人観光客にモテモテって言わはったんやろ？」

「ああ。子供を褒め合う母親同士のお世辞合戦かと思った」

「英二さん、正直すぎやわ」雅美は苦笑いした。「よそやったら美徳やけど、京都やったら呆れられれんで」

――お饅頭屋の『一服屋』はんの娘さんいうたら、外国人観光客のあいだでも別嬪さんって評判どすやろ。いつもお洒落な格好してはるわ、って思うてますんえ。今年の斎王代は亜里沙ちゃんで決まりちがいます？

「おばさんが〝お饅頭屋の〟ってわざわざ当たり前のことを付け加えはんのは、和菓子屋とはちがう、いう意味を込めてはるんやで」

「『一服屋』のおばさんも承知の上なのかな？」

「当たり前やん。京都人やで。祇園の町でずっと生きてはるし、言葉のニュアンスや単語や言い回しから真意を読み取る敏感さくらい、持ってはるに決まってるやん」

「ぎすぎすしてんな」

「東女のあたしがフォローすんのも変やけど、別に京都人がみんなそんなんちゃうよ。誤解せんといてな。そもそも、繊細で遠回しな言葉遣いって、本来、相手のことを思いやった気遣いやし、心地ええんよ。でも嫌いな人相手やったら、とことん嫌味になるってだけで。結局は人間関係次第やし」

「いや、大丈夫。誰もが『京福堂』のおばさんみたいだとは思ってないよ」

「……おばさん、きついもんなあ」雅美は言ってから祇園の通りをきょろきょろ見回し、声を潜めた。「誰がどこで聞いてはるか分からへんし、怖いわ」

「その亜里沙ちゃんのことだけど――」

「うん。前に見てるやろ。亜里沙ちゃん、茶髪やし、結構今風のお洒落してるし、おばさん、見下してはるんよ。英二さんが聞いたその台詞には、〝外国人観光客好みの格好してはって、京都人の繊細さや奥ゆかしさがあらへんし、斎王代には相応しくあらしまへんなあ〟いう意味が込められてんねん」

「……裏側の本音を知ってみると恐ろしいな」

「そやろ。まあ、とにかく、そんな関係やし、格下のお饅頭屋のおばさんとしては、お高い和菓子屋に一泡吹かせたいんよ。『一服屋』やったら格式が足りひんし、亜里沙ちゃんが斎王代に選ばれる可能性はあらへんから」

「なんか京都って感じの対立だな……」

「だから『一服屋』のおばさんは嫌いな『京福堂』に何度も通って、木村さんを見かけるたび、褒めてはる。亜里沙ちゃんも店の外で言い寄ってはる」

雅美に付き合って『一服屋』を訪ねたとき、亜里沙が『絶対、周りのプレッシャーに負けんといてくださいね。お似合いやと思いますし』と応援してくれたのは、打算だったのか。〝北嶋英一〟が京子とくっつけば、木村を籠絡するチャンスが巡ってくる。

雅美は亜里沙の真意を兄に話していたから、入店前に『英一さんは気まずいかもしれへんけど』とあらかじめフォローしたのだ。すぐそこに〝ライバル〟の『京福堂』があるから京子の恋人としては気まずいだろう、という意味だと解釈していた。

「厄介な問題だな。老舗だ、伝統だ、って」英二はため息をついた。「ところで、一筆箋の中の、『京福堂』の秘密を聞けば考えも変わると思います、っていうのは何だったんだ」

「……もし木村さんが『一服屋』さんを選ばはったら、七十手前の宗方さんが引退したとたん、『京福堂』の暖簾を下ろすはめになりかねへん。だから、おばさんは木村さんを何とか繋ぎ止めておきたい思うてはる。亜里沙ちゃんに取られたらあかんし、京子さんと結婚してくれるのが一番。婿に入ってくれはったら安泰やろ？」

「たしかにそうかもな」

「おばさんもジレンマやと思う。悲願の斎王代のためには未婚を貫かなあかんけど、うかうかしてたら木村さん、亜里沙ちゃんに取られるかもしれへんし……とまあ、そんな事情があるし、おばさんが英一さんと京子さんの交際を認めるわけがあらへん。六百年の暖簾のためやもん」

兄の結婚を妨げる壁は高すぎる。自分が兄の立場なら諦めただろう。

「なるほど。あんな一筆箋を兄に送ったのは、そういう実情を知ったら京子さんを諦めるんじゃないか、って思って――」

「うん。あたしもまだ英一さんに未練あったから」

『京福堂』の味を継ぐ唯一の職人の移籍問題か。京子としても、兄を簡単に選べない事情があったのだ。

「そういや、京町屋を借りた翌朝のことなんだけど、郵便受けに封筒が投函されていて、中にこんな写真が」

英二は財布の中から一枚の写真を取り出した。神社の境内で京子が木村と腕を組み、仲睦まじく写っている。二人の背後には通りすがりの舞妓が二人。

「こんなんがあったん？」

「ああ。最初は二股の証拠かと思って、京子さんに突きつけたけど、『これ、英一さんが町から消えて、傷ついて、慰められたときのもんやん』って言われたよ」

雅美は写真を凝視した。眉間に力が入り、真っ白い顔に緊張の色が濃くなる。

「これ、本当に英一さんが帰省中の写真やろか？」

「日付はないし、京子さんがそう言うなら信じるしかないだろ。浮気だったら兄の死の原因になる可能性はあるけど……」

「もしかしたら、英一さんが帰省する前の写真かもしれへん」

「何か根拠があるのか」

雅美は二人の背後に写る舞妓の片方を指差した。

「これ見て。花鶴《はなつる》さんや」

「知り合いか」

「先斗町の置屋の舞妓。観光客のなんちゃってやない」

「それが？」

「頭のとこ、よう見て。花かんざし、菊やろ」

言われてみれば、空色の着物を着た舞妓は、菊の花かんざしを挿している。

「おかしいと思わへん？」

「……あっ！」英二は声を上げた。「たしか、舞妓の花かんざしは月によって替えるって、前に教えてくれたよな。菊はいつだ？」

雅美は瞳に同情の色を浮かべた。

「十月」

英二はぐっと歯を噛み締めた。

京子は、これは兄が姿を消した後の写真だと説明した。しかし、実際は違った。本当は十月に撮影されたものだった。

一月半ばに聞いた。六ヵ月前に兄と出会い、交際をはじめたのが四ヵ月前だ、と。つまり、彼女は兄と付き合っている真っ最中に木村と腕を組み、デートしていたことになる。

「……花かんざし、うっかり間違っている可能性とかないのか」

「観光客ちゃうねんから、ありえへん」

「でも、可能性はゼロじゃないだろうし、京子さんにそう言って否定されたらどうすればいい？」

「それやったら、これ見て。市桃さん」

雅美は写真のもう一人の舞妓の頭を指差していた。

「かんざしが何だ？」

「ちゃうちゃう。かんざしやのうて、髪型」

「普通の舞妓さんに見える」

「はた目には区別つかへんかもしれへんけど、舞妓が結う髪型は色んな種類があんねん。二年目くらいまでは、〝割れしのぶ〟で、三年目くらいからは〝おふく〟で、正月や八朔《はっさく》——旧暦の八月一日のことやけど——その日の正装のときは〝奴島田《やっこしまだ》〟」

「つまり、市桃さんの髪型は何か意味があるんだな」

「前に襟替えの話、したやろ？」

「舞妓さんが芸妓さんになることだったよな」

「そう。市桃さんな、去年の十月に襟替えしはってん。下旬やったと思うけど。でな、この写真の髪型は〝先笄《さっこう》〟いうて、襟替えの前の二週間だけ結うねん。花かんざしなら万が一の間違いはあっても、〝先笄〟はありえへん。撮影時期は十月やで」

改めて観察すると、市桃という女性は黒紋付で襟も白く、帯は飾り気がない。帯留めの〝ぽっちり〟をしていない。

二股——か。京子は嘘をついていた。撮影時期を偽って説明した。後ろめたいことがあった証拠だ。

兄は二人の関係を知り、思い悩んでいたのだろうか。

いくらなんでもそれが兄の自殺理由とは思えないが、どういうことなのか京子に問いただしてみなければならない。

11

『京福堂』を訪ねたのは、翌週だった。

店の中では話しにくい内容だったので——奥には和菓子職人の木村本人がいる——、ちょっと外で話せないか、と切り出した。

「何なん。大事な話？」

「……個人的な話だ」

「午後やったらおかあさんに店頼めるし、祇園さんでも歩きながら話す？」

「ああ。じゃあ、待ってる」

英二は祇園の町を散策しながら時間を潰し、午後一時半になってから『京福堂』に足を運んだ。相変わらず着物姿の京子は、店の格子戸の前に一枚の絵葉書のように立っていた。

「ほな行こか」

京子と一緒に歩くと、彼女は東大路通に面した西ではなく、下河原通の南側から八坂神社へ向かった。

「こっちから行くのか？」

「当然やん。正門こっちやし」

「え？　でも、西の楼門って――有名だよな。国の重要文化財にも指定されているし」

「よそさんはよう勘違いしてはるけど、正門は南やし。ほら」京子が指差した先には、灰色が重厚な石鳥居がそびえ立っていた。「鳥居があるやろ。あれも重要文化財やし。ま、おばあちゃんから教わるまではうちも間違《まちご》うてたんやけど」

「へえ、たしかに古めかしくて雰囲気あるな」

「古めかしいとか言わんといて。歴史がある言うてよ。正保《しょうほう》三年に建造されたんやから」

「ええと……正保って何年だっけ？」

京子は兄に会ったとき、祖母の影響で元号が癖になった、と言っていたらしい。不慣れな人間には迷惑な癖だ、と苦笑する。

「元号くらい覚えとかな。常識やで。前も教えたやん。一六四六年やで」

「そ、そうだっけ？　元号は覚えにくくて。やっぱり西暦が一般的だし……」

「英一さん、日本史、苦手や言うてたもんなあ」

弟の自分とはちがい、兄はたしか数学が得意だった。

「……数学のほうが面白い」

「うちは数学嫌い。公式とかごちゃごちゃしてて、頭ん中わーってなるし」

「慣れれば面白いって」英二は兄を演じつつ、石鳥居を見上げた。「四百年近く前って言われたら、何だか圧倒されるな」

「石鳥居でそんなこと言うてたら、祇園さんの起源聞いたら卒倒すんのとちゃう？」

「六百年くらい前とか？」

「斉明《さいめい》天皇二年やで」

「いや、だから元号は――」

京子は悪戯っぽく、ふふ、と上品に笑った。

「かんにん、わざと言うてみた。西暦やと六五六年やな」

「六五六年？　千が抜けてるんじゃないか？」

「何言うてんのん。千を足したら石鳥居より後になってしまうやん。数学得意やったんちゃうん？　こんなん簡単な算数やで？」

追及され、一瞬、心臓が大きく脈打った。しかし、京子の表情を見ると、疑念ではなく、数学が得意と言った相手の迂闊さをからかっているだけだと分かった。

「……京都は歴史が深いんだな」

笑いながら答えると、京子は「当然やん。京都やもん」と誇らしげに答えた。自慢たらしさは全くなく、本気で胸を張っているにもかかわらずむしろおどけているようにも見え、兄が惚れた気持ちが理解できるようだった。

石鳥居をくぐると、石畳の先に朱塗りの南楼門が出迎えていた。参拝客や観光客の姿がある。

「思ったより人が少ないな」

「お正月は終わったし。初詣に来たら大変なことになんで。百万人くらい参拝客が来はるし、『おしくらまんじゅう』状態で、潰されて餡こ出そうになるわ」

京子が至って真剣な顔で説明する様が面白く、英二は混雑の中で四苦八苦する彼女の姿を想像して笑った。

二股の追及などせずにすめばいいのに、と思う。

南楼門を通り抜けると、舞殿があった。屋根の下には、大量の白い提灯がぶら下がっていた。黒字や赤字で名前が書かれている。眺めていると、京子が言った。

「そんなに珍しい？　花街の料亭や置屋から提供された提灯やねん。人や店の名前が書かれてるやろ」

「へえ。京都らしいな」

「伝統と歴史も悪いもんやないやろ？」

「そうだな。実際に触れてみると、感慨深いものがあるな」

「……やろ。英一さんが京都の伝統を理解してくれはって嬉しいわあ。斎王代も応援してくれはるし」

「当然だろ」英二は答えてから立ち止まり、彼女を見た。「ところで、木村さんとはどんな感じなんだ」

「木村さんって――うちの？」

「ああ。仲いいのか？」

「いややわあ。嫉妬してはんの？」

「変か？」

「変やないけど……。『京福堂』の大事な職人さんやし、うちが子供のころからいはるから仲悪いわけないやん。おにいちゃんみたいな存在やなあ」

「写真じゃ恋人同士みたいだった」

恋人の男女関係が気になるのは当然だろう。問い詰めても不自然さはないはずだ。以前の京子の反応からすると、木村との関係を兄に隠していたようだから、正体を疑われはしないと思う。

「何なん、話ってこれ？　前にも言うたやん。英一さんが突然消えてしもたし、傷ついて、思い悩んでいるときに励ましてくれはったんよ」

「……嘘だ」

「何でなん。うちを信じてくれへんの？」

英二は写真を取り出し、背後の舞妓の花かんざしを指差した。

「菊だろ、これ」

京子は小首を傾げながら写真に顔を近づけた。

「……ヒマワリやバラには見えへんなあ」

「菊の花かんざしは十月だろ。十二月じゃない」

京子は目を見開いたものの、すぐさま温厚な微笑を取り戻した。『京福堂』で客を出迎えるときと同じ柔らかさだ。

「よう知ったはるね、英一さん。雅美ちゃんから聞いたん？　でも、花かんざしの種類が決まってんのは、本物の舞妓さんだけやで。花かんざしなんてお土産物店でぎょうさん売ってはるし、観光客が着物をレンタルして舞妓さんになったはるやん。そんな人らは適当にそれっぽい花かんざしを挿したはる」

「写真に写っているのは、先斗町の花鶴さんっていう本物の舞妓なんだ。だから花かんざしを適当に挿すわけがない。隣の市桃さんだって——」

英二は襟替え前の二週間だけ結う〝先笄〟の話もした。京子は眉間に若干皺を刻むと、諦観の籠もった嘆息を漏らした。

「名探偵やわあ、英一さん。——というより、雅美ちゃんやろか。英一さんが誤解しそうやったし、何も関係ないって正直に話しても疑心暗鬼になるやろ。だから、英一さんを悩ませんとこ思うて」

「何が真実なんだ？」

「……英一さんの推理どおり、十月の写真やけど、でも、木村さんとは何もないよ。恋愛感情ゼロやし」

「じゃあ何で？」

「あんまり口にできへんけど、実は『京福堂』、危ないねん。職人の後継者が木村さん一人になってしもて」

雅美から聞いている。

「しかも、『一服屋』の亜里沙ちゃんが言い寄ってはるらしくて、おかあさんも困ってんねん。木村さんがいんようになったら、高齢の宗方さん頼みになってしまうし……だから、木村さんを引き止めるために会《お》うててん」

「腕まで組んで？」

「木村さんがうちに気いあるの知ってたし、そぶり見せんと、亜里沙ちゃんに取られかねへんやろ」

京子の説明が事実なら二股ではない。しかし、一方で彼女のしたたかさを見せられた気分だった。暖簾のためとはいえ、男の恋心を利用して引き止めようとするなんて——。

いや、感情論で彼女を非難するのは浅慮かもしれない。彼女は創業六百年の『京福堂』を背負っているのだ。それは部外者が考えるよりずっと重いのだろう。以前、木村が背を向けたとたん京子が笑みを消したのは、そういう事情が原因だったのかもしれない。

六百年の暖簾——か。とはいえ、異国へ繋がる大海のような坂本龍馬に憧れていた兄が生きていてこの事実を知ったら、家に縛られる彼女をどう見たのだろう。

京子はため息をついた。

「それにしてもこの写真……木村さんが神社の人に頼んで二人で撮ったんやけど、まさか英一さんに送らはるとは思わへんかったわ」

「木村さんなのか？」

「他にいいひんもん。前に英一さんから初めて見せられたとき、後で問い詰めたら告白しはった。英一さんが祇園に戻ってきたし、嫉妬の感情があってつい投函してしまった、って」

京子と付き合っているように見せたかったのか。すると、兄は二人の微妙な関係を知らなかった可能性が高い。知らなかったからこそ、木村は写真を投函し、自分たちの関係を見せつけようとしたのだ。

二股疑惑を知らなかったとしたら、何が自殺に繋がったのか。

清水さんにお願いしてみましょう。希望はあります。だからどうか、まだ死なんといてください。


差出人不明の謎の手紙。房恵か京子の返事次第で兄の生死が変わる何かがあったと読み取れる。一体誰が兄に送ったのか。送り主を見つけ出せれば真相が分かるかもしれない。

しかし、どうやって探せばいいのか。

女性の筆跡だった。兄の死の覚悟を知っているからには、かなり親しかった人物だと推測できる。なおかつ京子か房恵の知り合いだ。雅美以外に誰かいたのだろうか。祇園に半年も暮らしていれば、それなりに交友関係も広がるだろう。

文面が敬語なのは手がかりにはならないかもしれない。普段はタメ口で話す仲でも、手紙だと丁寧に書く女性もいる。

一体誰だろう。

「――英一さん、怒ってはるん？」

京子が上目遣いで英二を見つめていた。兄ならどう答えるだろう。結婚まで意識していただろう恋人が他の男と打算で仲良くしている。

「……いや、事実が分かってよかった」

「ほんまに浮気なんてしてへんよ？」

何が本当で何が嘘なのか、分からない。京という土地はつくづく曖昧さで成り立っていると感じる。疑惑を追及しても、独特の柔らかい京都語で否定されると、真っ白い朝霧に包まれたように真実が覆い隠されてしまう。

「……信じてるよ」

自分も京都人と同じく、表面的な言葉でしのごう。そうしたら、おそらく彼女も――。

「よかった！」枯れ木に花が咲いたような表情の変化だった。「英一さんやったら信じてくれる思てたわ」

そう、彼女も額面どおりに言葉を受け取ったように見せるだろう。本心では疑われていることを承知で。これが京都人の人付き合い、距離感なのだ。

しかし、彼女の笑みはすぐに消え去った。

「……なあ、英一さん。あんまり雅美ちゃんの話、鵜呑みにせんといて。英一さんを好いてはるし、いけず言うてみたくなることもあるやろ」

「彼女は意地悪でそんな話をしたんじゃなく、俺がたまたま話題に出してしまったせいで……」

「最近の雅美ちゃん、変やし。去年の暮れだって、こそこそ――」京子は「あっ」と口元を押さえた。「いややわあ。忘れて。陰口、告げ口なんてはしたないことしてしまうところやった」

巧みに誘われていると知りながらも、訊かずにはいられなかった。

「こそこそって何だ？」

「そんなん言えへん。うち、お喋りとちがうし」

「言いかけてやめるなんて、ずるいだろ。雅美ちゃんの何かを見たのか？」

「……大したことちがうし、身構えんといてな。英一さんが祇園から姿消さはってから何日かした夜、偶然見かけてん。人通りを避けるようにこそこそ歩いてたし、気になって話しかけたんやけど、何も答えんと無言のまま行ってしもた」

「たしかに奇妙だけど、それが何なんだ？」

「そやから言うたやん。大したことちがうって。ただ、雅美ちゃんにも隠し事あるかもしれへんし、全面的に信じたらややこいことになるかもしれへんで」

12

二月二十五日には、京子に連れられ、上京区の北野天満宮まで足を延ばした。

「お日さん、よう照ってるし、暑いなあ」京子はつぶやいた後、初春の微風と同じく爽やかな声で詠《うた》った。「『東風《こち》吹かば、匂ひおこせよ、梅の花、主《あるじ》なしとて、春を忘《わす》るな』」

「それは？」

「祀られてる菅原道真公が詠んだ歌。学問の神様やし、受験シーズンには賑わはるわ」

北野天満宮では『梅花祭《ばいかさい》』が行われていた。菅原道真の命日に営まれる伝統行事で、九百年の歴史がある。

五十種、千五百本の梅が彩っているという。境内では上七軒の芸舞妓による野点《のだて》が催されていた。茶を振る舞うのだ。雅美は祇園東の舞妓だから姿はない。だからこそ京子は気兼ねなく誘ったのかもしれない。

　鮮やかな白とピンクの梅花が咲き誇る中、朱色の蛇の目傘が立てられ、茶席が設けられている。白塗りの芸舞妓が点《た》てた茶を配っていく。カメラを構えた私服姿の客たちが江戸の世界にタイムスリップしたように感じる。

　一月下旬から千五百円で売り出される先着三千名の三連券——拝服券・宝物殿拝観券・撤《てっ》饌《せん》引換券——を京子が入手していたので、野点をいただくことができた。その後は六百円の入場料を払い、梅苑を見て回った。料金の中には梅茶と茶菓子が含まれているらしく、春の訪れを満喫した。

　夕方になると、京子が惣菜を持ってきてくれた。煮物が得意らしく、座卓に置き、茶を淹れ、ご飯をよそってくれる。彼女は相変わらず上品な箸使いで、一緒に食事していると、自分まで扱いが上手くなる気がする。

「——英一さん」京子は伏せ気味の顔を持ち上げた。「いつまで京都にいる気なん?」

　いつまでだろう。兄と両親には申しわけなく思うものの、正直なところ、目的意識も薄れ、彼女との時間を楽しんでいる。

「そうだな。まだしばらくはいようと思ってる」

「帰る予定はあらへんの?」

「今のところは」

「……そうなん?　もうすぐ三月やけど」

　三月——か。彼女は何げなく月を口にしただけだろう。しかし、三月という言葉には忘れがたい重みがある。

――彼女がもし今年の二月末日までに現れなかった場合は、英二、お前に譲渡する。好きに使ってくれ。

生前贈与で得た農地の件を兄は遺書に記していた。彼女は二月末日までに高知の実家を訪ねないかぎり、譲り受けの権利を失う。果たして正体を隠したまま騙し続けていいのか。兄の自殺を知らなければ、彼女は京都から動くことはないだろう。

英二は拳を握り締めた。

「実は、大事な話が――」

口を開いたとたん、和風のメロディが遮った。京子がバッグからスマートフォンを取り出し、「ちょっとかんにん」と電話に出た。

「……あっ、うん、そう。ちがうよ。英一さんとこちがう。勘繰らんといて。うん……え？」

京子は身内の訃報を耳にしたように顔を強張らせた後、膝頭に手を置き、居住まいを正した。

「……ほんまなん？　うん、分かった。……できるだけ早く帰る」

彼女は電話を切ると、スマートフォンを両手でそっと座卓に置き、厳粛な面持ちで向き直った。

「何か――あった？」

京子は静かに息を吐いた。彼女の薄桃色の唇が開くのをじっと見つめて待つ。

「……英一さん」緊張の震えを帯びた声だった。「うち、斎王代に選ばれてしもた」

「斎王代！　本当か！」

「うん、家に電話があったらしくて、うちが推薦されたって」

自分自身が何か大きな賞に選出されたような興奮が内から突き上げてきた。

「やったな！　おめでとう！」

英二は京子の手を握った。一瞬、戸惑いを浮かべた彼女の表情からゆっくり力が抜けていき、微笑が広がった。

「おおきに、英一さん。そんなに喜んでくれはるなんて思わへんかったわあ」

「そりゃ喜ぶよ。毎年京都の女性の中からたった一人。それって奇跡的なことだろ。『京福堂』も京子さんも、名実共に京都の一流として評価されたんだな」

「……そうやね。おばあちゃんも大叔母も斎王代やったし、清水家は斎王代の一族として見られてたから、これで世間の期待に応えられた気いするわあ」

「嫌味なおばさん連中も黙り込むな」

「引き受けたほうがええと思う？」

「こんな名誉、一生に一度だろ。迷う必要なんてない」

「そうやなあ。たしかに一生やなあ」

「ああ。悲願だったんだろ」

「色々思い悩んでたけど、いざ推薦されたらどうしよ思うわ」

彼女の瞳の中には不安が混じっていた。伝統の葵祭の主役に任命されたのだから無理もない。

「葵祭は絶対に見に行くよ」

「……五月やけど、大丈夫なん？　本当にいられんの？」

「もちろん。隕石が降ろうが何が降ろうが、絶対に見る」

「頼もしいわあ。不死身やな、英一さん。そやからこうして京都に戻ってきはったんやね」

ん？　と思った。そやから、の後の言葉が微妙に繋がらない気がした。しかし、その意味を追及すると、兄ではないとバレてしまうかもしれない。

先ほどは告白の覚悟を決めたにもかかわらず、彼女が斎王代に選ばれたと知ったとたん、踏ん切りがつかなくなった。めでたい祝福の日に訃報を伝えることはない。

「将来うちが結婚して女の子を産んだら、また斎王代やなあ」

「そうだな。斎王代の一族だもんな」

「京都が——葵祭が存在するかぎり、そうやって伝統が続いていくんやわ。なんや歴史の枠の中に囚われたような、変な感じやわ」

京子は遠い目を坪庭に投げかけた。


翌日は朝一番に『京福堂』を訪ねた。店番していたのは房恵と京子だった。

「このたびはおめでとうございます」英二は房恵に言った。「京子さん、斎王代に選ばれたんですね」

「おおきに、北嶋はん。電話で聞かされたんやろか。京子の器量やったら当然やさかい、驚きまへん。嬉しさより、ほっとしたいうんが正直な気持ちどすなあ」房恵は京子に顔を向けた。「結婚せんと待った甲斐あったなあ」

「……そうやね。これで選ばれへんかったら、うち、ただの行き遅れやわ」

「私も鼻高々え。斎王代を立派に務めたら、縁談なんて、断るんが大変なくらい来るわ。名家の跡取りを選んだらよろし」

「おかあさん、英一さんの前でそんな話せんといて。反応に困らはるやろ」

「何言うてんのん。あんた、本気で北嶋はんと結婚する気やあらへんやろな」

「……英一さんかて結婚は望んでへんけど、でも、そんな話されたら気い悪いやろ」

結婚を望んでいない――？　兄はプロポーズしたのではないのか？　婚約していないのに農地を譲ろうとした？

「――なあ、英一さん？」

「あ、ああ」

曖昧にうなずいたとき、房恵が感慨深そうに言った。

「千日詣りのご利益があったんかもしれへんなあ」

「千日ですか！」英二は驚いて声を上げた。

「そら京子の斎王代のためやったら千日でも二千日でもお詣りするけど、私がしたんは愛宕《あたご》神社の千日詣りどす」

京子が顔を寄せるようにして説明した。「本当に千日お詣りしたわけとちゃうよ。七月三十一日の夜から翌日の未明にかけて愛宕神社に参拝したら、千日間のご利益があるって言われてんねん」

「へえ。効率的というか何というか……」

「千日分いうても、愛宕神社は愛宕山頂にあるし、大変やったと思うわ。おかあさん、毎年のように色んな神社でうちの斎王代を願ってたし……」

「京都は神社や寺だらけだもんな」

「よそさんはどこ行ったらええか迷わはると思うわ」

「たしかに。京都の人間としてお薦めとかある？　清水寺《きよみず》とか？」

「神社やお寺に優劣つけけんのはどうか思うけど……お願い事があるならそれでええんちがう？　音羽の滝は縁結び、延命長寿、学業成就で有名やし。前に話したやろ」

京子から聞いたのは兄だろう。英二は知ったかぶりして「そうだったな」とうなずいておいた。

そのとき、格子戸が開いた。

「お邪魔しまっせ」

顔を出したのは、西陣織職人の下柳老人だった。枯れ木のような体を和服に包み、腰を曲げ気味にしている。両手で紫の風呂敷包み――花柄刺繍の鮮やかさは西陣織だろうか――を抱えていた。

「おいでやす、下柳はん」

房恵はにこやかに出迎えた。下柳老人は、ショーケースの前に立つ京子を見やった。顔じゅうの皺を寄せ集めてほほ笑む。

「今日は祝福を伝えに来たんですわ。今年の斎王代に決まらはったんでっしゃろ」

「……まあ、もう知ってはるんですか」

京子が驚いたように言うと、下柳老人は房恵を一瞥した。

「耳はえええさかい、よう聞こえてくるんですわ。もちろん引き受けはるんでっしゃろ」

京子は英二を窺ってから答えた。

「はい。英一さんも応援してくれはるし、そのつもりです。英一さんのおかげで決心がつきました。精一杯務めよう思うてます」

「京都の人には今さらやろうけど、斎王代は、千年の伝統を持つ葵祭の主役やさかい、地元だけやなく、他の都道府県や外国からも大勢が見物に来はります。そやけど、京子はんやったらしっかり務められる思うとります。おきばりや」

「おおきに。頑張ります」

「私も七十すぎると、後何回祭を見られるか分かりまへん。そやから成功を祈っとります」

下柳老人は房恵に顔を向けた。「それにしはっても、立派な娘はんを持たはって誇らしいでっしゃろ。斎王代は京都のお嬢さんにとっては憧れやさかい」

「鳶が鷹を生んだ思うてます」

「謙遜がお上手どすなあ。こんなに器量のええ房恵はんが斎王代を未経験やなんて信じられまへん」

「……下柳はんこそ、お世辞がお上手やわあ。ほんまは心にもないこと言うてはるくせに」

「滅相もあらしまへん。今日はお祝いを持参しましたんや」

下柳老人は風呂敷包みを開け、透明のアクリルで蓋をしてある小箱を取り出した。ラベンダーの花柄が派手な懐紙入れだ。

「これは房恵はんに。世界に一つの私のオリジナルですわ」

「西陣織どすか。こんな高価なもん、いただけまへん」

「受け取ってもらわな困ります。房恵はんの名前も入れてしもうたさかい、突っ返されても売り物になりまへん」

「そやけど……」

「私の顔を立てる思うて」

「……そうどすか？　ほな、ありがたくいただきます」

房恵がラベンダー柄の懐紙入れを受け取ると、下柳老人は京子に歩み寄った。大人びた鬼灯《ほおずき》の柄の懐紙入れを差し出す。

「こっちは京子はんに」

年齢を考えると、母と娘で逆のような気もするが、一流の職人ならではの考えがあるのだろう。

「ええんですか？」

京子は下柳老人から母親に視線を移した。

「せっかくやし貰《もろ》うとき」

房恵が答えると、京子は下柳老人に辞儀をした。

「ほな、いただきます。おおきに」

彼女は賞状のように両手で丁寧に受け取った。

「ほな、私はこれで失礼しますわ」

下柳老人が踵を返そうとすると、房恵が呼び止めた。

「下柳はん。和菓子、包みますさかい、持って帰っておくれやす」

「いやいや、今日は祝福を伝えに来ただけですよって」

「お返しもせんと帰したら、ご近所さんに何言われるか分からしまへん」

「お礼貰《もろ》うたら、祝福の意味があらしまへんがな」

「そう言わんと」房恵はショーケースを見回すと、和菓子を取り出した。「夜の暗闇をモチーフにした羊羹どす」

「……夜の暗闇どすか。前に木村はんに聞いたときは、二つの栗の粒が目玉で、黒猫をモチーフにした言うたはりましたけど、私の思い違いでっか」

「あら、そうでしたやろか」房恵は小首を傾げた。「いややわあ、私、ボケたんやろか」

女将が商品のモチーフを間違うとは思えない。彼女にとっては何か意味がある台詞だったのだろう。

「何言うてますねん。房恵はんの年でボケてしまうんやったら、私なんか大ボケですわ」

「下柳はんは足腰も頑健やし、頭の回転も速いやないどすか。まだまだお元気どすやろ」

「お世辞はよろし。せっかくやし、お菓子はいただいて帰ります。かえって気い遣わせたみたいでえろうすんまへんな」

「気にせんといておくれやす」

房恵がほほ笑むと、下柳老人も柔和な笑みを返し、和菓子の小箱を受け取った。会釈して出ていく。

三人になると、房恵は京子に手のひらを突き出した。

「ほら、貸し」

京子は、母親の手のひらと自分の懐紙入れを交互に見やった。房恵が二度うなずく。

「うちが貰うたもんやのに……」

「あんな人の贈り物《もん》なんか、持たんでよろし」

「……おかあさん、何で下柳さんを嫌《きろ》てんの？　顔見せはった後はいつも不機嫌になるし」

「京子には関係あらへん。ええから貸し」

京子が懐紙入れを差し出すと、房恵は受け取り、英二に言った。

「北嶋はんにあげますわ」

「え？　いや、でもお二人が貰ったものでしょう？」

「捨てるんはさすがに気が咎めますやろ」

「でも、名前入りでしょう？」

「そんなん、誰も気にしまへん」

「そういう問題じゃ……それに女物はちょっと」

「西陣織には男物の花柄もぎょうさんあるさかい、気にする必要はありまへん」

房恵は二つの懐紙入れを突き出した。英二は京子を見ると、目で問うた。

どうしよう？

「おかあさん言い出したら聞かへんし、貰うたらええんとちがう。捨てられてしもたらもったいないお化け出るし」

他人の贈り物を貰うのは気が咎めたものの、京子の言うとおり、断ったらゴミ箱行きだろう。

英二は「じゃあ」と懐紙入れを受け取った。

房恵が下柳老人を毛嫌いする理由は分からないが、老舗の人間同士、外からは見えない確執があるのだろう。

内側に踏み入ってみると祇園の町もドロドロしている。帰宅したら今日のやり取りも記憶が鮮明なうちに手帳に残さねば、と思った。

何が真相に繋がるか分からないのだから。

13

京子の斎王代に興奮しているうち、三月になっていた。兄の死の真相を知るためにわざわざ京都まで来たのに、自分は一体何をしているのか。しかも、兄が遺書で設定した期限がすぎてしまった。後悔が胸に兆した。真実を告白して彼女に選択権を与えるべきだった。兄が譲り受けた農地を受け取るために実家を訪ねるのかどうか――。

兄が一ヵ月も二ヵ月も京都に戻って来なかったら、京子は実家まで追って来たかもしれない。そうすれば、農地を譲渡された。自分が兄に扮して現れたせいで、彼女は権利を失った。譲渡を阻止する意図はなかったものの、結果的にはそうなってしまった。

申しわけないことをした。

しかし——と思う。兄の農地を貰うのは弟なのだから、自分にその気があれば彼女に譲ることもできる。どうするのが正しいのか、決断するには兄の真意を知る必要がある。もう帰らない兄のために自分ができることはそれくらいしかない。

期限をすぎた以上、もう焦る必要はない。


兄の四十九日の法要にも帰らず、両親には電話で謝った。

三月の祇園では、半ばごろから十日間、東山花灯路《はなとうろ》が実施されていた。総延長五キロに及ぶ石畳の通りの足元に灯籠が等間隔で並び、赤色の淡い光を投げかけている。土塀や格子戸、竹の犬矢来、石垣が薄ぼんやりと照らし出され、町全体が幻想的な空間を作り出していた。漆黒の織物を広げたような夜空を背景に、ライトアップされた黄金色の八坂の塔が京町屋の向こうからそびえ、輝いている。

真相が一向に見えてこないもどかしさを誤魔化すように、月日によって様々な顔を見せる祇園の町を堪能した。三月はあっという間に駆け去った。雅美とは二人きりで会うことも減り、町中で顔を合わせたら挨拶する程度の関係に落ち着いている。

雅美は協力を約束しながらもあまり積極的に動いてはくれず、それも不信感を募らせる一因となった。兄の死の理由を知りたいはずなのになぜ平然と普段どおりの生活が送れるのだろう？

やはり、自分で何とか真相を突き止めるしかない。

「円山公園に夜桜でも見に行かへん?」

京町屋で夕食を食べた後、京子が切り出した。円山公園は八坂神社と隣り合っており、目と鼻の先だ。兄が好きだった坂本龍馬――と中岡慎太郎――の像があり、何度か散策したことがある。一八八六年に開設された市最古の公園だという。

「うちの夢やってん」

「夢? 円山公園なんて近所だし、珍しくもなんともないんじゃないのか?」

「独りやったらそうやけど……英一さんと行きたかってん。忘れたん?」

「え、いや……」

「ほら、秋に二人で紅葉見に行ったとき、英一さん、感動してくれはったやん。ひょうたん池の周りを囲む赤色、黄色、緑色――」

「ああ、あったな」

英二は思い出したようにうなずいてみせた。

「春は桜が綺麗やし、一緒に見に行けたらええなあ、って言ったら、そうだな、行けたらいいな、って。一生に一度は見とかな、死ぬとき後悔すんで」

「そりゃ大袈裟だろ」

「……大真面目やで」

相変わらず京子は京都のことになると洒落が通じない。その妙に意地っ張りなところが可愛らしく、反応見たさについついからかってしまう。

「じゃ、せっかくだし、見に行くか」

「あの夜桜見たら、明日死んだかて悔いあらへんようになるし」

「地元の人間がそう言うんだから相当なんだろうな」

英二は京町屋を出ると、京子と夜の祇園を歩いた。しばしばすれ違うタクシーが乗せているのは、京都に惹かれた観光客か、お座敷遊びを楽しむ有名人か。

八万六千六百平方メートルの円山公園に着いた。薄闇の中に公園灯の白い目玉があちこちで光り、屋台も出て人が集まっている。芝生の中には数えきれないほどの夜桜が咲いていた。六百八十本もの桜が植えられているという。

「な、雰囲気あるやろ」

「夜はなかなか不気味だな」

昼間は緑に覆われた東山を逆さまに映し込む抹茶色のひょうたん池も、今は夜の闇を飲み込み、黒々としている。池の中にところどころ配された石塊は影となっていた。しかし、近代日本庭園の先駆者・小川治兵衛が手掛けたという回遊式の日本庭園の美しさは、充分伝わってくる。

中央でライトアップされた一重白彼岸枝垂桜は、遠目にもはっきり浮かび上がっていた。石橋を渡り、近づいていく。

間近に来たとたん、思わず感嘆の声が漏れた。金色の月が出た濃紺の夜空を背景に、樹高十二メートルの枝垂れ桜のピンクが映えている。特大の〝枝垂れ花火〟が炸裂した瞬間で時を止めたかのようだ。屏風に描かれた幽玄な風景を連想させる。

光と影が刻まれた京子の顔は、真っすぐ枝垂れ桜を見つめていた。微動だにしないせいで、絵画の中に描き込まれた人物に見えた。その横顔からは内心が全く読み取れず、桜の木の下には屍体が埋まっている、という都市伝説がなぜか思い出された。

彼女は数拍の間を置いてからゆっくり振り向いた。顔の陰影が静かに移ろう。

枝垂れ桜と彼女の怖いほどの美に囚われ、喉が干上がった。英二は唾を飲み込むと、言葉を発した。

「たしかにこれは見なきゃ損するかもな」

「やろ」

彼女の口調は気負いも何もなく、普段と全く変わらない。根拠のない恐怖は、美しすぎる様が見せた幻だったのか。

「たしか二代目なんだっけ？」

「初代の枝垂れ桜は樹齢二百年やったけど、昭和二十二年に枯死してしもうて」京子は舞い落ちる桜の花びらのように儚くも美しい笑みを見せた。「英一さんと見たかったんはほんまやで。誤解せんといてな」

「ん？　あ、ああ……」

誤解とは何だろう。何か誤解が生まれる要素があっただろうか。ときおり京子の言動に違和感を覚える。それは彼女が〝北嶋英一〞に話しかけているからだろう。

兄なら真意が分かったのだと思う。

つかの間降りてきた沈黙を流すように、生暖かい春の夜風が吹き抜けた。

「……もうすぐ斎王代の公式発表やね」

世間への周知を待ち望んで胸を躍らせているというより、京都の歴史を一身に背負わされる不安に押し潰されそうな声だった。さすがにプレッシャーを感じているのだろう。

「英一さん、葵祭までこっちにいるつもりなん？」

「もちろん！　京子さんの晴れ姿を見たい」

「そうなんや」

京子は照れたように顔を背けた。

「京子さんなら立派に務まるさ。大丈夫だって」

顔を向けたときの彼女にはもう緊張の色はなく、夜空に浮かぶ月同様、淡く輝く笑みを浮かべていた。

「おおきに。英一さんの言葉にはいつも嘘がないから安心やわあ」

胸がチクッと痛んだ。自分はいつまで彼女を欺き続けるのだろう。

現在進行形で嘘をついている身としては、乾いた笑いを返すのが精一杯だった。


今年の斎王代の公式発表は四月十八日。後四日を切っていた。

英二は京都の時の経過を意識しながら、一人で祇園白川を歩いた。石畳の遊歩道には、川沿いに桜並木が続き、まるでピンク色の雲が頭の真上まで落ちてきたように見えた。白川の上にまで枝を伸ばしており、桜が映り込む澄み切った川面を無数の花びらがせせらぎと共に流れていく。

日に日に彼女への想いは募る。兄の恋人だったから、気持ちを抑えつけられているにすぎない。立場がちがえば——あるいは出会いがちがえば、告白していたかもしれない。こんなところだけ、顔以外何も似ていないはずの兄に似てしまった。

正体を明かしたら京子との関係は終わる。穏やかな彼女といえども、三ヵ月以上兄だと偽っていたことを赦しはしないと思う。だからこそ、正体を明かす覚悟が決まらない。何度も口を開こうとしては、自己正当化の理屈をこねくり回して黙り込んでしまう。彼女の笑顔を失うことが怖い。

どうすればいいのだろう。

当てもないまま歩き続け、八坂神社から東大路通を南下すると、古めかしいラブホテルが並ぶ中に埋もれるように安井《やすい》金比羅宮《こんぴらぐう》の石鳥居が建っていた。上部には『悪縁を切り良縁を結ぶ祈願所』と看板が設置されている。両側には、『御神燈』と黒字で書かれた白い提灯がある。

良縁を結ぶ神社の目の前にラブホテル——か。何だか意味深だ。

英二は安井金比羅宮に踏み入った。何人もの参拝者の姿がある。

本殿の左側には、有名な『縁切り縁結び碑《いし》』があった。高さ一・五メートル、幅三メートルの絵馬の形をした巨岩だ。碑が見えないほど、悪縁・良縁が書かれた無数の神札が全面に貼られていた。かまくらのように穴があり、通り抜けられるようになっている。

真横には、絵馬を巨大化したような木製案内板があった。『縁切り縁結び碑』の説明が記されている。

当宮の主祭神崇徳天皇自ら国家安泰を祈られもろもろ一切を断って祈願されたと云う故事に習い江戸時代より断ちもの祈願のならわしが続けられ縁切り祈願が生まれました。

旧きを脱皮し常に新しい新鮮な自分を甦らせる縁切り、もろもろの祈願を成就にみちびく縁結び共に歓迎。

これは神道本来の祓いに通じる道と覚えます。

上部からの亀裂をつたって神の力は中央の円形に注がれ、夫々《それぞれ》願いを素直に神札に記し、円形に向かって表から裏に（縁切り）裏から表に（縁結び）それぞれ心に祈りを込めてくぐりぬけて下さい。くぐりぬけられた後に、神札を石面に貼ってください。

当宮では毎朝拝時に必ずこの碑にお祓いを行いお清めをつづけて参ります。


有名なパワースポットらしく、観光客が大勢訪れるらしい。

複雑な現状を考えると、神頼みもしたい気分だった。真実を告げたときに京子との関係が切れてしまわないよう、祈願したい。

英二は本殿に参拝すると、台に用意された『形代《かたしろ》』に京子との良縁を望む内容を書き、奮発して五百円玉を賽銭箱に投じた。順番を待って『縁切り縁結び碑』に歩み寄ると、四つん這いになって穴を進み、また戻る。往復するのは、悪縁を断ち切り、良縁を結ぶためだという。その後、『形代』を碑に貼りつけ、手を合わせた。

——彼女といい関係が築けますように。

ふうと息を吐き、顔を向けると、大量の絵馬が奉納されている朱色の絵馬掛所が目に留まった。砂利を踏み締めながら近づき、興味本位で眺めた。縁切り神社と呼ばれるだけあり、そこには数えきれないほどの苦しみや憎しみが書き込まれていた。日付だけでなく、実名を堂々と記している絵馬も多い。中には会社名や住所まで晒してあるものも——。

何であんな女がいいの？　別れろ　別れてしまえ！　辰巳商事の矢田瑞穂が病気で苦しみ抜いて死にますように　絶対に二人を幸せにしないでください

山口杏

ストーカーの賀○秀樹との縁を切ってください　嫌がらせをやめさせてください　お願いします！

1月22日　百合子

浮気している夫が不幸になりますように　死ね　死ね　死ね　ついでに相手の女も不幸のどん底に落としてください

12月7日　北村ゆい

苦しい苦しい胃がんと縁が切れますように　どうかどうか、長生きさせてください　もう人の悪口は言いません　誰もいじめません

牛田

お金と無縁の人生と縁が切れますように　幸せになれますように

11月8日　　桜子

何枚も重ねられている絵馬の中には、様々な人生と感情があり、悪趣味だと思いつつも観察するのをやめられなかった。横歩きしながら読んでいく。

不幸な人生との悪縁が切りたいです　家族みんなで幸せな毎日を送れますようにお願いします

10月20日　鮫島朋子

端に到達すると、比較的ポジティブな『鮫島朋子』という女性の絵馬をめくり上げ、後ろ側の絵馬も眺めた。達筆で書かれた一枚が目に飛び込んできた。

憎い！　憎い！　憎い！
北嶋英一さんが消えて二度と戻ってきませんように

清水京子

14

――は？

英二は絵馬をめくったまま硬直し、息もできなかった。剝いた目が内容から引き剝がせない。

――何なんだ、これ。

清水京子？　なぜ彼女の名が？　同姓同名か？　いや、兄のフルネームも書かれている。そんな偶然はありえない。この絵馬はあの京子が書いたのだ。

自分に向けてくれていた京子の笑顔が崩れ去り、奥から醜悪な般若の顔が覗いた気がして背筋が凍りついた。

絵馬に書かれた呪詛の言葉――。

信じられない。彼女は兄を憎み抜いていたのか？

兄に扮して彼女と出会ってからは、ここまで憎まれる何かをした覚えはない。つまり、絵馬の内容は、本物の兄に向けられていたことになる。

兄が突如帰省したのは、京子との関係が険悪になったからか？　二人の恋は何かが原因で終わってしまったのか？　しかし、兄として会ったときの彼女は、憎しみなど微塵も感じさせなかった。

汗の玉が額から滲み出て伝い落ちる。

まさか——京子は縁切り神社の絵馬に書きつけるほど兄を憎悪しながら、その般若の素顔を笑顔の仮面で隠し、本性を気取《けど》られないように偽りの表情を作っていたのか？　今までの優しさは全て演技だったのか？

皮膚が粟立ち、戦慄が背筋を駆け抜ける。早鐘を打つ心臓が胸郭を激しく叩き、肋骨が痛いほどだ。

京女の恐ろしさを垣間見た思いだった。

引き攣った笑いが漏れる。英二は絵馬を手放すと、後ずさり、乱れた息を整えようと努めた。

——何だ。一体何なんだ。

兄は彼女をここまで怒らせる何をしたのか。

京子の——いや、京女の性格を考えると、その想いを直接当人にぶつけたとは思えない。兄は彼女に憎まれていると知らなかっただろう。まるで縁切り神社の絵馬が呪わしい効果を発揮したように思え、身震いした。

もはや、何が何だか分からない。

なぜ？　なぜ？　なぜ？

呆然としていると、黒髪の清楚な雰囲気の女性が絵馬掛所に歩み寄って来て、絵馬を奉納し、満足そうな笑みを残して立ち去った。英二は近づき、その絵馬を見た。

私を捨てておきながら一人だけ幸せになるなんて許せへん　口汚い卑劣漢の○田龍作の良

縁を全て断ってください　悪縁だけを結んでください　他人を平気で傷つける龍作の笑顔を奪ってください

瀬戸みのり

外見からは想像もつかない恨み言が書かれていた。はた目には美人で誰にでも優しそうに見えるのに内側はどす黒く、毒に満ちあふれていた。人間、表面からは何も分からないのだと思い知らされた。それはまるで京都そのもののように思えた。

京子もそうなのか。

会うたびに笑いかけ、気遣い、優しく接してくれた。それが全て偽りだったとしたら――自分は一体何を信じればいいのか。

単なる痴話喧嘩ではこれほどまで憎まれないだろう。兄は彼女に何をした？　どんな傷つけ方をした？　土地の譲渡を遺言に記したのは罪滅ぼしなのか？　死ななければ償えないほどの何かをしてしまったのか？

英二はこの場に留まり続けることに耐えきれず、駆け出した。立ち並ぶレンガ造りのラブホテルの前を走り抜け、東大路通を北上し、八坂神社の前で膝に手を当てて息をついた。怪訝そうな顔つきで横を通り抜けていく観光客も今は気にならない。ただただ苦しく、京の土地が恐ろしかった。

「――英一さん？」

背後から声をかけられ、心臓が飛び上がった。振り返ると、着物姿の京子が立っていた。

「祇園さんにお参りに来たん？」

彼女はにっこりほほ笑んでいる。絵馬の内容が頭の中にこびりついていたから、薄皮一枚で剝がれ落ちそうな表情に背筋が薄ら寒くなった。笑顔の裏側にはどんな顔が隠れているのか。仮面の下で憎しみの目を向けているのか。

「……あ、いや、ちょっとその辺を散歩してて」

「そうなん。うち暇やし、どこか案内しよか？」

英二は京子の表情をじっと観察した。兄を憎んでいるにしても、そんな負の感情は全く読み取れない。

絵馬の文言は何かの間違いではないかと思わされる。しかし、実際に存在したのは紛れもない事実なのだ。彼女は〝北嶋英一〟を恨んでいる。縁切り神社を訪れ、名前入りで別れを懇願するほどに。

絵馬が第三者の成りすましだった可能性はないだろう。上から他の絵馬が奉納されていたし、わざわざ観察しないかぎり誰にも見られない状態だった。

英二は緊張が絡みつく息を吐き出した。

「京子さんとの良縁を続けたいし、神社にお参りでもしようかな」

顔や声が強張らずに言えたか正直自信がない。探りを入れながら彼女の反応を窺う。

「英一さんも神頼みすることあるんや？」

「まあ、たまにはいいかなって」

「それやったら祇園さんやなあ」京子は石段の先にある八坂神社の赤い西楼門を見上げた。

「大国主社には大黒さん——縁結びの神様の大国主命が祀られてるし」

「……縁結びなら有名な神社、近くになかったたっけ」英二は記憶を探るように目線を斜め上に投げた。「ほら、何て言ったっけ。たしか……金平糖みたいな名前の……」

京子は眉間に縦皺を作り、一睨みした。

「金平糖て——失礼やね、英一さん。金比羅さんちゃうの？　安井金比羅宮」

「そうそう！　それ！」わざとらしくなかっただろうか。「縁結びで有名だって聞くし、行ってみようかな」

「……恋愛成就願うなら、祇園さんが京都一やで。スサノオを祭神としてる全国二千三百の神社の総本社やし」

「へえ。そうなのか。でも、地元に悪友がいて縁を切りたいし、金比羅宮にも興味があるかな」

「悪縁切りたいなら祇園さんでも問題あらへん。『刃物社』があるし」

「縁切りなら金比羅宮かと」

「金比羅さんはホテル街にあってちょっと世俗的やし、本気で縁切り縁結びを願ってはるなら祇園さんがええんちゃう？」

彼女の説明はもっともらしく、説得力があった。呪わしい絵馬を奉納した安井金比羅宮に行かせまいとして必死に食い止めている感じはしない。しかし、生粋の京女である彼女にとっては、本音を包み隠して建前を喋ることくらい朝飯前だろう。おそらく、京で生きるうちに自然と身についてきたものだと思う。憎しみも怒りも悲しみも押し隠し、ほほ笑んでみせる――。

北嶋英一さんが消えて二度と戻ってきませんように

京子はそれほどまでに兄を憎んでいた。しかし、自分が〝北嶋英一〟として京都に来て再会したときはそのような内面は一切見せず、戻ってきたことを喜んでくれた。般若の顔をあれほど巧く隠し通せるとは、空恐ろしい。

『礼儀正しい大和撫子』『着物美人』『おもてなしの心を持っていて誰にでも優しい』――そんな〝よそさん〟が抱く表面的なイメージでは語れない、京女の本性を見せつけられた気がする。

三ヵ月以上祇園で暮らして京都の風習や考え方を知り、人付き合いの距離感を学んだつもりでいた。しかし、それは思い込みだった。

――一代、二代、京都に住んだ程度じゃ、京都人にはなれまへん。

下柳老人の台詞が蘇る。

千二百年、脈々と育まれてきた京の町の流儀は容易には身につかない。それを思い知らされた。

「やっぱり地元の人間としては、八坂神社がお薦めか？」

「そうやね。祇園さんが一番馴染み深いんとちがう？　よそさんは金比羅さんを面白がったはるみたいやけど」

「行かないほうがいいか？」

「……いややわあ、英一さん。うちがお尻に敷いてるみたいな言い方せんといて。お薦めを教えてあげただけやん」

「いや、何か否定的なニュアンスが強かったから」

「考えすぎやん。〝私が私が〟って前にいちびって出えへんのが京女の美徳やし。よその女の人らみたいに我《が》、強ないわ」

表向きは控えめで謙虚でも、その内心はどうなのか。誰よりも堅い芯を持っているのではないか。

――あんなん、ストレートすぎるわ。百人が聞いて百人が嫌味や皮肉って分かるし、誰かて言えるやん。うちやったらもっとうまいわ。

――京女は本音を隠した演技やったらお手のもんやし……英一さん、勝負してみる？

会話を記録した手帳を頻繁に読み返しているから、よく覚えている。以前、京子は大真面目な顔で少し挑戦的に言った後、『いややわあ。本気にせんといて。うちはいつでも正直やし』と否定した。今やそれが冗談だとは思えない。

「じゃあ、祈願は八坂神社にしておこうかな」

英二は引き下がることにした。実際、彼女と安井金比羅宮に行けば、自分が貼りつけた『形代』が見つかりかねない。彼女との良縁を願っている。すでに参拝していたことが分かれば、なぜ安井金比羅宮を知っていながら知らないふりをしたのか怪しまれるだろう。京子の絵馬を見てしまったことは、決して悟られてはいけない。

京子はやはり兄の自殺に何かしら関係している。間接的に死へ導いた可能性がある。絵馬の存在を知らなければ、彼女への疑惑は霧散したまま忘れ去るところだった。

結局、彼女の案内で八坂神社の大国主社に参拝した。しかし、内心では彼女との良縁はもう願わなかった。

願うことはできなかった。

彼女の演技――おそらく――の巧さに感心すると同時に、自嘲の笑みがこぼれる。

自分に京子の二面性を責めることができるだろうか。自殺した兄に成りすまして彼女に接触し、騙し続けている。本性を隠しているのはお互い様ではないか。

最初から嘘と嘘が絡みつく虚飾まみれの関係だったのだ。

15

上京区のホテルの一室では、ワインレッドのカーテンを背景に、白布が掛けられた長テーブルが設置されていた。その上には数本のマイクが集まっている。

真ん中に座っているのは、花柄の振り袖に身を包んだ京子だ。桜色の下地を百花の模様が彩っている。左隣には着物姿の房恵、反対側には関係者らしき男性が座っていた。

京子を通じて見学の許可を貰った英二は、十数人の記者たちが陣取るパイプ椅子の末席に腰掛けていた。

斎王代が京都でいかに注目されているか、目の当たりにした。記者会見など自分の人生には無縁だ。元来、目立ちたがり屋ではないから彼女と代わりたいとは思わないが。

「清水京子さん」壮年の記者が手を挙げた。「斎王代に選ばれた今のお気持ちをお聞かせください」

「はい」京子は若干緊張が滲み出た顔に笑みを浮かべると、右手でマイクを取り上げた。左手を軽く添え、上品に保持する。「斎王代さんのお話は、幼いころから寝床で母が毎夜のように聞かせてくれました。平安絵巻のような行列を見て、子供心に胸を躍らせたものです。昔から憧れていましたが、まさか自分が選ばれるとは夢にも思っていませんでしたし、今でも実感がありません。夢見心地で膝の辺りがふわふわしています。立って撮影を求められたら倒れそうで、ちょっと怖いです」

記者たちが温かな笑い声を上げた。彼らも毎年のように斎王代の女性を取材しているのだろう、アットホームな雰囲気だった。知っている記者会見といえば、テレビで流れるお偉いさんの謝罪会見ばかりだったので、ほっとする空気だ。

「普段は『京福堂』の看板娘としてお店をお手伝いされているんですよね」

「看板娘なんてほどのものではありませんが、はい、母が女将を務める『京福堂』を手伝っています」

女性記者が手を挙げて質問した。

「今回の斎王代はお母様もお喜びじゃありませんか？」

京子は隣の房恵を一瞥した後、記者に向き直った。フラッシュが顔を白く染め上げる。

「はい。母は私の斎王代を夢見ていましたし、電話をいただいたときは嬉しさで卒倒しそうになったそうです。大慌てで私に電話してきて、涙声で伝えてくれました」

「お母様も何か一言」

女性記者から水を向けられると、房恵は気品あふれる笑みと仕草でマイクを握った。

「京子は私の誇りです」ぐっと胸を張る。「天国の夫も涙を流しているでしょう。私の母も叔母も斎王代でしたから、京子も——という目で見られることが多かったので、周りの皆さんも喜んでくれはると思うております。京都の人間として、ようやく京都の町に認められた気がしています」

彼女がマイクを戻すと、別の男性が京子に質問した。

「清水京子さんにとって、葵祭の魅力とは何でしょう」

「……難しい質問ですね」彼女ははにかみながら「うーん」と小首を傾げた。「他の都道府県の皆さんは京都のお祭りといえば、やはり祇園祭をイメージされると思います。ですが、私にとって京都のお祭りは葵祭なんです。祇園祭とはまたちがう魅力があります」

「具体的には？」

「祇園祭は派手で、きらびやかで、それはもう大変賑わいます。宵山も巡行ももちろん魅力的ですが、私には少し騒々しいと感じます。京都の町は本来もっと物静かで、落ち着いた雰囲気があります。葵祭は、お祭りというよりは、式典のような厳かな雰囲気で進行します。私はその静けさの中にこそ、京都の本質があるのではないかと思っています」

フラッシュがまたたき、彼女の表情を切り取っていく。注目度が高く、さながら芸能人の結婚発表だった。

田舎から出てきた風来坊の兄では、分不相応だっただろう。もっとも、それは自分も同じだが。

「斎王代への意気込みをお願いします」

「はい」京子はうなずいた。「私は普段から『京福堂』にいらっしゃるお客さんをおもてなしの心で誠心誠意お出迎えしています。斎王代さんも同じように精一杯真心を込めて、務めさせていただきます」

質疑応答が終わると、撮影に移った。

移動した先には赤色の絨毯が敷かれており、金屏風を背景にベージュのソファが用意されている。

「そうですね、せっかくですから、座って撮影しましょうか。どうぞ腰掛けてください」

彼女は帯が乱れないよう、すっと腰を下ろした。脚を揃え、膝の上に手を重ねて置く。

カメラマンがカメラを構え、撮影した。

「笑顔をこちらにお願いします」

彼女が指示に従う。仕草や表情の一つ一つは今にも琴を弾きそうなほど優雅で美しく、絵になっていた。世の中が思う京女の魅力にあふれている。だが——その内面はどうなのか。暗い焰が燃えているのではないか。京子が抱いていた兄への憎しみを知った今、彼女の表の顔をそのまま信じることはできない。

室内での撮影が終わると、今度は裏の日本庭園へ移動した。木斛《もっこく》や松、杉の緑が彩る中、透き通るような池があり、石灯籠と石橋が配されていた。その景色には振り袖がぴったりと合い、着物姿の房恵と並んで立つ彼女は、陽光を浴び、輝いていた。闇などどこにも存在しないかのように。

翌日の新聞では、斎王代に選ばれた京子が大きく扱われていた。ホテルでマイクを握った上半身のアップが使われている。写真の笑顔は自然で喜びに満ち満ち、仄暗い裏側など微塵も感じさせない。

写真の下には『葵祭のヒロイン、斎王代に決まった清水京子さん』とキャプションがあり、経歴が簡単に記載されている。

彼女は幼いころから茶道や華道も習い、京都の有名大学を卒業しているという。和に通じているだけでなく、勉強もできる立派な才媛だった。考えてみれば彼女のことを何も知らなかったな、と思い知った。

『京福堂』に足を運ぶと、店の前には祝福に駆けつけた馴染み客が集まっており、暇はなさそうだった。改めて斎王代の凄さを実感する。

数日は話をする機会がないだろう。英二は適当に時間を潰してから外食すると、夜の薄闇が覆いかぶさる祇園を意味もなく歩き回った。舞妓姿の雅美を見かけたのは、小雨が降りはじめたときだ。彼女はこちらに気づかず、曲がり角から先を覗き見し、胸を撫で下ろして歩いていく。

何をしているのだろう。はた目にも怪しい行動だった。

後ろ姿を観察すると、雅美は人通りが少ない道を選択していた。向こうから人影がやって来ると、引き返したり、角を曲がったり――。

前に京子から聞かされた雅美の不審な行動を思い出した。それがあったから雅美の話を全て鵜呑みにしていいものかどうか、思い悩んだのだ。

節分の夜、狐の面を被っていた雅美の姿がふと蘇り、胸の奥から不安があふれ出した。本音と建て前、嘘と真実が巧妙に編み込まれ、どこか危うい雅さで人々を惹きつける京の町。そこに染まった彼女もまた、自分を化かし、欺いていたなら――。京子の本性を見せつけられたうえ、雅美にも何か嘘をつかれていたなら――。

気がつくと、英二は歩調を速めて彼女の背に迫っていた。

急に立ち止まった雅美が振り返った。目が合った。薄闇の中でも視線が交錯したのが分かった。彼女はおこぼを石畳に響かせ、小走りに反対方向へ駆けていく。

「お、おい――」

英二は声を上げ、雅美を追いかけた。着物姿の彼女に追いつくことは難しくなく、後ろから手首を鷲摑みにした。

「何してるんだ」

振り返った雅美の白い顔は、ストーカーに捕まったかのように歪んでいる。薄紅色の唇は固そうに結ばれていた。頬を伝う雨粒が涙に見えた。

「俺が何かしたか」

雅美は無言でかぶりを振った。

「じゃあ、なぜ逃げるんだ」

再びかぶりを振る。

英二は雅美の肩を摑み、揺さぶった。

「何とか言ってくれ！　一体何なんだ」しばし唇を嚙み、言葉を吐き出す。「もう誰を信じていいのか分からない！」

雅美は半泣きの顔で項垂れ、夜の闇の中に消え入りそうな声で言った。

「……あーあ、やり直しになってしもうた」

「やり直しって何だ」

「何でもありまへん。うちの個人的な願掛けどす」

「願掛け？」

「芸舞妓の世界には『無言参り』いうものがあるんどす。毎夜一回七日間無言でお参りできたら、願いが叶うと言われているんどす。途中で誰かと言葉を交わしてしもうたら、置屋からやり直さなあきまへんさかい、人目を避けて……」

そうか。そういうことだったのか。夜に無言でこそこそ歩いていた理由が分かった。

「もしかして、去年、兄が消えた後も？」

「どなたから聞かはったんどす？　たぶん京子はんでっしゃろ。去年の『無言参り』のとき、顔を合わせたんは京子はんだけどすし」

英二は曖昧に苦笑した。それで充分答えになっただろう。

「英一はんが戻って来てくれはるよう、願掛けしていました。今の時代、夜遅うに一人で出歩くんは危険やさかい、『無言参り』をする芸舞妓は少ないそうどす。おかあさんに知られてこっぴどうお説教されて、六日でやめるしかありまへんどした」

「……結局、中途半端な『無言参り』で現れたのは、弟の俺だった」自嘲の笑みがこぼれる。「半端に叶ったわけだ」

雅美は小雨に触れた白い顔に儚げな微笑を浮かべた。

「今は何を願って『無言参り』を？」

「恥ずかしおす。英二はんと無関係やあらへんさかい」

顔を背ける仕草で分かった。彼女が自分に見ているのが〝北嶋英一〟の影なのは間違いない。だからはっきり言うのも優しさだと思った。

「気持ちは嬉しいけど、俺は兄じゃない。兄の代わりにはなれないし、雅美ちゃんの期待には応えられない」

雅美ははっと目を瞠った。

「そう――どすなあ。英二はんは英一はんとはちゃいます」

「……ごめん」

「分かっていたことどす。英一はんの代わりにしようやなんて、英二はんに失礼なことどした」雅美は人差し指で目元を拭った。「それでも――英一はんへの想いは捨てられへんかったんどす」

自分を〝北嶋英一〟ではなく、〝北嶋英二〟として愛してくれる相手でなくては、関係は築けない。そういう意味では、兄に成りすまして京子と接している今、雅美を責める資格はないだろう。

雅美は普段の落ち着いた表情を取り戻すと、言った。

「英二はんこそ、何か悩みがあらはるんちゃいますか」

一流の客を日々相手にしている彼女は感情の機微を見抜く術に長けており、隠し事は難しい。地元から遠く離れた京都の地で信頼できるのは、やはり彼女しかいない。相談したら助けてくれるだろうか。

英二は深呼吸すると、雅美を見つめ返した。

「実は――」

英二は安井金比羅宮で発見した絵馬の話をした。雅美は表情を変えずに聞いていた。

「京子さんはそれだけ激しく兄を憎んでいながら、そんな素振りさえ見せなかった」

「……この町に住んでいたら驚くほどのことやおへん。綺麗に見えても裏で渦巻いてるもんもあるんどす。京都にはいわく付きの地も多いんどすえ」

彼女によると、東山区の『蹴上《けあげ》』は、源義経一行が平家の武者とその従者九名とすれ違った際、相手の馬が蹴り上げた水溜まりの水でかけ衣を汚されて激昂し、従者九名を斬り捨てたあげく、武者の耳と鼻を削いだ事件に由来するらしい。京都市内の『千本通』は、戦で敗れた者の死刑場だった船岡山から埋葬地まで、夜ごと死体が運ばれていくので、死者を弔う千本の卒塔婆《そとば》が立てられたから名付けられた。鞍馬山の麓には、丑の刻参りで有名な貴船神社がある。夫を奪った女を妻が呪い殺そうとし、安倍晴明に阻止されたすえ、狂って井戸に身投げしたという話が伝わっている。

「古都・京都は歴史が古いさかい、その分、血なまぐさい話もぎょうさん残っているんどす。

そんな町の陰陽が京女の中には息づいているんやありまへんやろか」

「京都の女性は桜のイメージがあったけど……バラに刺あり、って諺を実感させられたよ」

「バラどすか。英二はん、それは少しちがうかもしれまへんなあ。京女はバラやおへん。スズランなんどす」

「どういう意味かな？」

「バラの棘やったら一目で危ないいて分かりますけど、スズランはその可愛らしい姿からは一見危険があるなんて分かりまへん。そやけど、実は毒があるんどす」

毒があるスズラン――か。

「棘を見せてしまうようやったら、京女やあらしまへん。そやからバラやなく、スズランなんどす。ちょっと付き合《お》うたからいうて全てを知るのは難しおす。そう簡単に心は見せてくれまへんし」

「彼女と兄に何があったのか、ますます分からなくなった。彼女が兄をあれほど憎んでいたなら、兄はなぜ土地を譲ろうとしたのか。何かの罪滅ぼしなのか……」

「そうどすなあ。京の町は謎だらけどす。相手の心に土足で踏み込むんは上品やあらへんさかい、一歩距離を取った付き合い方が好まれるんどす。そやから、霧の中に立たされているように感じるんやおへんやろか」

彼女の言うとおりかもしれない。踏み込まず、踏み込ませず――そんな人間関係が当たり前のように築かれている。気遣いと無関心は紙一重なのかもしれない。

「どうすればいいと思う？」

「……そうどすなあ。英二はん、英一はんと同じでまだどことなく京都から距離を置いたはるように感じるさかい、京都の中にもっと踏み込んでみはったらどないどすやろ。京子はんと一緒に京都の伝統巡りでもしはったら、心が近づくかもしれまへんなあ」

京都の中——か。言われてみれば、三ヵ月以上祇園で生活しながら京都からは適度な距離を置いていた気がする。兄の死の真相を突き止めるまでの一時的な滞在という意識があり、何かしら関係しているはずの京子に深入りしすぎないよう注意していた。たぶん、彼女に惹かれすぎるのが怖かったのだと思う。

今では別の意味で怖さを感じている。

「英二はんももっとしたたかに立ち回らな、振り回されて終わってしまうんやおへんか」

「……分かった」英二は雅美を見た。「話を聞いてくれて何となく勇気を貰った。ありがとう」

「英二はんも、京子はんの呪縛が解けるよう祈ってます」彼女は京都人以上に柔らかな笑みを浮かべた。「おきばりやす」

16

斎王代の記者会見から十日ほどが経っていた。京都の桜は花が落ち、無味乾燥な緑に代わっている。それは京子への淡い恋心を失った自分の気持ちを表しているようでもあった。

「——京子さん」英二は『京福堂』で彼女に話しかけた。「今日これから一緒に出掛けないか？」

「急にどうしたん？」

「いや、最近はなかなか会えなかったし。それとも迷惑かな？　斎王代として注目されているし、変な噂はまずいもんな」

困り顔で引き下がる素振りを見せると、おそらく彼女なら――。

「ええよ。まだゆとりあるし」

そう、彼女は決して断らないだろう。京子が京女として本心を巧みに隠し続けるなら、自分はその彼女の性質を利用しよう。雅美の言うとおり、それくらいのしたたかさがなければ、彼女の心には触れられない。

「どこ行くか決めてるん？」

「……壬生《みぶ》狂言なんてどうかな」

正しくは壬生大念佛狂言といい、壬生寺に伝承されている無言の民俗芸能だという。一三〇〇年ごろ、疫病が流行った京都で悪疫退散の祈願を身振り手振りで行ったことが起源らしい。何から何まで歴史が古い。

定例公開は年三回。春は四月二十九日から五月五日までだった。

「……英一さん、京都の伝統に目覚めはったんやね。壬生狂言なんてなかなか通やわあ」

「そうだろ。京都の伝統をいろいろ調べたら、面白そうなものがたくさんあったし、楽しもうかな、って」

「京都の人間からしたら伝統は切っても切り離せへんし、そこにはそれぞれ重みがあんねん」

「京都で暮らして実感してる。凄いよな」

「そやろ」京子は店の奥を振り返り、声を上げた。「おかあさん、店番お願い！　英一さんとちょっと出かけてくる！」

少しの間の後、着物姿の房恵が顔を出した。今までとは打って変わって笑顔だ。

「気晴らしもええけど、慎みは忘れたらあきまへんえ」房恵は京子に釘を刺してから英二を見た。「北嶋はんもその辺は充分分かってくれたはる思いますけど」

「……はい、もちろんです」

以前の彼女を知る者にとっては薄気味悪いほどの変化だが、そこには娘が悲願の斎王代に選ばれた喜びがあるのだろう。〝北嶋英一〟への露骨な態度の数々は、一生に一度の娘の晴れ舞台を邪魔する存在への恐れだったのだと思う。もし兄がプロポーズして京子が応えていたら——あるいは何か羽目を外して醜聞が広まっていたら、斎王代に不適格と判断されていたにちがいない。

房恵も見たままではないのかもしれない。

京女は難しい。

「じゃあ、行こうか」

英二は京子と一緒に『京福堂』を出た。

壬生寺は中京区《なかぎょう》にある。市バスに乗って壬生寺道で下車し、通りを歩く。京福《けいふく》電鉄の『嵐《らん》電《でん》』が通過する線路を渡った先だ。歴史を感じさせる総門が待ち構えていた。『壬生大念佛狂言』と書かれた貼り紙がある。

境内では、幕末、壬生浪士組——後の新撰組——が武芸の訓練をしていたという。今は新撰組局長・近藤勇の胸像が置かれていると聞いた。

「壬生狂言はよく？」

英二は境内の石畳を歩きながら訊いた。

「おばあちゃんがよう連れてきてくれたなあ。京都で生きていくには京都の歴史と伝統を知って、しっかり触れなあかん、言われて」

「へえ。おばあさん、京都を愛してたんだな」

「何でも京都が一番の人やったわ。英一さんはどう思う？」

「……そうだな、実家は片田舎で、歴史や伝統なんてご大層なものとは無縁だったし、羨ましいよ」

石灯籠が置かれた石畳の先には、瓦屋根が見事な本堂があった。左隣には、千体の石仏が円錐状に安置された千体仏塔がある。寺なのに、遠目に見たらイスラム教のモスクのドームを連想させられる。

『狂言通路』と書かれた立札の矢印に従って進む。白いイベント用テントが設置されていた。ロープが張られ、入館の順番待ちの列ができている。

アパートのような鉄筋コンクリート造りの壬生寺会館は、一階が壬生寺保育園で、二階が多目的ホールになっている。階段を上って二階に入ると、掛けられた白布に『禁煙』『撮影禁止』の貼り紙があった。大人一人八百円だったので、千円札を二枚、差し出して釣りを受け取る。

列に付き従って進むと、青空の下、階段状の見所があり、椅子が並べられていた。二階から観覧するのだ。しかし、瓦屋根の大念佛堂の舞台も同じ高さにあるため、演目を見下ろすわけではなかった。雨天でも執り行われるらしいが、快晴で良かった。

「なんか緊張するな」

「気楽に楽しむんが一番やわ」

しばらく待つと、壬生狂言がはじまった。最初の演目は『炮烙割《ほうらくわり》』だという。

黒い紋付袴の男性陣が背後で太鼓を叩き、鉦《かね》——金属製で皿状の楽器——を槌《つち》で打奏し、甲高く棚引くように笛を吹く。〝京〟のイメージそのままの囃子に合わせ、武骨な仮面を付けたお内裏様のような衣装の演者が登場した。平安時代の烏帽子風の黒い帽子を被り、垂れた長袴の裾を振り上げるようにして一歩一歩歩いてくる。木製の立札を脇に抱えていた。

「所蔵されてる仮面は百九十点くらいあって、一番古いんは室町時代のもんやねん。今は使われてへんけど」

彼女が耳元に唇を寄せ、囁くように説明した。どこか官能的な声と吐息が耳たぶをくすぐり、ぞくっとした。

「へ、へえ……それは凄いな」

「それだけちゃうよ。衣装や小道具、見てみ。使われてへんもんを含めたら数百点あって、一番古い衣装は安永八年——あっ、元号苦手やったなあ、一七七九年のもんやねん」

京子の存在を真横に意識しながらも、壬生狂言に集中しようと努めた。無言劇は仕草で状況や感情を読み取らねばならず、初めてなのでストーリーがなかなか摑めない。ときおり、周囲の観客がどっと笑い声を上げる。

「京都っぽい伝統芸能だと思うけど……仮面を付けていると、何を考えてるか全然分からないな……」

京子は英二を一睨みし、少し不満が滲んだ声で言った。

「何なん、英一さん、もしかして京都人を皮肉ったはる？」

「え、いや……」

「仮面被ってて腹黒い、思てるんとちがう？」

「そんなことはないって」

否定したものの、内心ではちがった。壬生狂言と同じく、京子の仮面の下の本心は何も分からず、疑心暗鬼に陥っている。絵馬に呪詛の言葉を書くほど兄を憎んでいるはずなのに、彼女は微塵もそんな素振りを見せない。

「感情的にならへんのは、下品な顔の人間にならんようにしてるからやなあ。世の中の何かや誰かを口汚く罵倒してる人なんて、目の前に鏡を置いてあげたくなるくらい醜悪な顔してるやろ。毎日怒鳴ってばかりの人間は下品な性格が顔に出てきてしまうし、醜いやん。何事も上品やないと」

「……たしかにそうだな。俺も口が悪い人間は嫌いだし、近づきたくないもんな」

「やろ。品性がない人の言葉は誰にも届かへんし」

最初の演者が隅に立札を立てて姿を消すと、仁王を思わせる仮面の演者が両手で鼓《つづみ》を上下に振りながら現れた。立札を眺める動きを見せ、腰に差していた京扇子を開き、舞いのように操る。その後、座り込むや、舞台縁の手すりに肘をつき、眠ってしまう。すると、気弱そうな仮面の演者が薄茶色の皿を振りながらやって来た。

京子が二人の演者を順番に指差し、また耳元で囁いた。

「泣き顔の仮面を被ってはんのが炮烙売りで、強面《こわもて》の仮面を被ってはんのが羯鼓《かっこ》売り。炮烙いうんは素焼きのお皿やね。羯鼓いうんは、羯鼓売りが胸から吊り下げたはる鼓。雅楽でも使われる打楽器やね」

たしかに強面の仮面の男は鼓を持っている。

「物語はどんなふうなのかな？　見ててもよく分からない」

「簡単に説明すると……役人が『一番に店を出した者は税金を免除する』って立札を立てはってん。で、先に来たのが羯鼓売り。一番乗りやったから余裕綽々《しやくしやく》で眠ってしまうんやけど、そこに遅れてやって来たのが炮烙売り」

「……ああ、なるほど、何となく理解できた」

英二は物語を踏まえて仕草ややり取りを観察した。すると、泣き顔の炮烙売りが自分の炮烙と羯鼓をすり替えようと画策しているのが分かった。たぶん、〝一番乗り〟を奪おうとしているのだろう。

「うまいこと成り代わらはるなあ……」彼女が英二に流し目を向けた。「なあ？」

京子のつぶやきは自分に対してではないと分かっているものの、正体を見抜かれているような錯覚に陥り、肝を冷やした。

「そ、そうだな」

英二は渇いた喉を唾で湿らせ、劇に集中しようと努めた。

炮烙売りはひょうきんな身振り手振りを見せる。

すり替えが見事に成功し、炮烙売りが喜びの舞いを舞っていると、強面の羯鼓売りが目覚めた。英二は思わず「あっ」と声を漏らした。二人が喧嘩しはじめた。意味が理解できると、仕草の一つ一つがコミカルで面白く、笑いがこぼれる。

「な、相手の心情が分からへんのは、必要最低限のストーリーを知らへんからやで」

ストーリーか。たしかに自分は兄と京子の関係を何も知らない。だからこそ、彼女の本心が見えないのだろう。二人の関係を知れば、彼女の言動からその心が見えるのだろうか。

役人が登場すると、二人の喧嘩を諫め、芸比べを命じた。勝ったのは炮烙売りだった。満足げな所作を見せ、炮烙を舞台縁の手すりに並べていく。開店準備だろう。

「ほら、見せ場。あれは参拝客が奉納した炮烙やねん。京都の風習やけど、節分に壬生寺に参拝した人たちが炮烙に自分の名前と年齢と願い事を書いて奉納すんねん」

圧巻の光景だった。積み上げられた素焼きの皿は二十列以上。壁となって演者の腰まで隠している。今にも二階から真下の地面に落ちそうで冷や冷やする。

すると、羯鼓売りが現れた。勝ち誇ったように舞う炮烙売りの後ろから迫っていく。両手を突き出しながら。

「おいおい、まさか……」

羯鼓売りは端から順番に炮烙の壁を突き落としはじめた。慌てて制止しようとする炮烙売りを尻目に――。

何十もの素焼きの皿が豪快に落下し、真下から砕け散る音が聞こえてくる。芸比べに負けた報復だろう。とはいえ――。

英二は衝撃的な光景に目を瞠ったままだった。

隣で京子がふふ、と悪戯に成功した子供のように笑った。

「大事な皿を落とすなんて……」

「実はゲン担ぎの一種で、炮烙が割られたら奉納者の厄が落ちてええことがあるって言われてんねん」

哀れ、炮烙は全て割られていた。

「……最初から成り代わりなんか企まへんかったら、大事なもん、失わずにすむのに。ま、炮烙売りにかぎらず、人を欺くようなことをしたら必ずしっぺ返しを食らういうことやなあ」

彼女の何げないつぶやきが胸に突き刺さり、言いようのない不安が煽り立てられる。

炮烙売りにかぎらず――というのは、他に誰のことを指しているのか。

『炮烙割』が終わると、次の演目がはじまった。京子の解説を聞きながら壬生狂言をたっぷり堪能した。『土蜘蛛』では、薄い和紙でできた蜘蛛の糸を演者が舞台へ投げかけた。

全てが終わると、腰を上げた。英二は壬生寺を出る人波に流されながら言った。

「やっぱり伝統や歴史の中には美しさがあるよな。最高だった」

「……壬生狂言が楽しめたんやったら、今度、鴨川をどりでも観に行く？　都をどりは終わってしもたけど、鴨川をどりなら五月からやし。前に興味あるって言ってはったやろ」

都をどりと鴨川をどり——たしか祇園甲部や先斗町の歌舞練場で芸舞妓が演じる舞踊公演だ。最近はあちこちの提灯や貼り紙で『都をどり』の文字を目にした。

「ああ、そうだったな。観てみたいな」

「京の伝統と共に生きてきた人らが日々の稽古の成果を披露しはる場やし、感動するんとちがう？」

「そうだろうな。楽しみだよ。鴨川をどりは何日までだっけ？」

「五月二十四日」

「葵祭が十五日だから——充分間に合うな。斎王代を務め終わったら、案内してくれよ」

「ええよ。斎王代を務めたらうちもいろいろ覚悟決まるし、京の伝統を一緒に楽しむんも悪うないかもしれへんね」

壬生寺を出ると、英二は京子と向き合った。彼女の大きな目を真っすぐ見据える。

「葵祭が終わったら——俺との結婚を真剣に考えてくれないか」

彼女の反応をじっと窺う。一瞬だけ細い眉全体が持ち上がり、目が見開かれた。しかし、すぐさま微笑の形に戻る。

「それ、プロポーズなん？」

「ああ」

ひどい嘘なのは承知している。兄がもうこの世にいない以上、彼女が応じれば〝偽者〟と結婚することになる。もちろん、実際に結婚する気はなかった。騙したまま夫婦生活を送れるとは思わないし、すべきではない。

結婚の話を出したのは――兄が心変わりしたように見せて京子の反応を探りたかったからだ。

彼女は笑みをますます深めた。

「ずいぶん思い切らはったなあ」

他人事のような反応だった。喜びも不満も怒りもない。〝北嶋英一〟との結婚は彼女の関心事ではなかったのか？

英二は黙って彼女を見つめた。

結婚話を切り出した以上、後には引けなかった。兄に結婚の意思がないことが彼女の不満の原因だとしたら、偽りのプロポーズは想像以上に残酷な嘘になる。〝北嶋英一〟の心変わりを喜ばせておきながら、いつか兄の死を告げ、自分が偽者だと告白せねばならないのだから。

「英一さんは残りの人生ずーっと京都で暮らすん？　事故や病気や事件に遭わんかったら六、七十年、京都で生きていかはる？」

「それもありかな」

「……ふーん。前と言ってはることずいぶんちがうなあ」

京子の口調に一瞬、皮肉の響きが忍び込んだ気がした。どこか鼻で笑うようなニュアンスがあり、英二は即座に否定した。

「いや、京都に戻ってきて、心境の変化があったんだ。結婚の話は本気だよ」

「変えることができひんもんもあるけどな」

「え？」

「分からへんのやったら、別に構へんわ」

突き放すような口ぶりに英二は動揺した。

「……ま、まあ、何にしても、俺は大真面目だし、真剣に考えておいてくれ」

「いけずやなあ、英一さん。姿消す前も、戻ってきてからも、うちの心、掻き乱すだけ掻き乱して」

散る寸前の桜の花びらのように悲しげな京子の表情を目の当たりにし、英二の心のほうが掻き乱された。

「せっかくやけど、そのプロポーズには応えられへんなあ。かんにん」

「……そっか」

「去年に聞いてたら、うちもあやまらへんかったのになあ……」

時期がちがえば、『かんにん』と謝ることなくうなずいた、という意味だろう。

京子の目は、手の届かない遠くを見つめているかのようだった。

17

京都は初夏からむしむしした暑さが訪れる。今にも蟬が鳴き交わすのではないか、と思うほどだ。法被姿の車夫も、汗を流しながら人力車を引っ張っている。

英二が向かった先は、西陣織職人の下柳老人の店だった。彼は『京福堂』とも馴染みが深い。斎王代を祝いに現れたときの房恵とのやり取りは意味ありげだったし、何か知っている可能性がある。前は素っ気なく話を切り上げられてしまったが、改めて尋ねれば、何か教えてくれるのではないか。一縷の望みに賭けてみようと思った。

額から滲み出た汗のしずくが頬を伝う。

角を曲がったとき、目の前で水が弾け、ズボンの裾が濡れた。反射的に飛びのいたが、それでは遅かった。

「おや」店先で柄杓を握り締めていた下柳老人が顔を向けた。「もしかしてかかりましたか？えろうすんまへん。手拭い持ってきますよって」

「いえ、大したことはありませんし」

ポケットからハンカチを取り出そうとしたとき、一緒に入れていたラベンダー柄の懐紙入れがせり出し、地面に落ちた。

下柳老人が腰をかがめ、顔をにゅっと近づけた。眼鏡の奥で細められた目が懐紙入れに注がれているのに気づき、しまった、と内心で舌打ちした。彼が京子たちに贈った西陣織の懐紙入れは、それぞれ唯一無二のオリジナルだと言っていた。赤の他人が持っていたら、房恵が処分したことがバレてしまう。

しかし、下柳老人は懐紙入れを目に留めているはずなのに、特別な反応は全く見せず、首を傾げていた。

「どうかしましたんか。やっぱりえろう濡れていましたんか」

贈り物を赤の他人に譲り渡した房恵に皮肉を言うかとも思ったが、そんなことはなく、むしろ申しわけなさそうにしている。

「いえ、そういうわけでは……」

下柳老人はしなびたソーセージのような指で英二のズボンの裾を摘み、撫でてから腰を上げた。

「あまり濡れてはらへんかって一安心ですわ。えろうすまんことどしたなあ」

「お気遣いなく。実は下柳さんにお話がありまして……」

下柳老人は怪訝そうに再び目を細めた。目尻の皺が深まり、頬の老人斑が歪む。

「お客はんでしたか」

「いえ……以前も『京福堂』でお会いしました。京子さんとお付き合いしている北嶋です」

「ん？　あ、ああ……そうでしたやろか」

下柳老人の反応に戸惑った。『京福堂』でのやり取りを見たかぎり、ボケているとは思えない。しかし、懐紙入れにも無反応で、今も初対面のような受け答えをしている。

もしかして――下柳老人は眼鏡を使っていても不充分なほど目が悪いのではないか。西陣織の懐紙入れが見えていたら、嫌味の一つや二つ、口にしただろう。房恵とはずいぶんチクチクやり合う関係のようだったから。

「少しお話を伺っても構いませんか」

「何どすやろ」

「『京福堂』の女将さんとはあまり仲が良くないように見えたものですから、少し気になって……」

「あんさん――前もそんなことを訊きに来はりましたなあ」

「……はい。京子さんとは結婚も考えているんですけど、何だか『京福堂』には気になることがあって」

「はて。何でっしゃろ」

「それが分からないんです」

正体を明かせない以上、説明する術はなかった。会ったときの反応を考えると、下柳老人も京子と兄の関係は知らないだろう。知っているとすれば、『京福堂』の何かではないだろうか。それは兄の自殺に関係するものなのか。それとも無関係なのか。聞き出すことができれば新たな一歩が踏み出せる気もするのだが……。

「困りましたなあ」下柳老人は禿頭を掻いた。「ずいぶん要領を得ん話ですさかい、答えようがありまへん」

「……女将さんとはなぜ仲が悪いんですか？」

「はて。仲が悪い？　なんや誤解してはるんちゃいまっか。売るもんはちがえど、京の老舗同士ですさかい、嫌《きろ》うてるわけあらしまへん」

「会話に棘が見え隠れしていました」

「幽霊の正体見たり枯れ尾花――いう諺、知ってまっか。恐怖心や疑いを持っていたら、何でもないもんまで恐ろしいもんに見えるんどす。あんさんは『京福堂』はんを疑《うたご》うたはるから、棘が見えたんちゃいまっか」

「そうでしょうか」

「老舗同士が仲たがいしていたら商いに支障が出ますやろ。人間同士やさかい、お互いに納得できんこともそらあるやろうけど、喧嘩せず、なあなあで付き合うんも、大事なことでっせ。京の町はそういう距離感で成り立ってますさかい」

駄目——か。老獪な京の職人から話を聞き出すのは至難の業だ。迂闊な一言は瞬く間に京の町を駆け巡って相手の耳にも入る、と知っているのだろう。だからこそ、あけすけな陰口ではなく、一種の褒め殺しにも似た会話を交わすのだ。聞き及んだ当人に怒鳴り込まれても、『いややわあ。何《なん》か勘違いしてはるんちゃいます？』と言い逃れができるように。

気遣いと嫌味は表裏一体で、その絶妙なバランスを保つことこそ、京都で生きていくうえでは大事なのかもしれない。下柳老人は決してそのバランスを崩そうとはしないだろう。

英二はこれ以上の追及は諦めた。


夕方、京子を甘味処に誘った。店先に赤色の蛇の目傘が立ち、緋毛氈が敷かれた縁台がある。京町屋に面しており、江戸時代の団子屋を連想させられる『ザ・京都』という雰囲気の店だ。

縁台に腰掛け、わらび餅と抹茶を注文した。

「で、話って何なん？」

英二は彼女を横目で見た。一歩踏み込んで探りを入れてみようと思った。

「……西陣織の下柳さん」

「ああ。下柳さん」

「昨日、会ってきたんだ。まずかったかな？」

「何で？」

「ほら、おかあさんとは犬猿の仲だし……」

「犬猿は大袈裟ちゃう？」

「いや、あれはかなり仲悪いだろ」

四十代くらいの落ち着いた雰囲気の女性店員が抹茶とわらび餅を運んできた。緋毛氈の縁台の上に置く。「ごゆっくりお召し上がりください」

京子と共に礼を言うと、英二は彼女に尋ねた。

「おかあさんと下柳さん、何かあるのかな？」

「さあ。うちは知らんけど……」

京子は爪楊枝をわらび餅に刺し、口に入れた。空とぼけているようには見えない。本当に知らないのだろうか。それとも、巧みに欺かれているのか。

「……気になったから下柳さんに尋ねたんだよ」

京子は両手で抹茶を口に運ぶと、茶道を習っていただけはあり、上品に飲んだ。着物によく似合う所作だった。

「へえ。で、下柳さん、何か言うてはった？」

素知らぬふりで、何を聞いたのか探りを入れているのだろうか。

英二はわらび餅を頰張り、思わせぶりに間を置いた。京子が焦れて何らかの反応を見せるかと思ったが、そんなことはなかった。

「老舗同士は色々あるんだな、って印象だな」

「……そうやね。何かと顔合わすし、意見が対立したりしたら面倒やわ」

「京子さんは気にならないのか？」

「気にならへん言うたら嘘になるわ。おかあさんが下柳さんを快う思うてへんのは事実やし」

「何か思い当たることは？」

「なんや尋問みたいやなあ。何でそんなん気にすんの？」

言葉に詰まり、英二は抹茶で喉の渇きを潤した。

「いや、下柳さん、話してみたら悪い人じゃないし、今後どんなふうに接したらいいのかな、って。ちょっと板挟みの心境で」

「……ふーん。おかあさんが下柳さんにあんな態度取るようになったん、おばあちゃんが亡くなってからやなあ。何なんやろ」

小首を傾げる仕草にも不自然さはなく、彼女も本当に不思議がっているように見えた。

「懐紙入れだって英一さんにあげてしもたし、何やろね。せっかく貰《もろ》うたのに」

「そうだよな。ちょっと過剰反応気味だった」

「もし下柳さんに『あの懐紙入れ使《つこ》うてはる？』て訊かれたら、何て答えたらええん？　さすがのうちも平然とした顔で『おおきに。愛用してます』なんて言えへん」

京子は、はあとため息を漏らした。

英二はポケットからラベンダー柄の懐紙入れを取り出し、彼女に差し出した。

「おかあさんに内緒で持っておくか？」

「おおきに。でも、そっちはおかあさんのやん」

「あっ、そうだったな。京子さんのは鬼灯の柄だった」

「そうやで」

「しまったな。そっちは部屋だ。今度持ってくるよ」

「おおきに」

懐紙入れをポケットにしまおうとしたとき、英二はふと思い出した。

「そういえば、下柳さんの目の前でこの懐紙入れ落としちゃったんだけど――」

「何してんのん！」

「待った待った。たしかに落としちゃったんだけど、下柳さん、全く気づいてなかった。視力がかなり悪いんだと思う」

「初耳やわ。西陣を織ったはんのに目え悪いなんて、事やん。息子さんはからっきしやし、後継者も育ってへんみたいやから、心配やわあ。大丈夫やろか」

「だよな。西陣織は繊細な柄が特徴なのに……」

「下柳さんも結構なお年やし、しゃあないんかもしれへんけど、それで伝統が途絶えたらやっぱり寂しいわあ」

同意してうなずいたとき、京子の斜め後ろの客に団子を出している女性店員と視線が絡み合った。彼女は何事もなかったかのようににっこり会釈し、盆を胸に抱えて店の中に引っ込んだ。

京子が呆れ顔で言った。

「英一さん、声が大きいから聞かれたやん」

「しまったなあ。普通に喋ってただけなんだけど……」

「ここらへんは物静かやし、普通に話してる声でも大声になってんねん」

「今度からは気をつけるよ」

「もう遅いわ。西陣織の職人さんが目え悪いなんて、とびっきりのニュースやし、明日にはそこらじゅうに広まってるわ」

「それはまずいな。口止めしたほうがいいかな？」

「『私をそんなお喋りやと思うたはるんですか？　失礼やわあ』って言われておしまいやわ。気分害さはるで」

「参ったなあ……」

「まあ、事実やったらいずれバレることやし、気にせんかてええんちゃう？　黙ってれば英一さんが噂の元凶やなんて分からへんし」

「何だか申しわけないことしたな。見事な西陣織なのに、客足が遠のいたら責任感じるよ」

彼女は突然、笑みを消した。

「……英一さん、やることが結構裏目に出るタイプやし、もう少し思慮深く行動せなあかんで」

18

京子が斎王代を務める葵祭が少しずつ近づいてきた。祭りの前儀でそれを実感する。

五月三日は左京区の下鴨神社で『流鏑馬神事《やぶさめしんじ》』が行われた。境内の糺《ただす》の森の馬場で、小笠原流弓馬術の射手が馬を走らせながら矢で的を射ぬく神事だ。流鏑馬には葵祭の道中を祓い清め、祭りが平穏無事に終わるように祈る意味があるという。千四百年ほど前にはすでに行われていたとの記録があるらしい。京都の歴史と伝統に驚きを隠せない。

雅楽の雅な笛が演奏される中、平安の京が現代に蘇ったような行列が進行した。『社頭の儀』だ。直衣《のうし》——平安時代以降の公家の平常服——を身に纏っている。

一時間の儀式が終わると、糺の森に移動した。ムクノキやケヤキ、エノキなどの落葉樹を中心に数十種の樹木が密生する原生林は緑深く、天蓋を作った枝葉の隙間から木漏れ日が神々しいまでの白光となって降り注いでいる。不安を掻き立てられても仕方ないほど圧倒的な緑の世界なのに、不思議と清々しさを感じる。他の神社なら御神木になりそうな、樹齢数百年の古木が当然のように一帯に存在し、畏怖以上に憧憬を与えてくれるからかもしれない。

森には全長三百六十メートルの馬場があり、英二は拝観場所で二万人とも言われる人波に揉まれながら見学した。大勢がスマートフォンや小型カメラで撮影している。

「陰陽《いんよう》！」

公家装束姿の射手が裂帛《れっぱく》の気合いを放ち、百メートル置きに設けられた三ヵ所の的——五十センチ四方の木の板――を立て続けに射貫いていく。風切り音と同時にカンッと音が鳴って的が割れる。見事に三つ目の的まで当てた瞬間、一斉に歓声と拍手が沸き起こる。

「一の的、二の的、三の的、共に当たりました」と拡声器からアナウンスが流れた。

続く射手は三つ目を外した。ああー、と落胆のため息が上がる。馬が徐々に加速する分、最後の的は難しいのだろう。実際、百メートルを五、六秒で駆け抜けている。

公家や武家に扮した射手十八人が矢を射り、『流鏑馬神事』は終了した。割れた的は縁起物としてその場で販売されたが、一瞬で売り切れ、買うことはできなかった。

翌日の五月四日――葵祭の約十日前――は、いよいよ京子の出番だった。京都市北区の上賀茂神社で午前十時から『斎王代御禊《みそぎ》の儀』が執り行われるという。

女人列――命婦《みょうぶ》、女嬬《にょじゅ》、内侍《ないし》、女別当《おんなべっとう》、采女《うねめ》など――の先頭には、色鮮やかな十二単を羽織った京子の姿があった。白塗りの彼女は、平安貴族特有の長い髪『垂髪《すべらかし》』のかつらを被っていた。蜷《にな》結びされた白い飾り紐の『日蔭糸《ひかげのいと》』が幾本も両頰の横から胸の上まで垂れる中、結われたかつらの後ろ髪も黒い鞭のように踵のほうまで落ちている。前髪には、紅梅を模した金属製の冠『心葉《こころば》』が櫛で留められている。木製の『浅沓《あさぐつ》』を履き、手には、宮中で用いられた『檜扇《ひおうぎ》』――六色の色糸の飾りが巻かれている――を折り畳んで持っている。

事前に知識を仕込んでおいたから、壬生狂言初観劇のときとちがって細部まで理解できた。京子は今や別人に化けていた。普段のはんなりした着物美人ではなく、平安時代から抜け出てきた宮廷の姫君だ。『流鏑馬神事』と同じく、数えきれないほどの人々がひしめき、彼女を見つめている。

これが斎王代か。

毎年、京都市ゆかりのたった一人にしか許されない大役――。

京子は今、京都で最も注目されている女性だった。葵祭の前儀でこれほどなら、当日はどれほど凄いのか。想像するだけで手に汗が滲み出てくる。

英二は半ば唖然としながらも、その美しさに見とれた。

行儀見習いとして奉仕する女童《めのわらわ》が京子の両脇に連れ添っていた。真後ろの二人の女童は京子の十二単の裾を持ち上げ、地面を擦らないようにしている。

京子は女官を務める女性たちを付き従えていた。五十人近い女人列だ。厳かな雅楽の調べが朝の清涼な空気を静かに震わせる中、京子は神職の先導で厳粛に鳥居をくぐった。平安王朝絵巻の世界に入り込んだ錯覚に陥る。

京子は地元の子供から双葉葵――下鴨神社と上賀茂神社の神紋らしい――を受け取ると、境内を流れる御手洗《みたらし》川に架けられた橋殿に女人列共々着座した。檜皮《ひわだ》で葺かれた屋根が影を作っている。

別人のような京子は、まるでただ飾りのためにその日だけそこに祭られる雛人形に見えた。顔の陰影が濃いせいか、眺める角度によって表情を変える能面のように、彼女はほほ笑んでいるようでもあり、泣いているようでもあり、怒りをこらえているようでもあった。

神職が中臣祓詞《なかとみのはらえことば》を宣読し、お祓いを行った。粛々と儀式が進んでいく。

男性のアナウンスが流れる。

「――斎王代には、この境内・御手洗川のほとりにて、『御禊の儀』を執り行います。葵祭にご奉仕されますのは、第××代斎王代となります、清水京子様でございます」

京子は女童を従えて御手洗川の前に静かに移動すると、ほとりに正座した。透き通った浅い御手洗川は陽光を反射し、銀色に輝いている。彼女は両手を合わせて上半身を折り、指先を清流に浸けた。十二単の色が映り込む川面に波紋が広がる。

横から手渡された白い懐紙『人形《ひとがた》』で胸を三度撫で、それを御手洗川に流した。穢れを託して流し、祭りの無事を祈る意味があるという。

再びアナウンスが流れた。

「――次に斎王代以下女人列、『形代』を持って解除。女童より順に、左、右、中と自身の体を拭い、最後に息をかけ、この御手洗川へと放流いたします」

女人列の女性たちが人の形をした手のひらサイズの『形代』で体を拭い、ふうと吐息をかけ、御手洗川に流していく。

息を呑んだまま呼吸も忘れるほど厳かな儀式だった。


夕方前に『京福堂』を訪ねると、『御禊の儀により、本日は休業とさせていただきます』との貼り紙があった。しかし、明かりは窓ガラスから漏れている。住宅兼用だから当然だろう。格子戸を開けると、京子は普段の着物姿で房恵と話していた。

「お邪魔します」英二は声をかけると、京子を見た。「お疲れ様。今日は興奮と感動でいっぱいだった」

「おおきに。もう心臓バクバクいうてたわ。予行演習もないし、御所で二時間以上かけて着付けてもろた十二単は重かったわ。かつらも含めたら二十キロはあったんちがうかなあ」

「そんなに重いのか！」

「ふらつかんように必死やった。でも、それは歴史と伝統の重さやし、身が引き締まる思いやった。斎王代に選ばれたからには立派に務めんと、て思うて、頑張ってん」

「立派やったわあ、京子」房恵は満面に笑みをたたえていた。「誇らしいわ。後は葵祭さえ無事に務めてくれたら、もう思い残すことあらへん。それくらいの気持ちえ」

「いややわあ。縁起でもない話せんといて。でも、おかあさんの期待に応えられたうちも嬉しいわ」

本番は約十日後に待ち構えているものの、最初の大役を無事に務め終えられたからか、二人共、肩の荷を下ろしたような安堵の表情で喋っている。

兄が生きていれば——と思う。京子が斎王代に選ばれた今なら何かちがう未来が待っていたのではないか。自殺しなくてもよかったのではないか。そんなふうに思えてならない。

晴れやかな談笑を破ったのは、格子戸が開く音だった。振り返ると、和装の下柳老人の姿があった。

「お邪魔しまっせ」

「おいでやす、下柳はん」房恵が応じた。「今日はお休みですよって、何も売れまへんけど……京子をねぎらいに来てくれはったんどすか？」

「そうどす。『御禊の儀』見てましたえ」下柳老人は京子に顔を向けた。「しっかり務めはって、立派どしたなあ」

「おおきに、下柳さん」

京子が軽く辞儀をすると、突如、下柳老人の顔から笑みが消えた。

「ほんま、京都ゆかりの人間ちがうのに大したもんですわ」

19

突然の発言に店内の空気が凍りついた。

京子が京都ゆかりの人間ではない――？

「下柳はん！」

悲鳴じみた房恵の怒声は、その凍った空気を鞭打って亀裂を入れるかのようだった。

京子は困惑顔で母親を見た後、下柳老人に向き直った。

「……京都ゆかりの人間やない、って何言うたはるんですか。うち、生まれも育ちも京都です。ここ、祇園です」

「そ、そうどす」房恵の声は一転して震えを帯びていた。「下柳はん、冗談きついどすなあ。何言い出さはんの」

下柳老人は全く笑みを浮かべなかった。

「冗談でっか？　冗談やないのは、房恵はん、あんさんが一番よう知ってはりますやろ」

「いい加減にしておくれやす！　アホなこと言うて。京子が、ほれ、見なはれ、こんなに動揺してますやろ」

「史子はんと房恵はんが長年隠し通してきた事実やさかい、つろうても受け入れるしかありまへんやろなあ」

房恵は血が滲みそうなほど強く下唇を噛み締めていた。着物の帯の前で握り締めた拳は震えている。

「京子はんも大人なんやし、もうそろそろほんまのこと教えてあげはったらどないでっか」

眼鏡の奥の洞穴のような下柳老人の黒い瞳には、陰険な闇が映し出されていた。

房恵は、ふー、と息を吐き出した。それは爆発寸前の窯から噴き出す蒸気を思わせた。

「下柳――はん、話がちがうんとちがいますか。秘密は決して喋らへんいう暗黙の了解があった思うてますけど……」

「はて？　暗黙の了解でっか？」

「そうどす。それをこんな、一方的に……しかも、京子が斎王代として『御禊の儀』を務めた日に……」

京子は房恵と下柳老人を交互に見やり、唇を開いた。しかし、言葉は何も紡ぎ出されなかった。

下柳老人は顎を持ち上げた。

「暗黙の了解、先に破らはったんはそっちでっしゃろ」

「言いがかりはよしておくれやす！」房恵はぴしゃりと言った。「私は何《なん》も言うてません」

「そうでっか？　私の目のこと知れ渡ってましたけどなあ」

下柳老人の目――？

英二は「あっ！」と声を上げ、京子と顔を見合わせた。この騒動の元凶が誰なのか分かった。分かってしまった。何ということだ。

「ま、待ってください！」英二は進み出た。「誤解です。下柳さんの目のこと、女将さんは何も関係ありません！」

下柳老人と房恵の尖った眼差しが突き刺さる。二人の目は、何言うてはるんでっか、と問いただしていた。

「たぶん、俺のせいです。俺が下柳さんの視力のことに気づいて、茶店でうっかり話してしまって……聞かれてしまったんです」

状況がややこしくなるから、京子と一緒だったことには触れず、事情を説明した。京子から一時的に借りていた懐紙入れを落としてしまったのに何も言われなかったので、目が悪いことに気づき、ついつい世間話の中で触れてしまった、と。

「すみません！」英二は頭を下げた。「全部俺が悪いんです」

以前『誰がどこで聞いてはるか分からへんし、怖いわ』と周辺を見回した雅美の姿が蘇る。あれは冗談でも何でもなく、真剣に注意していたのだろう。今になって自分の迂闊さを思い知った。

下柳老人は目を剝き、枯死寸前の老木のように突っ立っていた。先に茫然自失状態から回復したのは、房恵だった。

「下柳はん、ずいぶんな早とちりしたもんどすなあ。濡れ衣で言いがかりつけはって……実際は目のこと気がついている人、何人もいはるんちがいます？　気い遣《つこ》うて言わはらへんだけで。そんなもん、隠し通せまへんやろ。それやのに……」

舌鋒鋭く皮肉の棘を突き刺したいのだろう。しかし、声が震えて続きは出てこなかった。

下柳老人はバツが悪そうに禿頭を掻き、目を逸らした。やがて上目遣いで京子を見やり、ぽつりと言った。

「えろうすんまへん。かんにんな」

房恵が歯を剝き出しにした。

「すんまへんですみまへん。下柳はん、あんさん、何をしてくれはったか、分かってますのん。京子、さっきの話は——」

彼女は娘に歩み寄ろうとした。京子は髪を振り乱すと、和菓子のショーケースに腰が触れるまで後ずさった。

「うちが京都ゆかりの人間やないって、どういうことなん。おかあさん、何を隠してんの？」

京子の黒い瞳には、怒りと不安が綯い交ぜになっていた。房恵は眉間に縦皺を刻み、顔を背けた。

「京子は京都で生まれ育ったやろ。それが全てや。京都ゆかりの人間やないのは——私や」

「どういうこと？　説明してくれるんやろ？」

京子は今度は逆に母親に詰め寄った。

房恵は逃げ場を探すように視線をさ迷わせたすえ、諦観の籠もった嘆息を吐き出した。

「……墓場まで持っていくつもりやったけど、こうなったら話さなしゃあないな」口を開いた房恵の声音には絶望が絡みつき、まるで地を這っているように聞こえた。「私は京都の人間とちゃう。滋賀で生まれたんや」

「でも、おかあさん、代々京都やって――」

「私もそう聞かされてきた。私のおかあさん――京子にとってはおばあちゃんやな、おばあちゃんからもそう聞かされてきたし、実際、おばあちゃんは生粋の京都人やった」

「それやったら何で？」

「おばあちゃんは実は不妊でな。それで夫婦仲が悪うて、おじいちゃんはよそに愛人を作ってた。で、あるとき、その愛人がおじいちゃんの子を身籠もったんや」

「まさか、その愛人の子が――」

京子は手のひらで口を覆い隠した。房恵は覚悟を決めるように間を置いた後、首肯した。

「私や。老舗の『京福堂』を守る実子が必要やったから、おじいちゃんは滋賀で作った愛人の子を我が子として育てよう思うたらしいわ。だから、おばあちゃんが妊娠したことにして……」

「おばあちゃんはそれで納得したん？」

「どうやろね。典型的な古い京都の人やったし、内心で不平不満があったとしても口には出さんかったんちゃうやろか」房恵は丸椅子を引っ張り出してきた。「座ってもええやろか。立ったまま話すんは疲れてしもうた」

京子がうなずくと、房恵は丸椅子に腰掛けた。

「おばあちゃんは妊娠中やからうちで安静にしていることにして、おなかが膨れていないことを世間の目から隠すことにしたんや。おなかも膨れてへんのにある日突然、赤ん坊が現れたら変やろ」

房恵は何度もため息を漏らしながら語った。

陽光も月光もろくに浴びられない生活を続けていた京子の祖母は、耐えきれなくなり、ある日の夜、一度だけ外に出てしまったという。夜風の心地よさを感じていると、足音が耳に入り、驚いて振り返った。近距離で下柳と目が合った。彼の目は間違いなく全身を這った。

祖母ははっとして『京福堂』に駆け込み、格子戸を閉めた。それからは一度も外に出なかった。〝出産予定日〟まで隠れ暮らし、我が子を〝産んだ〟。

下柳が訪ねてきたのは、赤ん坊を負ぶいながら店番しているある昼のことだった。

「可愛らしいお嬢さんやなあ。目元なんか、旦那はんによう似とって……」

京都人特有の遠回しな皮肉と解し、祖母はにっこり笑い返すと、「余計な噂、立てんといてや」と釘を刺した。

「余計な噂って何やろ」

「いややわあ。とぼけはって。あの夜のうちのおなかや」

「……子を宿していたおなか、何か問題あるやろか？」

「いつまでとぼけはんの。うちのおなか、見はったんやろ？」

下柳は「へ？」と眉を顰め、祖母の目を見返した。困惑の眼差しがしばらく交錯する。

そして――互いに目を瞠った。

「まさか、腹が膨れてなかったんやな？」

「まさか、あの距離で見えはらへんかったん？」

探り合ったすえ、同時に相手の秘密に気づいた。祖母は他人の子を我が子として産んだことにしていた。下柳はまだ若いにもかかわらず視力が極端に弱く、至近距離でなくては人の顔もろくに見えない。

老舗を継ぐ立場上、公になってはまずい秘密だった。『京福堂』を切り盛りする将来の女将は滋賀で作られた愛人の子。色鮮やかな糸を織り込まねばならない西陣織職人の後継者の目が悪い。世間に知れたら数百年の伝統と格式に疑問符が付く。

二人はその日から弱みを握り合った――。

出自の真実を語り終えた房恵は、下柳老人を見やった。

「下柳はん、目え悪いのに、誤魔化し誤魔化し数十年、西陣織の職人としてよう名を成さはった思いますわ」

以前、彼が西陣織職人の不足や高齢化、低賃金を嘆き、伝統を残すことの重要性を語っていたのは、自分自身、職人として長くないという焦りがあったからかもしれない。

下柳老人は立ったまま何も答えなかった。代わりに言葉を発したのは京子だった。

「おかあさんはいつから知ってたん？」

「……去年おばあちゃんが死に際に告白したんや。私の出自の秘密と下柳はんの目の秘密を」

「何で下柳さんの秘密まで――？」

房恵は下柳老人をねめつけ、答えた。

「そんなん、決まってるやろ。秘密を握っている者《もん》の片方が死んだら、一方的に弱みを握られることになるやないの。力関係が不平等やわ」

恐ろしい論理をさらっと語られ、英二は唖然とした。しかし、当の京子はさほど驚きも見せず、続きを促した。

「下柳はんも気になったんやろね。おばあちゃんが亡くなって秘密が葬り去られたんかどうか、たびたび店に来ては探り入れたはったわ」

――京の老舗の味を守ったはる数少ない名店やさかいなあ。京の味は京の人間にしか作れまへん。

『京福堂』を訪ねてきた下柳老人の台詞が蘇る。

京の人間にしか作れない――か。房恵が自身の出自を聞かされていたなら痛烈な皮肉だと悟っただろう。おそらく、言葉の後には『売るだけなら京の人間でなくてもできますけどな』という嫌味が隠されている。

――巨匠・下柳鉄心の名でみんな信用して買わはりますさかい。下柳はんの体一つで伝統を支えたはりますやろ。自動織機を使《つこ》うてはる工房が大半やのに、いまだ手織りで……さすがどすなあ。

――そんな大したもんやあらしまへん。複雑な機械が苦手なだけどすわ。私も手足が動くかぎり現役を通すつもりです。

――下柳はんは足腰しっかりしてはるし、後二十年は現役で通じはりますやろ。

真実を知ってから思い返すと、房恵の言い回しにも棘が含まれていた。『下柳はんの体一つで伝統を支えたはりますやろ』と健康面に触れてプレッシャーをかけたのだ。『足腰しっかりしてはるし』とは、他の面はしっかりしていない、と言外に匂わせていたのではないか。

――うちのおかあちゃんなんて下柳さんと同年代やったのに、二年前に寝たきりになってしもうて、あっという間に……。

房恵はその後、自分の母親の話題をさりげなく持ち出した。下柳老人の反応はどうだっただろう。死を悼む台詞を返しながらも、創業六百年の暖簾を背負う房恵を激励した。

――嘘なんかつきまへん。これでも人を見る目はあるつもりですさかい。

――おおきに。あれほど素晴らしい西陣を織り続けてはる下柳はんの目、うちも信用しています。

下柳はんの目――か。房恵は含みを持たせた返事で、視力のことは知っていると伝えたのだ。事前に『重い重い暖簾と遺言を遺して逝ってしまいましたわ』と口にしていたから、下柳老人は自分の秘密が房恵に受け継がれたと気づいただろう。だからこそ、『ところで――史子はんの遺言、何言うてはったんでっしゃろ。『京福堂』はんのことでっか』と尋ねたのだ。

――人前で口にすることやあらしまへん。

房恵はぴしゃりと言って切り上げた。裏の言葉は『それ以上訊かはったら人前で話されて困る内容が飛び出してきますえ』――だ。

後々の『耳はええさかい、よう聞こえてくるんですわ』という下柳老人の台詞は、自虐混じりの皮肉だったのだろう。

京都の老舗で育った二人の腹芸が空恐ろしく、英二は身震いした。点てた茶を回し飲みするような穏やかな会話の裏側では、真剣の刃先で牽制し合っていたのか。そんな事情が隠されていたなら、祖母の死後から二人の仲が険悪になった、と京子が感じたのも当然だ。

──『京福堂』の暖簾を背負っていく自信がぐらつきましたけど、六百年の伝統を途絶えさせるわけにはいきまへんしなあ。

ぽつりと漏らした房恵の言葉には、母親から出自を知らされた苦悩が滲み出ていた。

あのときは下柳老人が去った後、房恵はこうつぶやいた。

──お茶会なんてあらへんのやろね。お茶菓子を理由にしてうちを探りに来はったんやわ。

下柳老人が知っていたのは、房恵の秘密だったのか。雅美の一筆箋を見ていたから、〝うち〟とは『京福堂』のことだと思っていた。下柳老人は『京福堂』の秘密を知っているのだ、と。誤解だった。房恵が使った〝うち〟は、京子と同じで自分自身を表す一人称だったのだ。

「出自を知らされたときは自尊心が揺らぎましたけど、今なら下柳はんの秘密も握っといてよかった思うてますわ」

京子が「どういうことなん?」と訊いた。

「……京子の器量やったらとうに斎王代に選ばれててもおかしあらへん。それやのに一向に選ばれへん。二十代後半になっても……」

「買い被りすぎやん。そんなん、家柄もしっかりした京都ゆかりのお嬢さんが何百人いる思うてんの」

「京子は自分を過小評価しすぎや。今年になって、ある茶道の家元はんから聞かされたんえ。茶道関係者とも繋がりが深い下柳はんが手を回して阻止したって。私も斎王代に選ばれへんかったけど、それも下柳はんの根回しやった。下柳はんは私の出自を知ってはるから、よそさんに――しかも愛人の子に斎王代は務めさせたくない、いうことやったんやろね」

下柳老人は弁解もせず、皺深い唇を引き結んでいた。決して言いがかりではないのだろう。

物腰低く『京都の血にこだわることの愚かさ』を語ってくれた下柳老人の本心はそれなのか。懐深く新しさを受け入れることの大切さを説いておきながら――。

自分は彼の表面的な言葉に内面を見誤っていたのだ。

「私は下柳はんのとこへ怒鳴り込んで、言うてやったわ。『娘の邪魔をしたら赦しまへん。娘まで選ばれへんかったら、あんさんの秘密、暴露してやりますえ。目えのことだけやあらへん。自動織機を使いながら手織りと偽っても、罰則はあらしまへんけど、手織価格で売ったはんのは詐欺ちゃいますやろか』」

まさか以前の手織りへの賛辞すらも皮肉だったとは想像もしなかった。

京子はふらふらと後退し、ショーケースに寄りかかった。

「じゃあ、うちが斎王代に選ばれたんは――」

「ちゃう！」房恵は丸椅子を倒しながら立ち上がり、金切り声を上げた。「勘違いしたらあかん。インチキでも何でもあらへん。今までがインチキやったんえ。不当に除外されてたんやから」

「嘘やわ。不本意な選考やったから、下柳さん、うちが斎王代に選ばれた翌日、皮肉を言いに来はったんやろ」

――それにしはっても、立派な娘はんを持たはって誇らしいでっしゃろ。斎王代は京都の、お嬢さんにとっては憧れやさかい。

脅迫した房恵にだけ伝わる棘だったのだろう。手帳を何度も読み返しているから、その後の不穏な会話もよく覚えている。

――鳶が鷹を生んだ思うてます。

――謙遜がお上手どすなあ。こんな器量のええ房恵はんが斎王代を未経験やなんて信じられまへん。

――下柳はんこそ、お世辞がお上手やわあ。ほんまは心にもないこと言うてはるくせに。

出自を理由に房恵が選出されないように手を回した下柳老人への皮肉だったのだ。

斎王代の記者会見のとき、房恵は『京都の人間として、ようやく京都の町に認められた気がしています』と語った。伝統と格式の祇園の老舗で生まれ育った生粋の京女としては、違和感がある言い回し。それは、出自を知ってから負い目を抱き続けていた彼女が感極まって思わず漏らした本音だったのだろう。

「あの……」英二は口を挟んだ。「もしかして、お祝いの懐紙入れにも何か意味が……？」

房恵が唇に嘲弄する笑みを刻んだ。

「当然でっしゃろ。北嶋はん、ラベンダーの花言葉知ってはりますか。いろいろありますけど、たぶん、下柳はんが込めはったんは『沈黙』どす。秘密に対して口をつぐめ、いう意味どすわ」

「じゃあ、京子さんの鬼灯柄は――」

「ラベンダーだけやったら、まあ、私も和解の印として使《つこ》うてあげてもええかな、思うたやろけど、京子に贈った鬼灯だけは赦せまへんどした」房恵は深呼吸した。怒りが籠もった息が細く長く吐き出される。「花言葉は『偽り』『ごまかし』『欺瞞』どす」

明るいラベンダー柄と落ち着いた鬼灯柄。母と娘に贈るなら逆ではないか、と思ったが、下柳老人にとってはそんな意味があったのだ。

思えば、彼が京子への激励を伝えたときも、『京都の人には今さらやろうけど』と前置きしていた。額面どおり受け取っていたが、実はあれも房恵にだけ通じる皮肉だったのかもしれない。

以前、黒猫をモチーフにした和菓子を夜の暗闇がモチーフだ、と偽って房恵が勧めたのは、視力が落ちている下柳老人への仕返しの一種だったのだろう。

「一代や二代じゃ、京都人と見なされまへんしなあ」

房恵が自嘲気味につぶやいた。それは下柳老人が前に口にした台詞と同じだった。伝統と歴史に縛られた老舗の人間が抱いている共通認識なのかもしれない。

「私も京子もしょせんよそさんなんどす。よそさんが斎王代なんて偽りや、いう意味が込められてんのか、不正で選出された偽りの斎王代、いう意味が込められてんのか、なんにしても、京子への最大限の侮辱やさかい、赦せまへんどした。まったく嫌味ったらしいったらあらへん。あんなもん、わざわざ日にちかけて織ってからに……」

下柳老人は、斎王代が決まった翌日にオリジナルの懐紙入れを持参した。以前、彼本人から聞いた話によると、一日に織れる長さは二十センチ程度だという。たとえ自動織機を使っていたとしても、斎王代決定の報を得てから織っていてはとても間に合わない。事前に京子が選ばれると知っていたからこそ、織る日数があったのだ。

それこそ、不正の根拠だ。

「うち……」京子はうなだれたままつぶやいた。「京都にゆかりなかったんや……」

房恵は京子に歩み寄り、そっと二の腕に触れた。

「京子、あんたは京都で生まれ育った京女え。立派な斎王代え。誰にも文句なんか言わせまへん」

「ちがう……」

「え？」

「ちがう」京子は、がばっと顔を上げ、母親を見据えた。「出自の話、斎王代に選ばれるずっと前に知ってたらよかった！」

「な、何言うてんのん？」

「そうしたら――」彼女の拳は震えていた。「そうしたら、斎王代なんか引き受けずにすんだのに！」

20

再び店内の空気が凍りつくには充分な叫びだった。今度困惑顔を見せたのは房恵だ。

「な、何言うてんのん、京子！」

京子は普段の穏やかさを失い、無表情で足元を睨んでいた。唇を嚙み締めたまましばらく黙り込む。

「……うちは斎王代を望んでたわけとちがう。望んでたんはおかあさんやろ」

「斎王代が京都人にとってどんな名誉なことか知ってるやろ。京子かて、夢見てたやないの」

「斎王代のために何もかも諦めて、捨てて……」

「諦めて捨てて、って何なん」

「未婚やないと選ばれへんし、愛してた恋人が結婚を申し込んでくれはっても断らなあかんかった。うちは京都に囚われたくなかった！　自由に生きたかった！　恋まで縛られるんはたくさんや」

それは、今まで他人を気遣い、本音を隠して生きてきた京子の心の底からの叫びだった。

「斎王代を務めたら、恋だって結婚だって、自由にできるやないの。後十日ほどの辛抱や」

「失った恋はもう戻ってきぃひん」

「二十八なんてまだまだ若いやないの。これからや」

「……自分だけの話やったら、まだ我慢したかもしれへんね。でも、うちが斎王代に選ばれてしもたら、将来のうちの娘も縛る。うちがいつか誰かと結婚して、子供を産んで、それが女の子やったら？　斎王代の家系として、この子も――って目で世間は見はる。男の子やったら祇園祭のお稚児さんやろな。自分の子供にまでこんな不自由な生き方はしてほしない」

創業六百年の暖簾と同じく、重い重い伝統――。千二百年の古都・京都がこのまま歴史を刻み続けるかぎり、脈々と受け継がれていく。

京都の地と血——か。

子供を産めばそれを背負わせてしまう。京子の過剰なまでの拒絶感はそういう想いが根底にあるからか。彼女は今だけでなく、未来まで見つめているのだ。

——そうやなあ。たしかに一生やなあ。

『こんな名誉、一生に一度だろ』と言ったのに、それを受けた彼女は『一生やなあ』と答えた。一生に一度、と、一生、では微妙にニュアンスが異なる。今思えば、そのちがいに彼女の本音が漏れていた。

——色々思い悩んでたけど、いざ推薦されたらどうしよ思うわ。

——将来うちが結婚して女の子を産んだら、また斎王代やなあ。

——葵祭が存在するかぎり、そうやって伝統が続いていくんやわ。なんや歴史の枠の中に囚われたような、変な感じやわ。

京子の不安げな瞳や遠い目が記憶に蘇る。彼女の発した台詞は、葵祭や斎王代を肯定していたのではなく、否定していたのだ。

「……うちは自由が欲しかった」

房恵は愕然とした顔で娘を見返した後、英二に視線を移した。

「そやから——風来坊気取りの北嶋はんに惹かれたん？」

「英一さんは自由やった。誰よりも。囚われてるもんがあっても、ひたすら自由を追い求めてた。うちには——ううん、伝統の京都の町にはあらへん自由を」

自由を愛した兄だからこそ、自由を渇望した京子に愛された。そして兄もまた、そんな京子だからこそ、惹かれたのか。

洋服のときは京の町から脱皮したように見えた京子。彼女は普通の女性のように普通の人生を生きたかったのだ。

雅美が前に言っていた。

――東京から出てきて京都にわざわざ囚われるあたしが理解できへんかったんやと思う。

『囚われる』とは兄の表現だったという。自ら伝統の芸舞妓の世界に飛び込んだ雅美では、兄の心を捕まえられなかったわけだ。兄にとって雅美は息苦しい京都の象徴だった。

――京都に来たら〝京都〟にならなきゃいけない。それだけ京の伝統が重いんだろうけど、何だか土地に囚われている気がするな。

京の景観に合わせたローソンやマクドナルドなどの有名店を見た兄は、後々、雅美にそう漏らしたという。

全国的な有名店ですらこうして京都に染められる。それほど京の歴史と伝統は重いのだろう。一個人ならなおさら京の縛りからは逃れられない。兄はそんなことを皮肉交じりに考えたのではないか。

京子と兄の真意を理解したとたん、自分が兄に成りすまして口にしてきた言葉の数々が押し寄せてきた。北嶋英一として斎王代を応援してしまった。京子はさぞ戸惑っただろう。

――でも、英一さんもうちの斎王代を望んではるんやったら、理解してくれるやろ？

――おおきに。そんなにはっきり言うてくれはったら、何が何でも今年斎王代にならな、って気がしてきたわあ。

——英一さんが京都の伝統を理解してくれはって嬉しいわあ。斎王代も応援してくれはるし。

——おおきに、英一さん。そんなに喜んでくれはるなんて思わへんかったわあ。

京子は〝北嶋英一〟の考え方の変化に困惑し、最初は探りを入れていたが、やがて失望し、皮肉を突き刺すようになった。自分はなんと愚かだったのだろう。京女の性格を知りながらも、本当の意味では理解していなかった。彼女の言葉を額面どおりに受け取り、素直な気持ちで肯定してしまった。

完全なすれ違いだ。

英二は自己嫌悪を嚙み殺した。

房恵は今や打ちのめされていた。普段の強気な表情は消え失せ、一気に老け込んだように見えた。

「京子……」

「何なん?」

「私はたしかに京都にこだわってた。おばあちゃんから京都人としての生き方を教え込まれてきたから、なおさらそうやった。よそさんの子やから、厳しく躾《しつ》けんとあかん思うたんやろね。あんたが生まれたとき、おばあちゃんが『京子』て名付けたんも、京都へのゆかりを作ってやりたいて想いやったんやと思う」

「……うちは名前も恥ずかしかった。今は平気やけど、小学校のころは男子にからかわれたし。京都に住んでいて〝京の子〟やもん。あざとい名前やわ。地元の子には普通付けへんやろ」

「京子、これだけは信じてんか。私はなんもあんたを縛るつもりはなかったんえ。私は老舗の娘やのに斎王代に選ばれへんかったさかい、ひそひそ陰口を叩かれた。何か問題があるんちゃうか、って。京子、私はな、あんたを同じような目に遭わせたくなかったんえ」

京子は苦悩に彩られた顔で立ち尽くした後、ショーケース脇の手提げバッグを取り、『京福堂』を出て行った。

「京子！」

房恵の声が追い縋る。しかし、それは閉められた格子戸に跳ね返され、店内に籠もった。

房恵が振り返ると、目が合った。懇願の眼差しだった。

英二は首肯すると、店を駆け出た。京町屋や老舗が身を寄せ合う通りを見回し、東へ走った。着物姿では遠くへ行けないだろう。追う方向さえ合っていればすぐに追いつくはずだ。

十字路で見回すと、レンタル着物屋を利用したのだろう、〝なんちゃって〟の舞妓三人組が歩いていた。

「着物姿の女性を見かけなかったかな？」

声をかけると、彼女たちは顔を見合わせた。

「着物姿って――何人も見かけたけど」

「そうそう。珍しくないよね、京都だし」

「あっ、でも、走っていく人はいましたよ」

一人が指差した方角へ向かう。すると――八坂神社の楼門へ続く石段の前に京子の背中を見つけた。大勢の参拝者や観光客が行き来する中、カメラを構えるでもなく突っ立っている彼女の姿は目立った。

英二は駆け寄り、声をかけた。

京子は映画のコマ送りのようにゆっくり振り返った。表情には、萎れた花を思わせる儚い弱々しさがあった。

「何で追いかけてきはったん?」

「……ごめん」

「何で謝るん?」

「それは……」

京子が斎王代を望んでいなかったとは想像もしなかった。迂闊な〝北嶋英一〟の言葉でずいぶん傷つけてしまったのではないか。

彼女は唇の片端を吊り上げるように薄笑みを形作った。

「ずいぶん掻き回さはったし、知らんでもええこと、たくさん出てきてしもたわ」

「……ごめん」

他に言いようがなかった。

「何でも暴き立てることが幸せとはかぎらへん」

彼女の言うとおりだ。京都人の本音を見せない身の躱し方やはぐらかし方、ごまかし方は、真実や本音をつまびらかにすることで生じる軋轢を回避しているのだろう。灰色の世界の上に成り立つ人間関係もある。

全ては自分の浅慮な言動が招いたことだ。

「斎王代を受ける前に出自を知ってたら、うち、断ったと思うわ。もう何もかも手遅れやけど」

「土地や家に囚われるのがいやなら、木村さんが『一服屋』の娘に取られるのは、むしろ願ったり叶ったりじゃないか？　職人がいなくなれば自動的に解放される。なのに何で——」

「論理的やなあ。世の中、何でも筋道通るほうが珍しいんとちがう？　理屈で割り切れん感情もあんねんで。うちは土地に一生縛りつけられるのはいややったけど、『京福堂』に潰れてほしいなんて思うたことあらへん」

英二は何も言えなかった。八坂神社を取り囲む、人の悩みすら包み込むような大樹の数々が風で濃緑の枝葉を揺らしている。

「英一さん、うちのことばかり話してはるけど、自分はええん？」

「え？」

「診察は受けんでええの？」

診察とは何だろう。

「いややわあ、忘れたん？」

カマをかけられているのだろうか。

「いや、忘れてないけど……」

「ほら、本町通りにある『岸本医院』に通ってはったやろ。忘れずに診てもらわなあかんで」

少し不自然な言い回しだった。互いの中で周知の事情なら、わざわざ場所を口にするだろうか。彼女に正体を疑われ、探られているのかもしれない。

黙っていると、彼女が言った。

「ほな、また後で話そ。そこの茶店で待ってるわ」


『岸本医院』は小さく、新建材でできたアパートやマンション——二、三階建てだ——が並ぶ通りにあった。京の風情にあふれる祇園とはちがい、ごく普通の住宅街だ。

覚悟を決め、ガラス戸を押し開けた。白衣姿の中年女性が受付に座っている。目が合うと、彼女は「あら」と声を上げた。

「北嶋さん、こんにちは」

英二は黙ったまま頭を軽く下げた。

「顔を見せはらへんし、心配してたんですよ」

「……すみません」

「体は大事にしはらへんと」

保険証を忘れた旨を伝えると、当月末までに提示すれば保険負担分を計算し直して返金します、と説明を受けた。診察券は再発行してくれるという。

中年女性に指し示され、英二は待合室のソファに腰を下ろした。子供連れの主婦とハンチング帽の老人が座っている。

英二は流れに身を任せた。順番が回ってきたのは二十分後だった。診察室では壮年の男性医師が丸椅子に座っていた。

「その後、体調はどうですか？」

「……ぼちぼちです」

「食事療法は続けていますか？」

「えっと……」

「タンパク質と塩には要注意ですよ。でも、カロリーは必要ですから、高カロリーで低タンパクの減塩マヨネーズを活用してください」

英二は兄とおせち料理を食べた光景を思い出した。

何ということだ。兄のあの食事は何かの病気のせいだったのか。

「あの……おせちで海老を食べたんですけど、まずいですか」

「海老はリンの含有量が高めですが、年に一度くらいなら、それほど問題はありません。場合によっては――血中に増えすぎたらもちろん制限は必要ですが」

何の病気で通院していましたか――と単刀直入に尋ねたい衝動に掻き立てられた。ぐっと言葉を呑み込む。

黙っていると、医師が先に口を開いた。

「今日お時間は？」

京子を待たせている。

「実はあまり――」

「そうですか。とりあえず、簡単に検査しましょう」

英二は指示されるまま採血と採尿を行った。尿は二回採った。一度目は完全に出し切るよう求められ、二回目は三十分後だった。

待合室で待機し、呼ばれるまで待っていると、医師と女性看護師のひそひそ話が漏れ聞こえてきた。内容までは聞き取れない。しかし、困惑と緊張が絡み合っていることは分かった。

何だろう。何か悪いニュースか？　心臓がにわかに騒ぎはじめた。拳の中に汗が滲み、胃の中に鉛の塊が居座ったようだった。思えば、この数年健康診断も受けていない。最近も病気といえば風邪程度しか経験がなく、大病を疑ったことはない。

まさか――。

やがて医師が戻ってきた。数学者から難問を渡されたような顔だ。眉間の縦皺はマッチ棒が挟めそうなほど深い。

「あの……」

問いただそうとした言葉が喉に詰まった。医師は「うーん」と白髪に指を突っ込み、頭を掻き毟りながら座った。

「クレアチニン・クリアランスを測定したんですが……」医師は検査結果をじっと見つめた。「全く高値を示していないんですよ」

「え？　健康――ってことですか？」

「いやいやいや、早合点して期待しないでください。移植をしないかぎり腎臓の機能がこれほど回復することはありません。北嶋さんには透析をする前に入院していただいて、もっとちゃんと検査するべきです」

透析――。

人工透析のことか。たしか、腎臓病の患者が行う治療だと聞いたことがある。

移植。腎臓。透析。それらの単語は耳にこびりつき、離れなかった。自分自身が大病を宣告されたように息苦しく、呼吸するたび、かすれた息が漏れる。

兄は腎臓病だったのか。

大騒ぎになると困るので、英二は仕方なく事情を話し、謝罪した。自分は双子の弟で、兄は一月三日に自殺したのだ、と。

兄に成りすまして医者を騙すつもりはなかった、と謝罪すると、境遇を理解してくれ、少し話を聞くことができた。

腎臓が機能しなくなると、血中の毒素を排出できなくなるため、人工透析器を使って血液を綺麗にしなくてはいけないという。そうしなければ、血中に毒素が溜まっていき、死に至る。透析患者は週に四回、五時間ほど透析室に拘束されるらしい。透析治療の医療費は月に四十万円にも及ぶが、医療保険が使えるため、自己負担は一万円で済む――一定以上所得のある人は二万円――。

去年の夏、兄は透析室がある『岸本医院』にやって来たという。二十二歳のころに腎臓病が発覚して以来、透析できる病院か医院の近くに滞在しながら旅をしているとのことだった。旅先で透析を受ける場合は、健康保険証と特定疾病療養受領書を提示すれば、一つの医療機関につき一、二万円の自己負担ですむ。

兄は長時間の透析を受けながら、『病気に囚われて、病院に囚われて……そんな人生はいやだ』とよく漏らしていたという。治療に積極的ではなく、そのせいで腎不全がかなり悪化しており、このままでは長くは生きられない状況だった。

「私は腎臓移植を勧めました」

一生続く透析から解放されるには腎臓移植しかない。死者から腎臓を貰う献腎移植は順番待ちの列が長く困難だから、可能性があるとすれば、身内から腎臓を一つ貰う生体腎移植だった。移植は保険が適用され、患者負担はない。

「ご家族から提供してもらえるあてはありますか、と尋ねたところ、お兄さんはこんなふうに答えられました」

『両親は歳だから体に負担がかかります。弟がいますけど、いつか結婚してもし妻や子が腎臓病になったら、助けられないでしょう？　残った一つきりの腎臓を渡すことはできないんですから。第一、臓器を貰ったら今度はくれた相手に一生囚われてしまう』

医師の話でふと蘇るのは、正月、兄が途中まで言いかけた台詞だ。

――ＤＮＡレベルで同じだから一緒にはいられないんだよ。分けっこしてお揃いになんのは、農地だけで充分――。

農地のように分けっこしてお揃いになるもの。それは何か。腎臓だ。弟の健康な腎臓を移植したら、互いに健康な腎臓が一つずつ。

何も知らなかった。兄の気持ちなど想像しようともしなかった。兄は、一卵性双生児だから弟の臓器なら適合しやすいはず、と分かっていたのだろう。もし故郷に留まって近くの病院で透析治療を行っていたら、それがバレたとき、家族が――とりわけ適合しやすい弟が臓器提供を申し出ると考えた。『ＤＮＡレベルで同じだから一緒にはいられないんだよ』という兄の言葉の重みが今なら理解できる。家族から腎臓を〝奪う〟わけにはいかないから、病気を知られる前に故郷を捨てたのだ。誰にも迷惑をかけないため。誰にも囚われないため。

腎臓病が発覚したのは、兄が家出した時期だ。てっきり農家の跡継ぎを拒絶して逃げ出したのだとばかり思っていた。当時は身勝手な兄をずいぶん憎んだ。

兄は巧妙に隠していたのだろう。

――まあ、化粧をしなくたって、人は騙せてしまうんだけどな。大事な相手を欺き続けるのは苦しい。

雅美と化粧の話をしたときの兄の台詞は、家族に憎まれてでも事実を隠している苦しみと孤独を吐露していたのではないか。考えすぎだろうか。しかし、他に兄の隠し事に心当たりはなく、あながち妄想じみた解釈とも思えない。

嚙み締めた唇から血の味が滲む。

なぜ気づかなかったのか。首を吊る前に知っていたら腎臓をあげられた。たとえ拒否されても説得を続け、説き伏せただろう。

思えば、週に四日行わなければ死んでしまう透析のことも兄は最期まで隠していた。帰省後の兄の謎の行動の理由が分かった気がする。兄は『弁護士に相談する』と嘘をつき、顔見知りがいない都市部の病院まで透析に行っていたのではないか。生前贈与が成立するまでは死ぬわけにはいかないから――。

英二は医師に礼を告げると、愕然と打ちのめされたまま八坂神社に向かった。夜の闇に飲み込まれそうなほど目の前は真っ暗だった。

腎臓病と移植の可能性の話を知らなければ、これほど苦しむことはなかっただろう。

八坂神社が近づいてくると、通りに面した茶店の前の長椅子に京子が座っているのを発見した。

京子は兄の病状を知っていたのだ。だからこそ、『葵祭は絶対に見に行くよ』と言ったとき、彼女は『五月やけど、大丈夫なん？　本当にいられんの？』と訊いたのだ。

――もちろん。隕石が降ろうが何が降ろうが、絶対に見る。

――頼もしいわあ。不死身やな、英一さん。そやからこうして京都に戻ってきはったんやね。

――春は桜が綺麗やし、一緒に見に行けたらええなあ、って言ったら、そうだな、行けたらいいな、って。一生に一度は見とかな、死ぬとき後悔すんで。

――あの夜桜見たら、明日死んだかて悔いあらへんようになるし。

大袈裟に感じた彼女の言葉の数々は、兄の腎不全の進行具合を知っているからこその大真面目なものだったのだ。

目が合うと、京子はゆっくり立ち上がった。

「遅かったなあ」彼女は振り返り、女性店員に声をかけた。「すみません。お勘定、お願いします」

代金を払うと、京子は無言で歩きはじめた。英二はその背を追った。

「な、なあ――」

呼びかけると、彼女は立ち止まり、カラクリ仕掛けの人形を思わせる緩慢な動きで振り返った。提灯と街灯の仄明かりが照らし出す中、京町屋を背に微笑を浮かべている。

「病気のこと、思い出さはった？」

英二はとっさに返事ができなかった。ただ立ち尽くすしかなかった。その言い回しで彼女が自分の正体に気づいているのだと確信した。

「いつから——いつから俺のことを？」

「その前に名前、教えてくれはる？　英一さんとは呼べへんやろ、ややこいし」

隠し通すことも誤魔化すことも無理だった。彼女は目の前の男が〝北嶋英一〟ではないと見抜いている。

「……英二だ。双子の弟」

「ふーん、分かりやすい名前やなあ。双子の話なんて聞いたことなかったし、まさかやったわ。想像もせえへんかった。英一さんらしくない言動を目にしても、心変わりやとばっかり……」

火傷を恐れるかのように、触れるか触れないかの気遣いの文化は、時として表面的な付き合いになる。彼女も例に漏れず、恋人同士であってもおいそれと心を見せず、また、兄の心にも踏み込まなかったのだろう。だからこそ、成りすましが成立してしまった——。

二人が日ごろから何でも本音で喋り合う関係を築いていたら、一目で見抜かれていたと思う。慣れ親しんだ京都特有の距離感のせいで彼女は不自然さを感じても本人に直接問いただすさず、遠回しな言動で探りを入れる程度だった。そして返ってきた曖昧な台詞を自分勝手に解釈し、受け入れる。その繰り返しだ。火中の栗を拾おうとしないから、決して真実には近づかない。

京子はため息を一つ漏らしてから口を開いた。

「うちが確信したんは、英二さんが壬生狂言に誘った日やわ。英一さんは京都の土地に囚われてるうちのこと、不憫に思うてはったし、京都の伝統を好いてはらへんかったから、あんなふうに伝統芸能に誘うはずあらへん」

――英一さん、京都の伝統に目覚めはったんやね。壬生狂言なんてなかなか通やわあ。

疑っていたからこそ、彼女は壬生狂言の感想にかこつけて『成り代わり』という単語を囁き、揺さぶりをかけていたのだ。

――京都人は、反応せずにいられへんボールを試しに投げてみて、その返事で相手の性格とか真意を探ろうとするしなあ。

雅美の分析は的を射ていたわけだ。

それにしても――京子の心を知るために一歩踏み込んだ結果、それが原因で逆に自分の正体が知れてしまうとは皮肉だった。

「でも、それだけやったら確信までは持てへんかった。うちの心を試すためにカマかけてるんかもしれへんし。だから、うちのほうもカマをかけてん」

脳裏に蘇るのは京子の声だった。

――英一さんは残りの人生ずーっと京都で暮らすん？　事故や病気や事件に遭わんかったら六、七十年、京都で生きていかはる？

あのときは京都に骨を埋める覚悟を問う台詞だと思った。だから『それもありかな』と肯定的に答えた。彼女はそれで確信したのだろう。治療に消極的で腎不全が悪化している兄なら、六、七十年も生きていられない。本人なら『病気のことを知っているくせになぜそんなことを言う？』と不快に感じ、反論するのが当然だ。

『前と言ってはることとずいぶんちゃうなあ』という彼女のつぶやきを皮肉とは思わず、『京都に戻ってきて、心境の変化があったんだ』と即座に弁解した。

すると彼女は――『変えることができひんもんもあるけどな』と再び皮肉なつぶやきを口にした。変えることができないもの。それは腎臓病と透析という現実。彼女の台詞は、実の兄のことを何も知らない〝偽者〟に突き刺した棘だった。

『鴨川をどり』に誘ったのも、北嶋英一が嫌っていたはずの伝統への反応を見るためだったのだろう。

彼女の罠に嵌まり、返事で正体を明かしてしまった。

プロポーズしたとき、京子が『ずいぶん思い切らはったなあ』と他人事のような反応を見せた理由にも得心がいった。〝偽者〟のくせに、という呆れがあったのだろう。

北嶋英一の姿で偽りのプロポーズをするなんて、自分はずいぶん残酷なことをしてしまった。正体を確信している京子にとっては、〝本物〟からは叶わなかったことをされたのだ。彼女が『姿消す前も、戻ってきてからも、うちの心、掻き乱すだけ掻き乱して』と悲しげに漏らした気持ちも今なら理解できる。

兄ではないという確信を持っていたから、彼女は『京福堂』で無意識に『英一さんは自由やった。誰よりも。囚われてるもんがあっても、ひたすら自由を追い求めてた』と過去形で話していたのだ。

兄の死をまだ伝えていなかったことを思い出し、英二は静かに息を吐いた。正直に告げるしかないだろう。彼女を傷つけないため、と自分に言いわけしてずいぶん長く騙し続けてしまった。

「兄は——北嶋英一は一月三日に自殺したよ」

「……そうなんや。死なはったんや」

あまりに素っ気ない言い方に英二は言葉を失った。深呼吸してから生前贈与のことなどを説明する。

「突然の自殺で、意味が分からなくて、だから、遺書に名前が書かれていた京子さんに会えば、何か分かるんじゃないかって……」

「それで何で英一さんのふりしはんの？」

咎める口調だった。

「騙すつもりじゃなかったんだ。初対面のときに雅美ちゃんに誤解されて、そのまま京子さんにも……後は言い出せないまま……」

「……英二さん、ほんま迷惑やわあ。英一さんに成りすまして斎王代に賛成するもんやから、半分自棄《やけ》になって引き受けてしもた」

「斎王代を望んでいるとばかり思ったから……」

「英一さんやったら、うちの本音、知ったはったわ。選ばれたら京都の伝統の中に囚われて、うちも、その子供も、そのまた子供も、未来永劫、京都の中で生きていかなあかん。自由なんてあらへん。だから思い悩んでたのに、英一さんとして背中を押さはって。しかも、下柳さんの目のことも迂闊に広めはるし……おかげで知らんでええ出自まで知るはめになってしもうた。どうせ知るんなら斎王代を引き受ける前に知りたかったわあ。そうしたら出自を理由に断れたのに……」

――英一さん、やることが結構裏目に出るタイプやし、もう少し思慮深く行動せなあかんで。

京子の皮肉が今になって心に突き刺さる。思い返せば、斎王代に肯定的な返事をするたび、彼女の反応は微妙だった。

「ごめん」

まさか自分の言動が彼女の人生にそんな影響を与えるとは思いもしなかった。

「……もう謝らんでええよ。おあいこやし」

「え？」

「英二さん、英一さんの病気と移植のこと知ったやろ」京子は唇にうっすらと笑みを刻んだ。

「な？　後から知ることって、苦しいんえ？」

背筋が凍りついた。吹き抜けた京都の五月の夜風も、今夜は薄ら寒く感じた。

『岸本医院』を訪ねるよう誘導したのは、斎王代に選ばれてから自分の出自を知らされて苦しむはめになったから、元凶となった〝偽者〟にやり返したのだ。彼女の心の中の般若を見た思いだった。

「いややわあ、英二さん」京子は普段の柔らかい微笑に戻っていた。「怖い顔してはる。これでおあいこやし、恨みっこなしえ」ふふ、っと上品に笑う。「うちも、もう怒ってへんし」

真実はおいそれと暴き立ててはいけなかったのだ。曖昧な霧の中に隠しておくべきこともあったのだ。

「英二さん、ちょっと歩こか」

京子は返事を待たずに歩きはじめた。

祇園祭の山鉾を模して建てられた祇園閣が夜空に、槍のような〝尖塔〟を突き上げている。角を曲がると、豊臣秀吉の正妻にちなんで名付けられた『ねねの道』だった。御影石が敷き詰められた石畳を歩いていく。散歩道の両側には土塀が続いている。電線が地下を通っているらしく、電信柱は立っていない。京の町では醜いものほど巧みに隠すのだ。

京子は途中で立ち止まり、振り返った。手提げバッグから封筒を取り出した。

「これ、うち宛の英一さんの〝遺書〟」

「遺書？」

「英一さんが自殺したんが一月三日なら、届いたんはその直後。英二さんには読む資格がある思うわ」

英二は封筒を受け取ると、中の遺書を取り出し、目を通した。兄の筆跡で文章がしたためられている。

この手紙を受け取ったとき、俺はもうこの世にいないだろう。

死は完全な自由だ。俺は最期まで自由を選ぶよ。死ぬことで俺が囚われている病気から解放される。

次は京子さんの番だ。京都を出る決心がついたなら、高知の実家を訪ねてほしい。生前贈与で得た農地を譲る。そう遺書に記した。よそで生きていくための金にしてくれ。それが俺の愛の形だ。

二月末日を譲渡の期限にしてある。三月になっても現れないってことは、京子さんは斎王代を選択したんだろう。たぶん、今年こそは選ばれると思うから。

京都の中で生きていくのか、京都の外で生きていくのか。

どんな選択をするにせよ、俺は京子さんの意志を尊重する。後悔のない人生を送ってくれ。


英二はぐっと拳を握り固めた。

腎臓病に囚われていた兄は、死をもって京子を京都から解放しようとしていたのか。そうしなければ、彼女は決して縛られた土地から抜け出ることはできないだろうと考えて――。

兄が土地を金にして送らなかった理由は、それだと京子が京都から出る決心の役には立たないからだ。

遺書の内容を読んでから先ほどの彼女の言葉を思い出すと、その真意が読み取れるようだった。

――死なはったんや。

素っ気ないつぶやきには、『ちゃんと』という副詞が隠されていたのではないか。

——約束どおりうちのためにちゃんと死なはったんや。

悪寒が膝から這い上がり、破れた内臓から染み出す胆汁のような苦みが恐怖と共に舌に広がった。

「……京子さんはこんな遺書を受け取っても、何日も訪ねなかった。斎王代の夢を捨てるべきか迷っていたからじゃないのか？　だったら俺の言動だけ責めるのは筋違いだと思う」

「そうかもしれへんなあ。でも、それがうちには普通やった。はっきり答えを出さへんのが京都の慎ましさで、美徳やから。英一さんはそんな曖昧さのバランスを崩した人やった。ほら、京都に来はる人って、みんな京都に憧れ持ったはるやろ。京都が嫌いな人は最初から来《き》やはらへんし。そやから、京都の伝統や格式を嫌《きろ》うてはる人、初めてで、惹かれたんやと思う」

兄は自由を愛していたからこそ、不自由な土地に囚われた京子を救い出したいと思うようになったのだろう。

「そやけど、英一さんの言動は京都の人間の心を掻き乱すもんやった。閉ざされた世界の隠された真実や秘められた嘘や蓋された気持ちを白日のもとに晒そうとしはった。うちの手をとって、無理やり引っ張っていこうとしはった。遺書ではうちの意志を尊重するように書いてあるけど、実際はちがう」

「なぜ？」

「誰かのための死は究極の束縛やん。もしうちが英一さんの実家を訪ねて財産を受け取ったら、京都の代わりに今度は英一さんに一生囚われることになってしまう。そんなん、いややわ」

彼女の唇から紡がれた言葉は、どこか残酷な響きを帯びていた。

京子を想い、死を選択した兄。しかし、その想いこそ彼女を縛り、苦しめるものだった――。

腎臓という〝重いもの〟を譲られたら負い目が生まれ、一生相手に囚われる。それを嫌った兄が、愛した京子を京の地から解放するためとはいえ、実家の農地を自分の死という〝重いもの〟と引き換えに譲ろうとした。

兄は自分の行為が京子を縛ると理解していたはずだ。それでも譲渡を遺書に記した。彼女を解放したかった兄の行為としては矛盾しているその心理は、何なのか。京子を助けたいと思うあまり自分の行為が彼女を縛ると気づけなかったのか。それとも――死んでもなお京子を自分に繋ぎ止めておきたいと考えたのか。それは純粋な想いの中に生まれた兄の最大のエゴだ。だが、それが恋なのかもしれない。兄が知っていて自分が知らない、死ぬほどの愛。

今となっては兄の真意を知ることはできない。兄は京子を自由にしたかったのか、自分の命で縛りたかったのか。

彼女は再び背を向け、歩きはじめた。『二《に》寧坂《ねいざか》』があった。軒下に番傘が三本斜めに掛けられた建物があり、瓦屋根が鮮やかな土産物店や茶店、蕎麦屋、団扇屋、かんざし屋などが軒を連ね、黄金色の街灯にぼんやり照らされている。観光客であふれる昼間に比べると、ずいぶん人通りは少ない。

「気いつけてな」彼女が背を向けたままぽつりと言った。「〝『二寧坂』で転んだら二年以内に死ぬ〟いうし」

おぞけ立つ声音だった。単なる注意も、今の京子から発せられると不吉な警告のように聞こえる。

「兄を——憎んでいたのか？」

「何でそう思うん？」

「安井金比羅宮の絵馬を見た」

憎い！　憎い！　憎い！
北嶋英一さんが消えて二度と戻ってきませんように
清水京子

一度見たら決して忘れられない憎しみ——。

「……そうなんや。やっぱり絵馬、発見してはったんやね。金比羅さんの話をしはったとき、ちょっと不自然やったし、もしかしたら、て思うてたわ」

「兄を呪い殺しそうなほどの憎しみが感じられた」

「いややわあ。勘違いしてはる。あの絵馬、英一さんのことやなく、英二さんのことえ。書いたときは英一さんやと思うてたけど……」

「俺が一体何を——」

問いただそうとした瞬間、思い当たった。自分自身に彼女から恨まれる覚えがなかったから、兄への絵馬だと信じ込んでしまった。実際はちがった。兄を演じた結果、無自覚に彼女を傷つけていたのだ。

京子を京都から救い出そうと考えていた兄。彼女としては届いた遺書を読み、兄の身勝手なやり方に――命懸けの行為に反発を覚えつつも悩んでいた。だが、兄は何食わぬ顔で京都に戻ってきた。

京子にしてみれば、命を捨ててまで自分を京都から引っ張り出そうとする兄の想いは、やはり愛だったのだ。しかし、〝北嶋英一〟は平然とした顔で戻ってきた。自由になるために自殺の覚悟を遺書にしたためて送ったにもかかわらず、最後の最後でその決意が鈍り、死ねなかった――京子はそう考えたのだろう。

絵馬は兄の北嶋英一への憎しみではなかった。弟の北嶋英二への憎しみだった。自分を自由にしようとしていたはずの兄が京都へ戻ってきたと思い込んだからこそ、それを裏切りと感じたのだろう。

――おおきに。英一さんの言葉にはいつも嘘がないから安心やわあ。

約束の自殺ができなかった兄への痛烈な一撃。弟だったからこそ、兄に成りすまして彼女を騙している罪悪感を覚える程度で済んだが、兄だったらどれほどの激痛が心に突き刺さったことか。

――あの夜桜見たら、明日死んだかて悔いあらへんようになるし。

もしかして、京子の台詞は腎臓を患う兄への気遣いではなく、夜桜を見たら今度こそ悔いなく約束を履行して、と暗にプレッシャーをかけたものだったとしたら――。

「実家や斎王代がそんなにいやだったら、自分の意思で拒絶すればよかったんじゃないのか。伝統って言っても、たかが京都の家のことだろ？」

「……英二さんがそれ、言わはんの？　英二さんこそ、土地と家に囚われてるやん。京都まで来て自由な英一さんを真似たかて、何の意味もないいんとちがう？　英二さんは英一さんになれへん」

彼女の言葉は胸に深く突き刺さり、自分でも気づかなかった心の奥底の本音が血のようにあふれ出した。

自分は兄になりたかったのだろうか。兄の自殺の真相追究を理由にして高知の土地から逃れ、故郷から遠く離れた京都の地で自由な人生を送りたかったのだろうか。同じ顔だから兄を真似たら兄になれると考えて――。

そう――かもしれない。

故郷のしがらみを忘れて楽しんでいたから、はからずも京都の閉鎖性を目の当たりにし、自由を奪われた気になったのだ。だから、京子に対して否定的な感情が噴き出てきたのだ。自分でも気づかなかった本音を彼女は見透かしていた――。

「英二さんは、英一さんとはちがう一人の人間として、この先どうやって生きていくつもりなん？」

英二は京子の問いへの返事を見出せなかった。

自分自身、人生に何も答えを出していないのに、岐路に立って悩み続けていた京子を責めることができるだろうか。

京子が『二寧坂』を歩きはじめると、英二は彼女の背に話しかけた。

「なあ、京子さんは——兄の死を望んでいたのか？」

直球だった。曖昧な物言いではぐらかされてしまうだろう。

京子は振り向くと、夜の微風にも吹き消されそうなほどの微笑を見せた。黒い瞳には悲しみが宿っていた。

「……うちを鬼みたいに言わはるんやね。英一さんの死なんか、望んでへんかったよ。病気のことを聞かされたときは、一日でも長く生きてほしい思うたし」

京子の思わしげな遠い目は、『二寧坂』の向こうに見えている清水《きよみず》寺に注がれていた。

その瞬間、英二ははっと思い出した。それは理屈ではなく、もはや直感だった。差出人不明の手紙——。


清水さんにお願いしてみましょう。希望はあります。だからどうか、まだ死なんといてください。


まさか、手紙の清水さんは、『しみず』ではなく——。

清水寺には伝説の『音羽の滝』があり、流れ落ちる三本の水はそれぞれ『恋愛成就の水』『学問上達の水』、そして——『延命長寿の水』と呼ばれているという。前に寺や神社のお薦めを訊いたとき、京子が教えてくれた。

京都人は地名や仏寺を〝さん付け〟で呼ぶ。晴明神社の安倍晴明は『安倍さん』、八坂神社は『祇園さん』、安井金比羅宮は『金比羅さん』――清水寺は当然『清水《きよみず》さん』だろう。

手紙は、自殺を決意した兄を止められるのは清水京子しかいない、という意味ではなく、清水寺にお参りして延命をお願いしましょう、だからどうかまだ病気で死なないでください、という切実な懇願だったのだ。思えば、京子は食事の場では京都の名水の話をし、京料理の減塩にも触れていた。実は兄の体調を気遣っていたのか？

以前、円山公園で一重白彼岸枝垂桜を見たとき、京子が『英一さんと見たかったんはほんまやで。誤解せんといてな』と謎めいた台詞を口にした。あれは、あたかも死を願っているかのような皮肉の数々を口にしたが実際はちがう、という意味だったのだとしたら――？

京子の心が分からなくなった。兄の死を望んでいたのかいなかったのか。

英二はその気持ちを正直に告げた後、訊いた。

「京子さんは、兄を愛していたのか？」

彼女は清水寺を眺めたまま答えた。

「英一さんに、『京都から一緒に出ようって誘ったらどうする？』って訊かれたことがあって、そのときは、『嬉しい。行きたいわあ』って答えたんやけど……英一さん、本当にそう思ってくれはったんやね」

首を傾げてみせると、京子は、ふふ、といつもの笑みを漏らした。

「京都人にとって『行きたいわあ』いうんは、本気やなく、社交辞令やし」

英二は自分の眉根が寄るのを感じた。

「英一さんの想いを適当に受け流したって思てはるやろ。ちがうよ。うちかて、英一さんが『ついてこい！』って言ってくれはったら、真剣に答えたやろうけど、『どうする？』って訊かはったから答えられへんかった。うちに選択を委ねて決断せえへんなんて、ずっこいやろ？」

「それでも兄は本気にして待っていたんじゃないのか？」

「英一さんも、うちが本気やないって見抜かはったと思うわ。だからこそ、命を使ってうちをこの町から解放しようとしはったんちがうかなあ」

――去年に聞いてたら、うちもあやまらへんかったのになあ……。

プロポーズしたときの京子の言葉の真の意味が今理解できた。あやまる、は、謝る、ではなく、誤る、だったのだ。プロポーズが去年なら――本物の北嶋英一だったなら、選択を誤らなかったのに、という痛切な恨み節。いや、今はもう叶わぬ後悔だろうか。兄が本気で結婚を切り出していたなら、一緒に京を捨てたという本音だろう。

兄にとっての愛と京子にとっての愛――それは同じものだったのだろうか。兄が愛する女性のためにした選択は、彼女にとって果たして幸せだったのか。自殺し、自分の死と財産で京子を京都の外へ引っ張り出そうとする行為は、ある意味、究極の自己満足ではなかったか。

〝北嶋英一〟が京都に戻ってきたとき、京子は驚き、動揺した。兄の自殺を愛とは受け取れなかったにもかかわらず、彼女は自分のために死ななかった兄に裏切りを感じたのだ。それは、出会ってから事あるごとに彼女が口にした皮肉の数々で想像がつく。

「気持ちなんて何でも白黒はっきりしてるわけやないし、普通、言葉には曖昧な――どう言えばええかなあ、〝余白〟があるもんやろ」

分からない。そんな繊細な機微は自分には難しすぎた。

「……さあ、もうおしまい。複雑な女心、簡単に丸裸にされたら、うち、恥ずかしいわ。京都は気遣いの文化やし、京女の言うことは、言葉どおりに受け取ったほうが幸せえ？」

結局、自分は京都までやって来て何をしたのだろう。京子の心を掻き乱すだけ掻き乱し、彼女の出自が暴露される原因を作り、兄が隠し通した病気を暴き――その結果、何を得た？

京の町は、各々が抱えた秘密も含めて微妙なバランスで均衡を保っている。真実を追究することが正しいとはかぎらない。眠らせたままにしたほうがいい秘密もある。

京子は顔にいつもの笑みを湛えた。

「葵祭、見に来てな。英二さんのおかげで引き受けた斎王代、立派に務めてみせるから」

おかげで――か。否定的な意味合いなのか肯定的な意味合いなのか。彼女の本心はどこにあるのか。

京の町を見守る真っ白い満月は、漆黒の夜空の中、薄絹めいた黒雲に覆われ、その姿がぼやけていた。

英二はそこに京女の心を見た気がした。

21

夜の十時半、インターフォンが鳴った。

ドアを開けると、白塗りの雅美が立っていた。裾を引きずらないよう、黒紋付きの褄を引き上げるように持っている。普段の可愛らしい着物とちがうせいか、おぼこい雰囲気は消え、ずいぶん大人びて見える。日本髪を飾るのは地味な櫛と玉かんざしだけだった。艶やかな姿だ。まるでアゲハ蝶から鶴に進化したように。

「ええと……その格好は……？」

雅美はある種の覚悟が居座った顔をしていた。口を開くと、白い肌にお歯黒の黒が目立った。

「芸妓として生きていく決意をしたんどす」

「じゃあ、それが襟替えの――」

「そうどす。ちゃんとおかあさんとおねえさんの許可を貰《もろ》うてきたんどす」

「そっか。決断したんだな」

「……ちょっと寂しおすなあ。芸妓になったら髪もかつらになるし、〝だらりの帯〟も、〝ぽっちり〟も、おこぼも、全部使わんようになりますさかい」

「で、今夜は――」

「手拭いは持参しまへんどした」

「手拭い？」

「おねえさん方のお名前と家紋が並ぶ特別な手拭いどす。芸妓になるとき、『これからも末永《なご》うよろしゅうお願いします』いう意味を込めて、お師匠さんやご贔屓さん、お茶屋さんに配るんどす。そやから、英二さんには渡しまへん。それがうちの決意どす。今夜はただ、

『黒髪』を見てもらわれへんやろか」

英二は雅美の髪型に視線を投げた。

「髪の毛のことやありまへん。地毛で結える最後の髷やさかい、見てもろうたらたしかに嬉しおすけど」雅美は艶然とした笑みを浮かべた。「『黒髪』は襟替えの前後一ヵ月、お座敷で舞うことができる特別な舞いどす。襟替えの日にちが決まった日から、お師匠はんの厳しいお稽古をしてきたんどす」

「……そんなものを見せてもらえるなんて光栄だな。どうぞ」

英二は雅美を奥に案内した。彼女は敷居や畳の縁《へり》を決して踏まず、すり足で歩いた。美しい足運びだった。そして——持参した小型のラジカセのプラグをコンセントに繋いだ。畳の和室に舞妓の姿はよく似合った。スイッチを押すと、テープが回りはじめた。

雅美は畳に正座すると、揃えた指を膝の前にそっと置き、〝先笄〟に結った頭を深々と下げた。

「よろしゅうお頼もうします」

三味線に合わせ、女性の声で一節に二十秒以上かける長唄が歌われる。

黒髪の結ぼれたる思ひには
解けて寝た夜《よ》の枕とて

垂れ落ちた袖を両手の指で摘み上げるようにしながら、優美な挙措で上半身を起こしていく。片膝をついたまま両手を重ねて翻し、脇の水を掬うような仕草をした。片耳ずつ手のひらを添え、再び胸の前で両手を重ね、腰をわずかにひねる。

体の軸が全くぶれずに立ち上がるや、着物の裾を引きずりながら、すすす、と畳の上を滑るように移動した。袖丈は長く、黒い織物のように膝まで垂れている。

独り寝《ぬ》る夜の仇枕

袖は片敷く夫《つま》じゃと云ふて

三味線と長唄は、散った桜の花びらが流れゆく儚い月夜の川面のような、なんとも切なく美しい響きだ。

手拭いで身を拭くような一挙手一投足に色気がある。指先まで神経が行き届いているのが分かる。しなだれるように膝を折り、手首をくの字に曲げて襟元に軽く差し入れる。まるで男に迫られ、気恥ずかしさで身を引いた生娘を連想させた。

立ち上がり、帯揚げの辺りに左手を添えながら静かに一回転すると、右手に京扇子があった。

京の歴史と同じく、三味線の音色も長唄も舞いもゆっくり時間が流れている。

愚痴な女子《おなご》の心も知らず

しんと更けたる鐘の声

昨夜《ゆうべ》の夢の今朝目覚めて

床し懐かしやるせなや

積もると知らで積もる白雪

舞い終えた彼女は京扇子を閉じて膝の前に置くと、再び指をつき、深々と頭を下げた。

「お目だるおした」

語感で謙遜の京言葉だと分かった。

英二は心の内側から突き上げてきた感情のまま拍手した。

「凄かった！　月並みだけど、他に言いようがない」

雅美は紅を差した唇を軽く持ち上げるように艶笑を見せた。

「おおきに、英一はん」

「え？」

「英一はんに見てほしい、思てたんどす。英一はんは襟替えにあまり肯定的やおへんどしたけど。英二はんのおかげで夢が叶いました」

雅美の目に涙の薄膜が張り、蛍光灯の明かりにきらりと光った。人差し指の腹で軽く拭う。

彼女の言う〝おかげ〟は京子とちがって分かりやすかった。素直に受け取れる。

「……いや、俺は見ていただけだし」

「充分どす。『黒髪』はうちの舞妓としての集大成どした。天国の英一はんに気持ちを伝えられた気がします」

「俺もそう思う。もう完全に京女だった」

素直な感想を口にすると、雅美は困惑気味にゆるりとかぶりを振った。

「ちがいます。女心……どす」

「女心？」

「……英二はんも女心に疎いんは英一はんと同じどすなあ」

「京女は本音を包み隠すのがうまいし、仕方ないだろ」

「英二はんに京都人の裏表を話してきたうちがこんなこと言うのは矛盾してるかもしれまへんけど、締めつけられるような本心を隠してんのは、別に京都人にかぎりまへん。言葉の本当とか嘘とか、誰が決めるんどす？　人の心なんて、誰にも分かりまへん。正直と評判の人でも、喋ってることが全部本心かどうか、どうやって判断するんどすか」

「それは——」

「二人共、京子はんを〝京女〟の殻に閉じ込めてたんとちがいますか。英一はんも生前贈与なんてややこいことせんと、血も地も斎王代も、自分の病状も気にせず、ただ『俺と結婚しよう』って言うたら——そう、〝女〟やったらそう言うてほしかったと思います。京子はんの思慕もうちの思慕も、〝京女〟だけのもんやありまへん。〝女〟のもんどす。一方的な想いを押しつけられたら戸惑うんも、それは〝女〟やからどす」

そう言われたとき、英二は悟った。

京都に囚われているのは、京子や雅美や房恵だと思い込んでいた。だが、実際は自分だったのではないか。自分こそ〝よそさん〟の誰もがイメージする〝京都〟や〝京女〟という分かりやすい属性に囚われ、勝手に膨らませたイメージで相手を見ていたのではないか。

相手もまた、人々が作り出したイメージに囚われ、意識せずともいつの間にかその枠の中で行動するようになってしまう。普段は使わない京言葉であえて客を迎える京都の店の人々のように。自分は〝箱庭〟の中に存在する一人一人を見ていただろうか。

思えば、京子の祖母は『この前の戦争いうたら応仁の乱え』などと教えたらしい。京子によると、『応仁の乱』を『この前の戦争』と表現する京都人を知らないという。祖母は祖父の愛人の孫娘である京子に、その出自を疑われないよう、〝よそさん〟がイメージする京都人っぽさを教え込んだのかもしれない。

祖母はその一方、太平洋戦争中の話はほとんどしなかったという。それも同じ理由だと思う。近代の戦中の話に詳しいより、何百年も昔の京都に詳しいほうが〝らしさ〟が出る。歴史を西暦より元号で話したという祖母の『京都教育』は、京子を守るためだったのではないか。しかし、そんな事情を知らない京子は、『京の子』というあざとい名前同様、それらを京都の伝統と歴史の押し付けだと感じていた――。

人は人種、国籍、出身、職業、外見――様々な属性で他者にレッテルを貼り、一方的なイメージを作ってしまう。もちろん、それらのイメージはそれぞれの属性の者たちの日ごろの言動が作り上げてきたものではあるだろう。だが、誰も彼もを十把一絡げにしていたら、決して本質は見抜けない。

不覚にも雅美からはそれを教えられた気がする。彼女の言うとおり、兄も〝ややこいこと〟をせず、直球で京子にぶつかっていたら、幸せな人生があったかもしれない。

改めて雅美の言葉を反芻したとき、何かが脳裏をよぎった。漠然とした違和感――。何だろう。その理由を探る。一体何が引っかかったのか。

自分の病状も気にせず――。

先ほど雅美はたしかにそう言った。兄の病気の話はしていない。それなのに彼女はなぜ？

「なあ……まさか兄の病気を知っていたのか？」

雅美は「え？」と目を見開いた後、失言に思い至ったらしく、口を押さえた。

「知っていながら隠していたのか。何で教えてくれなかった？」

彼女は悲しげな流し目を畳の縁に落とした。

「英二はんも病気のこと知ってはったんやなあ……」

「つい最近、知るはめになった」

「……そうどすか。知ってしまわはったんやったら、もう話しても構へんやろか」雅美は覚悟を決めるようにまぶたをしばし伏せた。「ある日、うちの告白への答えを伝えたいって言われて、お座敷へ招待したんどす。英一はんの希望どした」

「なぜお座敷で？」

「お座敷で聞いた話は家族であっても口にはできまへん」

「あっ、石――」

「そうどす。お座敷での芸舞妓は石どす。英一はんにもそんな花街のルールを話したことがありましたさかい、お座敷で喋ったことやったら何があっても秘密にしてくれる、そう思わはったんやと思います」

そうだ、思い出した。あれは〝東さん〟の話をしていたときのことだ。

――花代、踏み倒して高知へ帰ったいう噂、聞きましたえ。

意味不明だった房恵の台詞が蘇る。今なら理解できる。花代は花の代金ではなく、花街でお座敷遊びをしたときの代金だ。客の花代はお茶屋の女将《おかあ》さんが立て替えるという。兄はお座敷で雅美と話し、おそらく、うっかりツケの支払いを忘れたまま高知へ帰ってしまったから、踏み倒したという噂が立ったのだろう。

「兄はお座敷でどんな話をしたんだ？」

雅美は訥々と語った。

兄は、雅美の想いには応えられないと告げた後、自分が囚われている腎臓病と透析のことを告白したという。京の地に飛び込んだ雅美とちがい、自由を望む京子が好きなんだ、と改めて伝えた。告白の場にお座敷を選んだのは、〝伝統の世界で生きる舞妓の雅美〟を前にしなければ正直な気持ちを語れない、という思いもあったのかもしれない。

「――英二はん、かんにんしておくれやす。病気の話はプライバシーやさかい、話せまへんどした」

腎臓病と透析のことを知っていた雅美は、兄の自殺を聞かされたとき、病気が死の動機だと薄々気づいたのではないか。だから、自分も真相を知りたいから協力すると言いつつも、さほど積極的に行動する必要がなかったのだ。

「いや、俺のほうこそ責めるみたいになってごめん」

人の気持ちは、〝京女〟にかぎらず、容易には分からないものだ。兄が生前贈与で京子を解放したかったのか自分に縛りつけておきたかったのか、本人にしか分からないのと同じく、本当の意味で他者を完全に理解することはできないのだ。たとえ一卵性双生児といえども。

人の本音が分からず思い悩むのは、京都人だろうと〝よそさん〟だろうと関係ない。だからこそ、真正面から向かい合い、相手を知ろうと努めることが大事なのだ。自分は京子を〝女〟としてではなく、〝京女〟として見ていたから、表面上の言動に惑わされ、その心の奥底に触れられなかったのではないか。

京子も雅美も〝女〟として生き方に悩んでいたのだ。もう少し早くそれに気づいていたら、ちがう結末もあったのかもしれない。

「……俺もいろいろ誤っていたんだな、きっと」

「英二はんがこれからどんな選択をしはるか分かりまへんけど、うちは遠くから幸せを願《ねご》うてます」

京子や雅美が人生を選択したように、自分も選ばなければならない。たぶん——高知の農地を継ぐだろう。そういう確信があった。兄が生前贈与を求めたとき、農業がやっていけなくなったら自分も解放されるという思いと同時に、未練も感じた。それは『京福堂』を想う京子と同じだ。

短期間とはいえ故郷の外で暮らし、実感した。兄ですら負けた京の町は——外は自分には向いていない。兄の真似事は無理だ。

何より、自分は祖父母や両親が精魂込めて携わってきた農業が決して嫌いではないのだと思う。

雅美は黙ったままうなずくと、立ち上がった。

「……そろそろ帰らな、おかあさんが心配しはります」

「あ、ああ。今夜は——ありがとう」

「お礼を言うのはうちのほうどす。『黒髪』を観てくれはって、吹っ切れました。ほんまおおきに」

彼女が辞去すると、英二は一息ついた。

『黒髪』――か。

携帯電話でインターネットに繋ぎ、『黒髪』の歌詞の意味を検索してみた。

『お互いの髪がもつれ合うような疑いの気持ちも解けて、仲良うねんねした晩もあったのに、また出ていきよった。余計に独り寝が寂しいやんか、口ではうまいことばっかし云うてから に、女子の気持ちも分からんと、昨夜はまた夢にまで見てしもた。憎いけど帰ってきてほしいなあ、ほんま雪は何も知らんと降ってはるわ』

胸が締めつけられる哀切な歌詞だった。雅美は心底兄に惚れていたのだろう。

『黒髪』は、雅美が女として愛した北嶋英一とも、同じ顔をした北嶋英二とも、決別する覚悟の舞いだったのだ。

英二はふと思い出した。雅美の助言に従って京子に正体がバレた。あれは雅美の〝女心〟だったのではないか。

雅美は兄が京都の伝統を嫌っていたことを知っていた。北嶋英一として伝統行事に京子を誘ったら正体がバレる、と想像できたはずだ。

――英二はんも、京子はんの呪縛が解けるよう祈ってます。

自ら動かなければ、京子の本心も何も気づかなかった。雅美の動機が何であれ、行動した結果、真実にたどり着いた。たとえ苦々しいものだったとしても。

英二は町屋を出ると、祇園の夜に輝く月を仰いだ。

エピローグ

五月十五日――。

葵祭が開催された。

英二は京都御苑へ足を運んだ。有料観覧席はパイプ椅子が遠方から何列も並べられていた。松、欅《けやき》、銀杏、梅など数万本の樹木の濃緑が一帯を取り囲む中、座席の前には帯のような白布が張られ、斎王行列の通り道――真っ白い玉砂利が敷かれている――があけられている。五月なのに真夏同然の暑さで、日射しを浴びている体は丸焼きになりそうだ。観客たちは日傘や帽子で対策をしている。

指定席を探して歩き回っていると、地元の人間なのだろう、『京子』と『京福堂』の名前があちこちで噂されていた。

「今年の斎王代はべっぴんさんやなあ」

「××回の斎王代さんはのっぺりしてはったけど」

「俗なミスコンなんかとちゃうし、仕方あらへん」

「そうやなあ。やっぱり格調高くないとなあ……」

「今年の斎王代さん見るん、楽しみやわあ」

「『京福堂』さんでいつも買《こ》うてるし、京子ちゃんのことはよう知ってますねん」

「――今年の斎王代は『京福堂』の娘さんらしいなあ」

「そやそや。新聞に出てたで」

総勢五百十一名の斎王行列は長さ一キロに及び、午前十時半に御所を出発すると、堺町御門を出て丸太町通、河原町通を進み、下鴨神社で『路頭の儀』を執り行い、下鴨本通、北大路通を進み、北大路橋、御薗橋を渡って上賀茂神社に到着するという。五時間もかけて巡行するらしい。

向こう側に着物を着た房恵の姿を見つけ、英二は駆け寄った。あの日以来、顔を合わせていない。一言謝ろうと思ったが、口を開く前に彼女が鼻を鳴らした。

「北嶋はん、何しに来はったんどす？」

「……京子さんを一目見ようと。見に来てほしいと言われたので……」

「京都で誘いを真に受けはるなんて、相変わらず空気が読めはらへんなあ」房恵は人ごみから抜け出すと、振り返った。「私としては京子が斎王代を選んでくれたんやし、そのことには文句はありまへん。そやけど、あんさんの迂闊さがあの子の出自を暴くことになりましたし、やっぱり好意は持てまへんなあ」

「……それは本当に申しわけなく思います」

「ま、京子が高知に行ってしもうたときは眩暈がしましたけど、辛うじて丸く収まってほっとしてます」

危うく聞き逃すところだった。

「京子さんが高知へ行ったって――」

「京子に説得されて祇園に戻ってきはったんちがいますのん？」

知らない。何も知らない。京子が高知に現れなかったからこそ、兄の死の真相を知るため、京都に来たのだ。房恵の言い方では、その前に京子が高知に来たように聞こえる。

まさか——。

英二は干上がった喉を鳴らすと、かすれ気味の声で訊いた。

「京子さんはいつ高知に——?」

房恵は怪訝そうな顔を見せた。

「なんやけったいなこと言わはりますなあ。一月五日に決まってますやろ。会《お》うたんちがいますのん? 一泊までさせてからに……」

一月五日から一泊——?

それは兄の通夜と葬儀の日だ!

衝撃が背中を駆け抜ける。騒ぎ立てる心臓の音は、周囲の喧騒を掻き消すほどだった。熱気の中でも冷や汗が滲み出る。房恵の答えは何かの冗談だとしか思えなかった。

だが、思い当たる節はある。

祇園に〝北嶋英一〟が戻ってきたとき、対面した房恵は『北嶋はん、戻ってきはったんやね。京子も余計なことせんかったらよかったのに』と言った。〝よけいなこと〟か。故郷に逃げ帰った恋人を京子が連れ戻しに行った、と房恵は思い込んでいたのだ。

京子は兄の通夜と葬儀の日、高知にいた。

しかし、間違いなく顔は見ていない。弔問客の顔と名前は常に確認していたが、京子は現れなかった。

もしも京子が——京子が高知にいたとしたらどうなる？

疑問に答えを出す間もなく行列がスタートした。房恵はいつの間にか関係者席へ姿を消していた。英二は慌てて最前列の指定席に腰を落とした。

本列を先導する騎馬隊は、乗尻《のりじり》。褐色の馬に跨るのは、上賀茂神社の競馬会《くらべうまえ》の騎手だ。玉砂利を踏み締める蹄の音と共に真ん前を通過していく。

行列の先払いである素襖《すおう》は、竜の模様の青い衣と袴姿だ。平安時代、京都の治安維持と民政を所管していた検非違使《けびいし》庁の低位の役人である看督長《かどのおさ》、火長《かちょう》——と続く。

以前に記者会見で京子が話したとおり、祭りという文字から想像する喧騒とは無縁で、平安絵巻の中でしか見ないような衣装の行列が儀式さながら淡々と行進していく。

舎人《とねり》の引く馬に乗る検非違使志《けびいしのさかん》は、剣を腰に差し、矢が何本も入れられた『狩胡簶《かりやなぐい》』を背負っている。武士のように精悍な顔つきの青年だった。

朱色の辻総《つじぶさ》付きの馬に乗る検非違使尉《けびいしのじょう》は、行列の警備の最高責任者だ。調度掛《ちょうどがけ》に弓矢を持たせ、鉾持《ほこもち》に鉾を持たせている。

国司庁の次官である山城使《やましろつかい》に従う者たちが後に続く。

宮中から両神社に供える御幣物《ごへいぶつ》を納めた唐櫃《からびつ》『御幣櫃』には注連縄が掛けられており、黒い烏帽子と白丁装束の二人が前後で担いでいる。

藍色の束帯姿の内蔵寮史生《くらりょうのししょう》、黒漆の弓を調度掛に持たせた武官で束帯姿の馬寮使《めりょうつかい》、頭と尾に葵、桂、紙垂れを付けた二頭の走馬《そうめ》が進んでいく。軒が藤花などで飾られた牛車が大牛に引かれていた。男子の平安装束の一つである水干姿の牛童《うしわらわ》が綱を持ち、車方や大工職が替え牛と共に付き従う。

そこには伝統と歴史を重んじる京都の全てがあるように思えた。両側に陣取る現代の観客たちに挟まれた真ん中だけ、川のように過去が――平安時代の歴史が流れていた。

『河霧』の銘を持つ御物の和琴が運ばれる後ろを騎馬の舞人《まいびと》六名が続く。緋色の舞装束に身を包み、巻纓緌《まきえいおいかけ》の冠を被っている。武官の陪従《べいじゅう》七騎は、楽人装束で帯剣している。紺布を張り、錦の帽額総《もこうふさ》を掛け渡した風流傘《ふりゅうがさ》が高々と掲げられたまま運ばれていく。上には様々な造花が生地を覆うように盛られていた。大人が何人も隠れられそうなほど大きい。

眺めながら、膝の上で拳を握り固める。

京子はまさか――最初から〝北嶋英一〟の死を知っていたのではないか。高知で一泊しておきながら、通夜や葬儀を全く見ずに引き返したとは思えない。実家の前まで足を運んでいたなら、受付に立つ双子の存在も見ていたかもしれない。

いやいやいや、と英二はかぶりを振った。

彼女が兄の死を最初から知っていたなど、ありえない。双子の弟を〝北嶋英一〟だと思い込んでいたからこそ、その台詞の数々に背中を押され、斎王代を受諾したのだ。

だが、もし――もしも京子が最初から全てを知っていて演技をしていたなら――。

――英一さん、元気そうやなあ。また京都に来てくれはるなんて驚いたわあ。高知に行かな会えへん思うてたし。

――もう二度と会えへんと思うてたけど。

――英一さんは初志貫徹やもんなあ。

――うち、英一さんの愛の大きさと真剣さ、知ってるし嬉しいわあ。

改めて思い返すと、〝北嶋英一〟として初《はつ》対面した日の京子の言葉は、兄が遺書に記した〝初志〟のとおりに自殺したことも、双子の弟による成りすましも、全て知っているように聞こえないだろうか。『ここを訪ねるの、躊躇していたんだけど……』と言ったら、彼女は冗談めかして『度胸あるなあ』と返した。

双子の兄に成りすまして訪ねてくるなんて度胸あるなあ。

京子はそんな皮肉を込めていたのではないか。

思えば、初日に京子がホテルの宿泊費の高さや町屋のことを助言したのは、〝北嶋英一〟が初の京都だと知っていたからかもしれない。本物ならそのくらい既知の事実だろう。

――京女は本音を隠した演技やったらお手のもんやし……英一さん、勝負してみる？

挑発的な彼女の台詞が脳内で反響する。北嶋英一を演じる〝偽者〟に対し、それを知りながら騙されたふりをする京子。彼女はそんな滑稽でいびつな状況を揶揄していたのかもしれない。

兄の死を知っていたなら、彼女が斎王代への意見を求めた相手は〝偽者〟だと承知していたことになる。垣間見せた不安の吐露全てが騙されているふりのための演技だったとは思えない。

遺書を読んだ京子は高知へ向かった。農地譲渡の条件を満たすためか、亡き恋人を純粋に見送るためか。真意は分からないが、彼女は結局引き返した。一人残された形になり、どうすべきか――京都を出るのか、農地を受け取るのか、これからも伝統の中で変わらない毎日を送るのか――悩んだ。そこに北嶋英一の〝偽者〟が現れた。たぶん、対面したときは素知らぬ顔をするつもりなどなかっただろう。しかし、〝偽者〟は、雅美が『英一さんを連れてきてん』と言うや、『戻ってきたよ』と挨拶した。北嶋英一を演じていると理解したが、その目的は分からないから、とりあえず様子見を決め込んだのだ。

成りすましを最初から知っていたなら、彼女が口にした棘のある台詞の数々も意味が変わってくるのではないか。兄の病気を連想させる台詞は皮肉ではなく、実は、弟が北嶋英一の病気を知っているかどうか探るために、反応を窺っていただけなのかもしれない。北嶋英一の残りの人生に触れた台詞も、正体を確信するためのカマではなく、病気の既知を確認するためのカマだったのだ。それらが兄の死を願っているように聞こえたのは、彼女の心を覗けない自分の思い込みだったのだろう。

〝偽者〟がずっと正体を隠したままだったため、彼女は北嶋英一に相談しているつもりで日ごろの不安を口にし、人生の決断に利用しようと考えたのではないか。

最初から正体を知っていたなら、京子が雅美と仲たがいするように仕向けた理由も分かる。〝偽者〟と雅美がグルだと考えたのだ。たぶん、北嶋英一と京子の出会い――スズメの丸焼きのエピソードなど――を〝偽者〟が口にしたとき、雅美が教えたと気づいたのだろう。そんな話をわざわざ教えるには、〝北嶋英一〟が〝偽者〟だと知っていなければならない。だからグルだ、と。

いつの間にか本列が終わっていた。

英二は顔を上げ、御所方面に目を向けた。いよいよ斎王代列がやって来る。

高位の宮廷女性の装束である小袿《こうちき》と打袴で装った高級女官の命婦《みょうぶ》は、烏帽子と白丁装束の男に花笠を差しかけられながら歩いている。

そんな中、橙色の装束を着た供奉者八名に担がれた腰輿《およよ》――四方が開放され、御簾《みす》が取り付けてある『四方輿』――が近づいてきた。檜扇を持ち、威風堂々と座しているのは、斎王代の京子だった。屋根の下から白塗りの顔が覗いていた。十二単の上に小忌衣《おみごろも》を羽織り、白い飾り紐の日蔭糸《ひかげのいと》が幾本も垂れる垂髪《すべらかし》のかつらを被り、紅梅を模した金属製の心葉《こころば》を前髪に櫛で留めている。

その姿は気高く美しく、周囲の見物客たちが一斉にほうと感嘆のため息を漏らしたほどだった。

あまりの美麗さに身震いした瞬間、その既視感めいた感覚が脳を刺激し、絵馬を発見したときの恐怖が改めて蘇る。

絵馬のことをぶつけると、京子は『あの絵馬、英一さんのことやなく、英二さんのことえ。書いたときは英一さんやと思うてたけど……』と説明した。筋道が通っていたから信じてしまった。だが、果たして本当にそうだったのか。

京子の絵馬は、鮫島朋子という女性の比較的ポジティブな『10月20日』の絵馬の後ろにあった。つまり、京子が絵馬を奉納した後、十月二十日に鮫島朋子という女性が絵馬を奉納したということだ。

京子が絵馬を書いたのは兄の自殺前だ。あの呪詛はやはり生きていたころの〝北嶋英一〟

への憎しみだったのだ。

北嶋英一さんが消えて二度と戻ってきませんように

彼女は、自分を京の町から連れ出そうとする自由奔放な兄に惹かれながらも、内心では疎ましく感じていたのではないだろうか。

兄に惹かれたことで、今まで自分を守ってくれていた家族や家や京都を窮屈に感じなければならなくなってしまった。土地に縛られているゆえに与えられていた安心や安定が危ぶまれた。だからこそ、彼女はそんな全てが鬱陶しくなったのかもしれない。

縁切り神社で願ったとおり兄が消え、遺書が届いたとき、文面に目を通した彼女はどんな表情をしただろう。悲しみか、安堵か。

自分の安定を脅かす兄が消え、平穏な日常が戻ってきた――。彼女はそう思っていた。だが、北嶋英一と同じ顔の〝偽者〟が現れた。再び兄の愛に囚われる日々がはじまる。それは京子にとっては苦痛だったのではないか。

最後に会った夜、初対面のときから兄の死も成りすましも知っていたことを京子が告白しなかったのは、彼女の苦悩など何も知らず能天気に北嶋英一を演じ続ける〝偽者〟への最後の復讐だったのかもしれない。

あなたの浅慮でうちは人生を決断してしまった――。

そう思わせ、後悔に囚われるよう仕向けた。

――最初から成り代わりなんか企まへんかったら、大事なもん、失わずにすむのに。ま、炮烙売りにかぎらず、人を欺くようなことをしたら必ずしっぺ返しを食らういうことやなあ。

よくよく思い返してみれば、壬生狂言で京子が口にしたつぶやきは、過去形ではなかった。『失わずにすんだのに』ではなく、『失わずにすむのに』だった。考えすぎかもしれないが、成り代わりを行っていた〝偽者〟への後々での復讐の決意がそこに表れていた気がする。

真後ろから囁き交わす声が聞こえてきたのは、そのときだった。野太い男の声だ。

「『京福堂』さんも斎王代のために清水の舞台から飛び降りはったな。支度金払《はろ》て、もうすっからかんいう噂やで」

「京子ちゃんも可哀想やなあ。なんやようけお金入る算段がなくなったらしくて、職人の木村さんが嘆いたはったそうや。ここだけの話」

「何やろな、算段て」

心臓を冷たい手で鷲摑みにされた。血管の脈打つ音が耳の真裏で轟き、視野が狭まった。

『京福堂』が資金難だった？　木村には大金が入る算段があった？

それはまさか――兄が生前贈与された農地のことではないか。京子は最初から京都を捨てるつもりなどなく、斎王代の支度金を貰う目的で高知へ来たのではないか。『京福堂』の安泰のため、貴重な職人の木村を引き止めるため、兄の農地を利用しようと――。

それは、農地は京の町から解放されるための資金にしてほしい、という兄の遺志に反する。

最終的に彼女が農地を受け取らなかったことを考えると、彼女の本心がどこにあったのか分からなくなる。兄の死を知っていたからこそ、自殺の事実を告げたとき、彼女の反応が薄かったのだろう。決して約束どおり死んだことに満足したからではなく。では、兄を愛していたのか。憎んでいたのか。京都を本気で出たがっていたのか。伝統の斎王代にこだわっていたのか。

何が真実なのか。

――京女の言うことは、言葉どおりに受け取ったほうが幸せえ？

京子の警句がしみじみと心に響く。

雅美は、京子を〝京女〟としてではなく〝女〟として理解しようとする大切さを語ったが、雅美も京の町に溶け込んでいるとはいえまだまだ〝よそさん〟だったのだ。彼女も〝京女〟の心までは踏み込めず、その本質を本当の意味では理解できていなかった。

京子の言葉を信じたまま死ねた兄は、ある意味幸せだったのかもしれない。

英二は腰輿に座す斎王代の京子を眺めた。血の色をした唇が少し開き、奥からお歯黒が――黒い歯がちらっと覗いた。

京子の目線が一瞬だけ自分に注がれたように見えたのは、おそらく気のせいだろう。凛然とした眼差しは前方を真っすぐ見据えている。それは、一人の〝京女〟として京の中で生きていく揺るぎない覚悟を示しているように思えた。

彼女はもう迷わないだろう。斎王代を務め、子々孫々、京の伝統と共に生きていくのだ。

斎王行列は、京都の千二百年の歴史をなぞるかのように、ゆっくり、ゆっくり、過去から未来へ進んでいく――。

この作品は書き下ろしです。原稿枚数571枚（400字詰め）。

〔参考文献〕

『京都人だけが知っている』入江敦彦　宝島ＳＵＧＯＩ文庫
『怖いこわい京都』入江敦彦　新潮文庫
『京都の謎どすえ〜！』博学こだわり倶楽部〔編〕　ＫＡＷＡＤＥ夢文庫
『京都人の知恵　雅でこわい日本語』大淵幸治　祥伝社黄金文庫
『京都「地理・地名・地図」の謎』森谷尅久　じっぴコンパクト新書
『京都の流儀』徳力龍之介　木楽舎
『京都五花街』溝縁ひろし　光村推古書院
『京の華　京菓子司「鼓月」中西美世あまから奮闘記』蒲田春樹　扶桑社
『京都花街、人育ての極意　舞妓の言葉』西尾久美子　東洋経済新報社
『織の四季　京の３６５日』藤井健三・佐藤道子　京都新聞出版センター
『京の和菓子　暮らしを彩る四季の技』辻ミチ子　中公新書
『舞妓のお作法』京都上七軒市まめ　大和書房
『京都　舞妓と芸妓の奥座敷』相原恭子　文春新書
『雅びの京菓子』京都新聞社〔編〕　京都新聞社
『京菓子と琳派　食べるアートの世界』濱崎加奈子〔監修〕・勝治真美〔編〕　淡交社
『恋舞妓が教える、地元の京都』　辰巳出版
『壬生狂言』壬生寺〔編〕・井上隆雄〔写真〕　淡交社
『壬生狂言の魅力〈梅原猛の京都遍歴〉』梅原猛・西川照子・井上隆雄〔写真〕　淡交社
『婦人画報　トラベル版５　Ｍａｙ２０１５』ハースト婦人画報社
『京の花街　祇園』杉田博明〔文〕・溝縁ひろし〔写真〕　淡交社
『着物の織りと染めがわかる事典』滝沢静江　日本実業出版社
『イチから知りたい日本の神さま②稲荷大神』中村陽〔監修〕　戎光祥出版
『京〈ＫＹＯ〉のお言葉』入江敦彦　文春文庫

〈著者紹介〉
下村敦史　1981年京都府生まれ。2006年より江戸川乱歩賞に毎年応募し、2014年に『闇に香る嘘』で第60回江戸川乱歩賞を受賞。同作は「週刊文春2014年ミステリーベスト10」国内部門で2位、「このミステリーがすごい!2015年版」国内編で3位と高い評価を受ける。その後も『叛徒』『生還者』を続けて発表。『生還者』は第69回日本推理作家協会賞の長編及び連作短編集部門の候補作となる。その他、『真実の檻』『難民調査官』『失踪者』など著書多数。大注目のミステリ作家。

告白の余白
2016年11月25日　第1刷発行

GENTOSHA

著　者　下村敦史
発行者　見城　徹

発行所　株式会社 幻冬舎
〒151-0051　東京都渋谷区千駄ヶ谷4-9-7

電話:03(5411)6211(編集)
03(5411)6222(営業)
振替:00120-8-767643
印刷・製本所:中央精版印刷株式会社

検印廃止

ISBN978-4-344-03032-9　C0093
幻冬舎ホームページアドレス　http://www.gentosha.co.jp/

この本に関するご意見・ご感想をメールでお寄せいただく場合は、
comment@gentosha.co.jpまで。